LE PROCÈS DE JÉSUS

JACQUES SCHECROUN

LE PROCÈS DE JÉSUS

roman

ALBIN MICHEL

Chapitre 1

L'inconnu hirsute avançait sur un ânon, assis les deux jambes du même côté sur de ridicules manteaux qui avaient été posés à même le dos du baudet en guise de selle. Escorté d'une douzaine d'individus allant à pied de part et d'autre de l'équidé, il fit bientôt son entrée dans la ville sous les acclamations de la foule qui se massait tout au long de son parcours. Il arriva au-devant d'un palais sur une place où l'euphorie était à son comble. Des voix scandaient son nom et l'ovationnaient. Des femmes exubérantes lançaient des youyous tonitruants en même temps qu'elles cherchaient à le toucher. Des enfants survoltés virevoussaient tout en répétant les hourras et les vivats hurlés par les adultes. De tous côtés, on pouvait entendre des exaltés s'époumoner : « *Gloire au Fils de David !*[1] » criaient les uns, « *Béni soit celui qui vient au nom du Seigneur !* » clamaient

1. Les passages en italique sont soit des mots en hébreu ou en latin, soit des extraits de la Bible hébraïque, du Nouveau Testament, des rituels, soit des citations.

les autres. Bientôt la horde reprit à l'unisson un ordre jailli du joyeux chahut qui semblait avoir gagné toute la population : « Au palais, tous au palais ! » et, en moins de temps qu'il n'en avait fallu pour le dire, des dizaines puis des centaines d'individus envahirent la demeure royale sans que les soldats qui en avaient la garde aient pu opposer la moindre résistance. Pendant que quelques-uns profitaient de l'aubaine pour voler qui, un chandelier en or, qui, une luxueuse parure de lit, qui, une *mezouzah* en argent contenant les commandements de Dieu sauvagement arrachée d'un chambranle de porte, d'autres se hissèrent jusqu'au balcon du premier étage. Ils firent des signes de victoire avant de porter leur héros en triomphe. Devant l'assemblée nombreuse et désordonnée qui, se bousculant, n'avait pu encore pénétrer dans l'édifice, l'un d'eux fit une déclaration.

– Nous avons un roi ! cria-t-il. Israël a un roi ! Aujourd'hui est rétabli le royaume de David ! Louons le Seigneur qui est béni ! ajouta-t-il avant de répéter cette même phrase en hébreu : *« Barekhou ète Ado-naï hamevorakh. »*

Comme un seul homme, le peuple qui se trouvait là et qui exultait répliqua, selon la pratique synagogale inaugurant la lecture de la Torah, qu'Il le soit de toute éternité : *« Baroukh Ado-naï hamevorakh léolam vaèd. »*

C'est alors que l'armée arriva, encerclant rapidement toute la place. Un commandant ordonna à la foule de se disperser, mais personne ne bougea, excepté une poignée de femmes qui jugèrent bon d'aller mettre leurs enfants à l'abri. Il menaça et n'obtint pas davantage de résultat. Des ordres venus d'on ne sait où commencèrent à fuser.

– Armez-vous ! Ils vont charger ! disaient les uns.

– Dressez des barricades ! disaient les autres.

En quelques instants, de nombreux objets et autres ustensiles se transformèrent en armes de fortune et tout ce qui pouvait être utile à l'édification sommaire d'un camp retranché fut amassé ici et là.

Peu après une nouvelle sommation, les fantassins, sur un signal de leurs supérieurs, foncèrent sur les insurgés. Les premiers, protégés par leurs boucliers, étaient munis de glaives, de javelots et de fléchettes lestées tandis que les seconds n'avaient, pour se battre, que des cailloux, des pieds de chaises et des amphores tenant lieu de gourdins. Dès les premiers instants d'une lutte inégale, un rebelle s'écroula, puis deux, puis dix. Peu après, ce furent des centaines d'hommes, de femmes et d'enfants qui jonchaient le sol dans des mares de sang formant d'effroyables ruisseaux dans les caniveaux. Certains combattants réussirent à prendre la fuite mais les soldats les pourchassèrent dans toute la ville, mettant le feu aux maisons où ils pouvaient s'être cachés. Une poignée d'entre eux s'étant réfugiés dans le Temple, celui-ci fut ravagé par un incendie et totalement dévasté.

Quand tout fut terminé, un homme semblait contempler le carnage, la tête penchée sur le côté avec un air de désolation. Pendu à un balcon du palais, c'était celui qu'on venait de proclamer roi.

L'horreur de ce spectacle réveilla Caïphe en sursaut. Il suffoquait. Il fallut un certain temps au grand prêtre pour réaliser qu'il venait de faire un épouvantable cauchemar.

Chapitre 2

– Reconnais-tu les faits ? interrogea Rabban Gamaliel, qu'on appelait le *Av Beth Din**[1], cependant que l'agitation était à son comble dans cette partie du Temple réservée aux audiences de jugement du sanhédrin.

– Votre intention…, commença Stefanos* alors que le tumulte était grand dans l'assistance, votre intention est-elle de… ? tenta-t-il de poursuivre avant de se résoudre à attendre que le calme revienne.

Ceux dans le public qui lui étaient le plus hostiles avaient pris place devant. Ses amis et ses partisans étaient regroupés à l'arrière. Les premiers, criant au blasphème, l'injuriaient, les seconds, protestant d'un arbitraire, exigeaient sa libération.

– Silence ! Silence ! intervint, en élevant la voix, le président.

Gamaliel était un homme d'une quarantaine d'années

1. Les mots suivis d'un astérisque sont expliqués ou commentés dans le lexique, p. 361.

aux yeux noirs, au teint plus clair que celui de la plupart des Hiérosolymitains* et à la chevelure abondante recouvrant ses oreilles et ses joues pour se mêler à une barbe de plusieurs années. Il devait avoir une vision défaillante car il plissait les yeux en permanence, ce qui avait pour effet de les rendre tout petits et de rider son front.

– Votre intention est-elle de me livrer, moi aussi, à Pilatus pour qu'il me condamne à mort et me fasse crucifier ? demanda l'accusé quand il put enfin parler.

On entendit dans l'assistance des insultes visant l'occupant mêlées à d'autres prenant pour cible ceux qui croyaient en la messianité de Yechoua bar Yosef*, le *rabbi* de Nazareth crucifié trois ans plus tôt.

– Maudits soient les Romains ! cria l'un.

– Au diable ce *Machiah** ! clama un autre.

– Imposteur ! protestèrent plusieurs fois quelques autres.

Pour exiger le silence, le *Av Beth Din* frappa de grands coups avec une masse sur le bois de cèdre de la longue table placée devant lui.

– Ici, c'est moi qui pose les questions, parvint-il enfin à affirmer, car s'il était hors de propos d'envoyer Stefanos devant le préfet de Judée, il n'était pas non plus envisageable de se faire taxer de laxisme par les plus rigoristes de la communauté. Faut-il te redire les charges retenues contre toi ?

– Ce ne sera pas nécessaire. Je sais bien qu'on me reproche d'avoir blasphémé contre le Saint, béni soit-Il, et contre Moshe* notre maître, et aussi contre notre Sainte Torah, et encore contre le Temple.

À l'énoncé, par l'intéressé lui-même, de chacun des griefs motivant sa comparution devant les juges du sanhédrin, de nouvelles clameurs s'élevèrent dans le public. Stefanos se mit à parler de façon de moins en moins audible, obligeant ainsi cette assistance dissipée à se taire.

– Je reconnais, répéta-t-il, puisqu'il l'avait déjà formulé dans sa barbe sans que personne puisse l'entendre, je reconnais, dit-il en ponctuant son propos de quelques mots en hébreu, que je n'ai jamais cessé de proclamer la gloire du Très-Haut, que j'ai toujours loué Moshe *rabbenou** pour sa ferveur, pour les miracles qu'il a réalisés et pour son intangible fidélité à l'Éternel, *barokhou barochémo**, béni soit-Il et béni soit Son Nom ; je reconnais que j'ai toujours dit les louanges de notre Sainte Loi et proclamé sa vérité, puisqu'elle nous a été donnée par *Hakaddosh barokhou**, le Saint, béni soit-Il, et transmise par notre libérateur du joug de Pharaon, et je reconnais n'avoir jamais eu assez de mots pour glorifier toute la majesté du Temple construit par le grand roi Shlomoh* sur ordre du Tout-Puissant.

– Tu nies donc les faits qui te sont reprochés ? interrogea le *Av Beth Din* qui, comme les autres prêtres composant cette assemblée, était coiffé d'un turban de lin qui formait une sorte de cône appelé *migbahat*.

Pour toute réponse, Stefanos récita un psaume de David, les yeux délibérément tournés vers le ciel.

– « *Ô Éternel ! Qui séjournera dans Ta tente ? Qui*

demeurera sur Ta montagne sainte ? Celui qui marche dans l'intégrité, qui pratique la justice et qui dit la vérité selon son cœur, il ne calomnie point avec sa langue, il ne fait point de mal à son semblable… »

Poursuivant sans se démonter, l'adjoint du grand prêtre auquel était dévolue la présidence du tribunal ordonna qu'on fasse venir les témoins.

Le premier à comparaître était un bossu. Il se plaignit de ce que le dénommé Stefanos, qui avait acquis ces dernières années une grande réputation dans Jérusalem parce qu'il avait accompli de nombreux prodiges, ne soit même pas parvenu à faire disparaître sa bosse.

– Aussi longtemps que tu ne te laisseras pas toucher par le Saint-Esprit, c'est-à-dire aussi longtemps que ton esprit et l'Esprit Saint ne feront pas qu'un, tu ne guériras sans doute pas, lui rétorqua l'accusé.

Une partie de la salle se railla de cette répartie, tandis que l'autre approuvait. Le prévenu poursuivit :

– La plupart des hommes et des femmes de ce pays considèrent la maladie et l'infirmité comme des ennemies. Il me semble qu'ils se trompent. Ils déploient souvent beaucoup d'énergie à se battre et ils ressentent beaucoup de colère.

– Et toi, tu as une recette pour procéder autrement ? cria un quidam dans la salle.

– Je n'ai pas de recette, répliqua Stefanos, je n'ai que nos Saintes Écritures comme guide.

– Et où diable est-il écrit que l'on ne doit pas lutter pour guérir, puisque c'est ce que tu prétends ? insista l'homme.

– N'est-il pas dit dans Isaïe 38 que, quand le roi Ézéchias tomba gravement malade, il se tourna vers le mur et adressa une prière à Dieu : *« Ô Éternel ! Souviens-toi que j'ai marché devant Ta face avec fidélité et intégrité de cœur, et que j'ai fait ce qui est bien à Tes yeux ! »* Vous connaissez la suite, n'est-ce pas ? demanda-t-il cependant que quelques-uns applaudissaient son audacieuse réponse.

– Qu'Ézéchias ait été entendu par Dieu et qu'il ait eu sa vie rallongée de quinze années, dit le *Av Beth Din*, ne veut pas forcément dire que nous devons baisser les bras lorsque la maladie nous assaille.

– Au contraire, répliqua Stefanos, car *Hakaddosh barokhou* a placé en chacun de nous beaucoup plus de puissance que nous n'en utilisons !

Quatre ou cinq juges qui ne comprenaient pas où l'accusé voulait en venir manifestèrent une certaine impatience et partagèrent leur irritation en chuchotant entre eux et en multipliant les gestes d'énervement. Leurs collègues qui n'appréciaient pas leur désinvolture les rappelèrent à l'ordre.

– Bon… bon… passons au suivant, dit Gamaliel.

Sur l'invitation qui lui fut faite, un autre témoin s'approcha et prétendit que cet individu, comme il l'appela, ne cessait de proférer des paroles contre le Lieu Saint.

– Et que dit-il exactement ? interrogea le premier des magistrats tout en replaçant une mèche rebelle de sa chevelure bouclée sous son turban.

– Il dit que le Très-Haut *« n'habite pas dans ce qui est fait de main d'homme »*.

– En effet, confirma Stefanos. N'est-ce pas le sens de ce qui est écrit dans le Livre des *Shemot**, que ceux d'entre nous qui, comme moi, sont d'origine grecque appellent le Livre de l'Exode : « *Ils me feront un sanctuaire et je résiderai en eux* » ?

Quelques-uns des magistrats parurent exprimer que ce raisonnement n'était pas sot. Le Saint, béni soit-Il, qui avait donné des instructions très précises pour qu'on Lui construise un temple, considérèrent-ils, avait effectivement annoncé, pour qui voulait bien lire, qu'Il fixerait Sa demeure dans le cœur de chacun des enfants d'Israël.

Un troisième témoin rapporta sous serment qu'il avait entendu l'accusé se référer au prétendu *Machiah,* Yechoua bar Yosef, pour contester la Loi.

– Comme l'a dit le Nazaréen, se défendit Stefanos, il ne s'agit pas, pour nous qui croyons en sa résurrection, de détruire quoi que ce soit, mais juste de redonner du sens à ce qui n'en a pas ou n'en a plus. Qu'y a-t-il de répréhensible à rechercher la véritable signification que nous avons parfois perdue de certaines prescriptions ? interrogea-t-il. Qu'y a-t-il de condamnable à renoncer à tout ce que l'évolution des mœurs a rendu obsolète ? Qu'y a-t-il à redire au fait de vouloir purifier les cœurs et vivre une vie pieuse en tout dévouée aux autres et au Tout-Puissant ? Qu'y a-t-il de mal, finalement, à souhaiter que la paix et l'amour règnent vraiment sur la terre et à tout mettre en œuvre pour que cela advienne ici et de nos jours ?

Yechoua bar Yosef, de mémoire bénie, n'aspirait à rien d'autre.

Des voix furieuses s'élevèrent alors.

– Assez, dit l'un, de ce soi-disant Fils du Tout-Puissant !

– Oui, dit un deuxième, on ne veut plus entendre parler de ce falsificateur !

– On n'en peut plus des faux *Machiahi* ! hurla un troisième, le poing levé et le regard haineux.

– Il faut en finir avec tous ces dissidents ! cria un autre, et les mots « en finir » furent repris en chœur par une partie du public, tandis qu'une autre clamait le nom glorieux du prédicateur qui avait été crucifié.

Rabban Gamaliel marqua une nouvelle fois sa vive désapprobation du fait de ce chahut.

– Il me semble, cria-t-il en exigeant le silence, le front plus froncé que jamais, qu'en toutes circonstances nous devons rester dignes et sereins. Écoutons ce que l'accusé a à dire pour sa défense.

Avec un indéniable talent d'orateur, Stefanos entreprit un long discours dans lequel il relata l'histoire du peuple hébreu, peuple d'Israël, son peuple, revendiqua-t-il. Il commença par rendre hommage à Abraham auquel le Saint, béni soit-Il, était apparu afin de lui ordonner de quitter sa parenté pour aller vers le pays qu'Il lui montrerait ; il poursuivit en évoquant l'Alliance conclue avec l'Éternel, l'esclavage en Égypte, le veau d'or et, enfin, la maison que le roi Shlomoh construisit au Très-Haut. Sans doute voulait-il montrer, comme Yechoua l'avait fait avant lui, son attachement indéfectible aux Lois de Moshe et d'Israël. Soudain, tout à la fin de son propos, il changea de ton et se tourna vers les premiers rangs de l'assistance.

– Vous qui voulez me rabattre le caquet comme vous avez voulu museler le Nazaréen, que n'entreprenez-vous pas de faire taire la médisance en vous ? Que ne vous appliquez-vous pas à vous-mêmes la prohibition de la parole du mal – ce qu'il répéta en hébreu à la façon des rabbins lorsqu'ils veulent donner plus de poids à leurs propos –, pourquoi faites-vous donc du *lachon hara** ? Êtes-vous dispensés de la prescription de *Vayikra** 19, 16, *« Tu ne répandras pas de calomnies »* ?

Ceux dans le public qui se sentirent visés n'apprécièrent guère d'être ainsi renvoyés à eux-mêmes. On vit alors de nouveau des poings levés et des gestes obscènes. On entendit des insultes et des malédictions cependant qu'amis et partisans de Stefanos exigeaient plus fort que jamais sa mise hors de cause en clamant son innocence.

Le *Av Beth Din* dut, encore une fois, déployer toute son énergie pour faire régner le silence et pour annoncer que, si l'accusé n'avait rien à ajouter, le sanhédrin allait se retirer pour délibérer sur les faits de blasphème pour lesquels il s'était réuni. Il fit cette annonce avec de grands effets de manches, exposant les broderies de sa tunique de lin pur qui était entourée à la taille d'une ceinture de lin blanc, une étoffe exclusivement réservée aux prêtres.

Le prédicateur d'origine grecque n'eut pas d'autre choix que de rester à sa place en attendant le verdict. Il pria :

« Éternel, mon D-ieu, je me retire vers Toi ; sauve-moi de tous ceux qui me poursuivent, et délivre-moi !… Il est mon bouclier ; Il délivre ceux qui ont le cœur droit… Je célébrerai l'Éternel à cause de Sa justice ; je chanterai le nom de l'Éternel, le Très-Haut. »

À l'extérieur, dans la cour des Gentils, celle qui, au-dedans même des impressionnants murs du Temple, conçu en grande partie à ciel ouvert, accueillait indifféremment Juifs et non-Juifs, une foule de plus en plus dense réclamait sa libération. En effet, le bruit de son arrestation et de sa comparution devant le sanhédrin s'était répandu. Alors qu'ils n'avaient été que deux ou trois dizaines à le soutenir jusque-là, en quelques heures plusieurs centaines d'individus, tous croyant que Yechoua, le *rabbi* de Nazareth, était le Messie, s'étaient donné le mot. À cette heure-ci, l'écho de leurs voix en colère parvenait jusqu'à l'intérieur de l'enceinte où Stefanos attendait de connaître son sort.

Les entendre lui fit le plus grand bien. C'était le moment où, songeant à ses juges, et spécialement à ceux qui s'étaient montrés virulents contre lui, il énonçait à voix basse :

– *« Tu mets dans mon cœur plus de joie qu'ils n'en ont. »*

Bientôt les vingt-trois revinrent et, quelques instants plus tard, la foule en liesse, surprise d'un tel dénouement, acclama son héros qui était libre. À une majorité de douze contre onze, il avait été décidé de ne pas le déférer devant Pontius Pilatus. Manifestement, la voix de Rabban Gamaliel, qui avait reçu le soutien de deux prêtres influents nommés Nicodème et Yosef d'Arimathie, avait été décisive. Il avait justifié son vote en disant à ses collègues : « *Si cette entreprise ou cette œuvre vient des hommes, elle se détruira ; mais si elle vient du Très-Haut, vous ne pourrez la détruire. Ne courez pas le risque d'avoir combattu contre le Saint, béni soit-Il.* »

Malgré les protestations que suscita la relaxe prononcée, on avait aussitôt rendu son bien à Stefanos, en particulier une bourse dont il destinait le contenu, ce jour-là, au paiement de ses impôts et dont on avait néanmoins soustrait les frais de justice. Ses partisans le hissèrent au-dessus de la mêlée qu'ils formaient en scandant son nom, chantant leur allégresse et remerciant le Tout-Puissant.

Hélas, quand il fut seul de nouveau, se rendant chez le collecteur pour payer son dû, il fut attaqué au coin d'une étroite ruelle du côté des portes de Houldah par trois brigands qui lui volèrent son argent et le laissèrent sans vie dans le caniveau.

À ses obsèques, le lendemain, au cimetière du mont des Oliviers, un rabbin prononça un éloge funèbre sur sa tombe avant de dire le kaddish, glorification du Nom de Dieu récitée en de semblables occasions. Il évoqua l'épisode du sanhédrin et parla tout aussitôt ensuite des scélérats qui avaient occis le malheureux porté en terre. Cependant une forte bourrasque rendit inaudible une partie de sa phrase et beaucoup entendirent que c'était le sanhédrin qui l'avait tué.

Avant que le soleil n'atteigne le zénith, ce jour-là, toutes les murailles de la ville résonnèrent de cette rengaine intarissable selon laquelle le sanhédrin avait lapidé le prédicateur. Elle circula si bien qu'après *min'ha,* l'office de l'après-midi, au Temple, le deuxième de la journée, il ne fut question que de cela. Le grand prêtre, sollicité par le *Av Beth Din*, ne put faire autrement que de convoquer aussitôt un Conseil exceptionnel. Il tint séance avant *arvith*, l'office du soir. Il y fut décidé d'aller annoncer partout dans la ville que, contrairement à ce qui se disait, le tribunal de la communauté avait libéré le dénommé Stefanos et n'avait rien à voir avec son assassinat. Des témoins qui avaient assisté à l'audience furent retrouvés et dépêchés dans toutes les directions. Des docteurs de la Loi, des scribes, des fonctionnaires du Temple furent envoyés dans les quartiers de Jérusalem pour expliquer sur les marchés et sur les places qu'il ne pouvait, évidemment, y avoir eu et procès et lapidation. Un procès, s'évertuèrent-ils à démontrer, s'il aboutissait à une reconnaissance de culpabilité, était, dans les cas les plus graves, nécessairement transféré devant le préfet qui, seul, pouvait ordonner la mort. Mais nombreux étaient ceux qui se méfiaient de la hiérarchie sacerdotale, qu'ils considéraient comme étant à la botte de l'occupant, si bien que les démentis ne prenaient pas.

– Sornettes, criaient les uns face à un annonceur public qui s'efforçait de clamer l'innocence du sanhédrin.

– On nous prend pour des cruches, protestaient d'autres devant un docteur de la Loi.

– Au diable vos balivernes, vous l'avez tué ! Mort à vous ! hurlaient quelques-uns en lançant des pierres sur les murs du Temple.

– Menteurs, vendus, fumiers ! fulminaient d'autres encore en conspuant des témoins.

Au soir de cette journée tempétueuse au cours de laquelle une garnison de centurions avait dû prendre position autour du Temple pour le protéger, Hannan ben Seth, qui, tout en n'étant plus grand prêtre depuis une vingtaine d'années, jouissait toujours de tout le prestige et de toute l'autorité de la charge, considéra avec le représentant à Jérusalem de Pontius Pilatus – car le préfet de Judée se trouvait alors à Césarée – que le mieux était sans doute de laisser les choses s'apaiser d'elles-mêmes. Avec le temps les tensions se calmeraient et, sous peu, présagèrent-ils, toute cette histoire serait oubliée. C'était d'autant plus évident, s'accordèrent-ils à penser, que la réalité juridique s'opposait radicalement à la version des faits qui circulait et qu'elle finirait par s'imposer.

Le grand prêtre en exercice, Yosef Caïphe, qu'on nommait aussi *Cohen ha-Gadol**, lui, n'en était pas convaincu du tout. À la suite de la crucifixion du fameux *rabbi* Yechoua le Galiléen, non seulement rien n'était rentré dans l'ordre, non seulement des histoires invraisemblables continuaient à circuler, mais ce prétendu *Machiah* réussissait, tout mort qu'il était, à faire davantage parler de lui que lorsqu'il était vivant.

Chapitre 3

– Au nom de l'empereur, dit l'un des soldats, tu es en état d'arrestation.

– Tu plaisantes, protesta Pontius Pilatus en frottant ses yeux encore endormis.

– Suis-nous, se contenta de répondre le chef de la troupe qui venait, au petit matin, de le sortir de son lit.

– Comment ça, suis-nous ? C'est moi qui donne les ordres ici, tenta avec fermeté le préfet de Judée.

– Les nôtres viennent de Tiberius*, qui les a transmis au légat de la province et c'est celui-ci qui nous envoie. N'es-tu pas sous son autorité ?

– Sans doute, admit le préfet de Judée, mais…

– Mais rien du tout, je suis navré. Tu as cinq minutes pour te vêtir et rassembler quelques affaires.

– Tu… tu es sérieux ? protesta, à la fois furieux, incrédule et consterné, le haut fonctionnaire romain.

– Prends tes affaires et ne discute pas ! ordonna le gradé.

– Quoi, mes affaires ? Je ne reviens pas bientôt ?

– Je crains que non.

– Que se passe-t-il ? demanda en entrant dans la pièce Claudia Procula, fort contrariée d'avoir été réveillée par la visite matinale d'hommes en armes et en uniformes.

Son mari soupira en levant ses bras pour les laisser retomber aussitôt, manifestant ainsi son incompréhension de la situation.

– Mais enfin ! Pourquoi ne mets-tu pas tous ces gens dehors ? Allez, fichez-moi le camp ! lança-t-elle.

Comme les militaires se mettaient à pouffer de rire, elle renchérit :

– Vous êtes ici chez le délégataire du pouvoir impérial, l'ignorez-vous ? Et ne savez-vous pas qu'il a le pouvoir de vous faire mettre à mort, bande d'effrontés !

– Je regrette, femme, intervint le commandant pendant que ses hommes continuaient de ricaner, ton époux est en état d'arrestation et nous avons ordre de le mener à Rome, si besoin *manu militari*. L'empereur veut l'entendre.

– À Rome ! s'exclama-t-elle. L'empereur ! Mais… mais pourquoi ?

– Ça, rétorqua son interlocuteur, nous ne le savons pas. Notre mission consiste à emmener ce citoyen romain au port, où un bateau nous attend. Nous n'en savons pas plus.

– Par Jupiter, Pontius, qu'est-ce que tout cela veut dire ?

Celui-ci, ne sachant que répondre, fit un nouveau geste de colère et de désespoir. Il ignorait ce qu'on lui reprochait mais il avait exercé le pouvoir suffisamment longtemps pour savoir que, lorsqu'un homme était dans les filets de celui qui le détient, ses chances d'en réchapper étaient très minces.

Depuis cet épisode de son enfance où des camarades malveillants avaient eu le dessus sur lui, c'était la première fois de toute sa vie qu'il se trouvait en situation de devoir se soumettre à autrui. Il avait toujours conservé le souvenir de cette scène. Il devait avoir dix ou onze ans. Trois ou quatre chenapans l'avaient encerclé et le plus grand et le plus fort d'entre eux s'était avancé méchamment vers lui. Il lui avait demandé s'il n'était pas content – content de quoi ? il ne l'avait jamais su – et, sans attendre la réponse, il lui avait, sans raison aucune, fracassé le nez d'un coup de tête. Ce jour-là, le petit garçon qu'il était n'avait pas pleuré et n'avait rien dit à personne mais il s'était juré que jamais, non, jamais plus, il ne revivrait un tel affront. L'os cassé au milieu de son visage qu'il caressait sans cesse entre son pouce et son index, comme s'il était à lui seul tous les grains d'un chapelet, lui rappelait en permanence ce serment et lui permettait de prendre à l'encontre des criminels et autres brigands les décisions les plus cruelles. Il ne comptait plus le nombre de scélérats qui avaient payé de leur vie ce coup qui, jadis, lui avait brisé le nez. Que s'était-il passé pour que la roue tourne aussi brutalement et pour que, pour la première fois depuis tellement d'années, il doive se soumettre à plus forts que lui ?

– Je serai bientôt de retour, réussit-il à dire sans y croire un seul instant. Bientôt, répéta-t-il.

Il secoua la tête en fixant sa femme de ses beaux yeux bleus. Tous ceux qui le connaissaient savaient qu'il était capable d'afficher le sourire le plus exquis, mais que de sa bouche pouvait jaillir le pire. Cette fois-ci pourtant, son regard et ses lèvres avaient l'expression d'une piteuse désolation.

– Je pars avec toi, dit Claudia déterminée. Rien ne m'interdit de monter sur le même bateau, n'est-ce pas ? demanda-t-elle à la soldatesque.

Les trois ou quatre hommes qui entouraient le couple échangèrent des regards signifiant qu'ils ne savaient pas si leur prisonnier pouvait être accompagné mais que rien, a priori, ne s'opposait à ce que la femme du préfet de Judée embarque sur le même navire. Après tout, si elle payait le prix de la traversée, ils ne pouvaient pas l'empêcher d'aller à Rome !

Claudia prit aussitôt des dispositions pour ses enfants, donna des ordres à ses serviteurs et quelques minutes plus tard, avant même son mari, elle était fin prête au voyage. Elle se tenait dans l'entrée de leur maison, une petite malle posée à ses pieds.

Vivant à Césarée Maritime depuis une dizaine d'années, Claudia Procula avait eu souvent l'occasion de voir des bateaux lever l'ancre ou la jeter. Des quadrirèmes et des quinquérèmes, des navires marchands avec trois mâts, de grandes voiles carrées et une plus petite à l'avant de forme triangulaire qu'elle savait être appelée *supparum*, mais elle n'avait jamais senti l'appel du large. La perspective d'être en mer pendant plusieurs semaines, de dormir à même le pont, de ne pas se laver, de souffrir de nausées, de subir la promiscuité de l'équipage, de ne pouvoir éviter de renifler l'odeur incommodante des passagers, de côtoyer les esclaves et, pire encore, d'entendre sans cesse le tumulte des animaux embarqués pour servir de nourriture pendant le voyage avait toujours effrayé cette femme issue d'une grande famille aristocratique liée, disait-on, à l'empereur Augustus*. Elle était redoutée et toute sa domesticité savait que ses décisions, souvent arbitraires, étaient sans appel.

Plus jeune que son mari de quelque dix-huit ans, elle avait à peine passé la trentaine. Elle n'était pas vraiment jolie mais nul pourtant ne pouvait la dire laide. Sa longue chevelure blonde conférait une étrange douceur à son visage arrondi. Elle avait la manie de tout ramener à elle ou à son couple. Non contente d'être, en tout point, l'ombre de son époux – on aurait pu dire qu'elle marchait dans ses sandales si elle avait chaussé la même pointure –, toujours prête à porter le coup fatal à l'animal qu'il avait blessé, elle savait faire entendre sa voix lorsque l'occasion se présentait. Il n'était pas rare que ses amies se gaussent d'elle en la surnommant « madame Moi-Je », parce que, quoi qu'on lui dise, il fallait toujours qu'elle le rapporte à une situation personnelle, ou « madame Nous-On », parce qu'elle commençait souvent ses phrases en incluant son mari dans le sujet du verbe. « Nous, on ne nous marche pas sur les pieds ! » disait-elle, « Nous, on n'aime pas l'agneau trop cuit ! », « Nous, on adore les jeux du cirque et les combats de coqs ! », comme si tous leurs goûts étaient semblables et toutes leurs aversions identiques. C'était sans doute sa façon à elle d'afficher la solidité apparente de son couple et d'avertir les autres femmes qui pouvaient être séduites par le bel homme qu'était Pontius de se tenir à distance. C'était peut-être aussi une façon de se démarquer de sa propre mère de l'emprise de laquelle elle avait cru se défaire en l'épousant. Au demeurant, mais ce n'était probablement pas sans rapport, elle prenait un malin plaisir à dire du mal des uns et des autres chaque fois qu'elle le pouvait et, plus encore, à les humilier.

Pilatus, de son côté, avait déjà effectué plusieurs traversées. Il était allé sur l'île de Chypre, à l'ouest, à Antioche, au nord, ainsi qu'à Alexandrie, au sud. En outre et bien qu'il n'ait été que préfet, il lui avait été donné, jadis, au début de son mandat, de faire le grand voyage jusqu'à Rome pour y être reçu avec tous les honneurs. En montant à bord du navire, il se souvenait de la fierté qui avait alors été sienne, mais en même temps il ne pouvait pas chasser de son esprit l'histoire qu'on lui avait racontée d'Hérode Archélaos qui, avant lui, avait gouverné la Judée en qualité de tétrarque. À l'époque, c'était à peine un quart de siècle auparavant, les Juifs et les Samaritains, lui avait-on raconté, s'étaient rendus en délégation à Rome pour se plaindre du comportement tyrannique de celui-ci. L'empereur Augustus avait alors sommé Hérode Archélaos de venir s'expliquer, après quoi il l'avait destitué et exilé ! Est-ce que l'exil était le sort qui l'attendait ? Ou pire encore ? Qu'avait-il fait qui justifie qu'il soit mené de force devant Tiberius ? Si celui-ci l'avait juste convoqué, il y serait allé ! Évidemment ce n'était pas à lui, qui avait gouverné sa province d'une main de fer, que l'on devait apprendre les jouissances subtiles que le pouvoir procure. Il savait depuis longtemps toute la différence qu'il y a entre interroger un homme libre et un prisonnier. C'était la même que de jouer avec une souris courant à son gré sous les murs et entre les pierres, ou avec une souris prisonnière d'une amphore percée de petits trous : on pouvait alors se délecter du spectacle de ses tentatives désespérées d'en sortir. Ce pour quoi l'empereur le faisait quérir était nécessairement de la plus haute gravité. Mais qu'était-ce donc ?

Était-il encore contrarié – le mot était faible, songea-t-il – par ce stupide épisode des boucliers d'or qu'il aurait, lui, prématurément considéré comme une affaire classée ?

– Qu'est-ce que c'est que cette histoire ? lui demanda Claudia.

Il avait été autorisé temporairement à se déplacer lorsqu'ils furent au large, et il partageait avec elle son inquiétude sur le pont du navire.

– Oh ! Il n'y avait pas de quoi fouetter un chat !

– J'adore fouetter les chats ! s'exclama-t-elle en riant

bruyamment comme elle avait l'habitude de le faire lorsqu'elle se vantait des monstruosités dont elle était capable. Mais, vas-y, je t'écoute.

– Tu t'intéresses aux affaires publiques maintenant ? dit-il, un rien moqueur malgré les circonstances. On aura tout vu !

– Je crains que la situation ne me donne pas le choix.

Pilatus n'avait pas l'habitude de la tenir au courant des vicissitudes de sa fonction. Elle régnait sur son monde – sa maison, ses domestiques et ses enfants –, et il régnait sur le sien – sa province de Judée. Il était homme à tout savoir et à avoir toujours raison sur tout. S'il invitait des convives, il leur imposait son opinion et il le faisait de telle façon que nul n'osait donner un avis contraire. Même ses conseillers les plus proches savaient qu'ils ne devaient jamais le prendre de front et que le meilleur moyen de ne pas se faire évincer de son entourage était d'approuver, voire, pour les plus zélés, de surenchérir puis, éventuellement, de biaiser. Il se plaignait souvent – un jour, des Juifs en général, un autre, des Samaritains, un autre encore, des Galiléens, un autre aussi, des Moabites – et il le faisait avec tant de conviction que nul ne se permettait de lui faire remarquer qu'ils n'étaient pas tous comme cela, qu'il y avait des gens bien partout, qu'il ne fallait pas généraliser et que des exceptions existaient. Il représentait, lui, le soldat parvenu au sommet de la hiérarchie, ce qu'il y avait de mieux sur la terre, et tout le reste, fatalement, était quantité négligeable.

– Voici quelque temps, raconta-t-il, j'avais fait réaliser des boucliers d'or pour le palais d'Hérode à Jérusalem. Tu les aurais vus ! Ils étaient magnifiques ! Ça m'a coûté une fortune ! Et figure-toi que cela n'a pas plu à ces maudits autochtones. Tu parles ! Tous des cruches !

– Et pourquoi ont-ils protesté, ces imbéciles ? demanda Claudia Procula. C'est comme moi quand ces empotés de…

– Eh oui, pourquoi ? répéta-t-il sans la laisser finir sa phrase. Ces bandes de crétins se sont offusqués de ce que j'avais fait graver comme dédicace : « De Pontius Pilatus à l'empereur Tiberius Cæsar, fils du divin Augustus ».

– Ah ! s'étonna Claudia. Où est l'offense ?

– C'est à cause de leur stupide histoire d'un Dieu unique ! Leur damné Dieu si puissant et si sublime, selon eux, que nul ne peut se le représenter et qui ne peut être nommé que par des mots substitués !

– Ah oui, c'est leur fameux *Hachem** qu'ils répètent à tout bout de champ !

– En effet. Tu nous vois appeler Jupiter : le Nom ? C'est ridicule !

– Vraiment.

– Depuis le temps, je n'arrive toujours pas à m'y faire. Comment peut-on vénérer un Dieu dont on n'a pas la moindre idée de ce qu'il est, et s'offusquer qu'il y en ait d'autres ?

Claudia approuva en haussant les épaules.

– J'avais rencontré à Alexandrie, poursuivit son mari, un

certain Philo* qui m'avait expliqué que leur Dieu – comment m'avait-il dit ? – ah oui ! que leur Dieu n'est pas connaissable par l'intelligence, ni saisissable par la sensibilité. Ah ! il m'avait fait bien rire, ce Juif savant ! Pas connaissable par l'intelligence ! C'est grotesque, n'est-ce pas ? Nous savons, nous autres Romains qui sommes tout de même plus intelligents que ces minus – autrement nous ne régnerions pas sur le monde ! –, que cela n'a pas de sens. Nos dieux sont tout le contraire. Ils sont connaissables et saisissables, bon Dieu de bon Dieu ! s'exclama-t-il, content de son juron éculé qu'il jugea très à propos.

– Évidemment ! Alors, où était le problème avec tes boucliers ? demanda Claudia Procula.

– Ce sont les mots « fils du divin Augustus » qui ont heurté leurs oreilles douillettes – non mais, tu vois ça ! – et ces vers de terre n'ont rien trouvé de mieux à faire que d'écrire à Rome. Tu te rends compte !

– Ce n'est tout de même pas pour ça que Tiberius te fait mettre aux arrêts et mener jusqu'à lui par un de ses escadrons !

– D'autant que cette histoire, je la pensais réglée puisque nous avons trouvé une solution afin que nul ne perde la face.

– C'est-à-dire ? Ne me dis pas qu'ils t'ont fait plier, ces idiots ?

– Non, non. Pontius Pilatus ne plie pas devant l'adversité, répliqua-t-il en bombant le torse et en hochant la tête après avoir posé ses deux mains sur son crâne recouvert d'une chevelure poivre et sel coupée très court.

– Qu'as-tu fait, alors ?

– J'ai considéré que ces magnifiques boucliers seraient bien mieux à Césarée, qui est tout de même la capitale, plutôt qu'à Jérusalem qui ne représente rien d'autre, pour l'Empire, qu'une conquête symbolique.

– Donc, ce n'est pas cela ? envisagea son épouse.

– En fait, plus j'y pense et moins je le conçois. Je me demande si… peut-être…, dit-il, peut-être… Mais, non, je n'y suis pour rien !

– À quoi songes-tu ?

– À ce prédicateur qu'on prétend stupidement avoir été jugé et lapidé par le sanhédrin…

– Stefanos ?

– Oui, Stefanos, c'est ça ! Finalement, tu es plus au courant de ce qui se passe dans cette province que je ne le pensais ! Bref, je ne vois pas ce que Rome pourrait me reprocher dans cette histoire ! Vraiment ! Si c'est que ce type se soit fait détrousser et trucider, je ne peux quand même pas mettre des centurions à tous les coins de rue ! Et si c'est, comme beaucoup le prétendent de façon irréaliste, parce qu'il aurait été condamné par le sanhédrin, qu'est-ce que j'y peux, moi ?

– Évidemment, dit-elle, on ne peut pas nous chercher des ennuis pour si peu. Il doit y avoir autre chose…

Chapitre 4

Alors qu'un mois plus tôt des soldats s'étaient présentés chez Pontius Pilatus pour le tirer du lit et le mener à Rome, Yosef Caïphe, grand prêtre de Jérusalem, se voyait, de son côté, remettre ce jour-là une convocation à se présenter au plus vite au palais de Lucius Vitellius.

Le légat de l'empereur siégeait à Césarée, qui était devenue la capitale de la Judée. Quelques années auparavant, Hérode en avait expulsé les Juifs pour faire de cette ville portuaire flambant neuve une cité totalement hellène. Il l'avait nommée Césarée Maritime, Césarée en l'honneur d'Augustus, fils de Cæsar*, et Maritime pour la distinguer de la ville de Césarée de Philippe située au pied du mont Hermon. On y trouvait un sanctuaire païen dans lequel le culte impérial était pratiqué, un théâtre, un hippodrome, tous édifices de nature à mettre mal à l'aise les descendants d'Abraham. Autant les Romains et les Grecs avaient du mal à comprendre qu'on voue un culte à un seul Dieu, qui plus est invisible et innommable, autant, de leur côté, les Juifs étaient peu réceptifs à l'idée d'un panthéon qui était, en soi, une violation du premier commandement : « *Je suis l'Éternel, ton Dieu... Tu n'auras pas d'autres dieux devant ma face.* » Aussi Yosef Caïphe avait-il décidé de faire comme son beau-père, Hannan ben Seth, qui avait été souverain sacrificateur avant lui et qui avait su conserver toute l'autorité attachée à la grande prêtrise et à sa position de patriarche : il ne s'y rendait que les yeux bandés, un serviteur lui ôtant son bandeau seulement au moment de pénétrer chez le représentant de l'empereur dans une pièce sans statues et sans peintures aux murs.

La veille de son départ, il avait expliqué à sa fille Myriam, alors âgée de quinze ans, pourquoi, à l'instar de son grand-père, il agissait ainsi.

– Si je ne le mettais pas, ce bandeau, lui avait-il dit, et qu'un Juif pieux venait à le savoir, il dirait partout que j'ai contemplé des idoles et j'aurais les pires ennuis. Il faut se méfier, ma fille, il faut se méfier de tout ! Surtout qu'il y a toujours un Juif pour en critiquer un autre !

– Oui, oui..., avait-elle concédé sur le ton d'une adolescente qui avait déjà entendu ce genre de propos des milliers de fois.

– Ma fille, sois sur tes gardes en toutes circonstances.

De fait, Yosef Caïphe était un homme qui vivait dans la peur. Il passait une grande partie de ses journées à écouter les rapports qu'on lui faisait sur ce qui s'était passé ici ou là et les événements relatés, des crimes, des viols, des vols, des blasphèmes, ajoutaient à la peur qu'il avait de son propre souffle, qui pouvait le terrifier pour avoir seulement fait ondoyer les feuilles des parchemins qu'il lisait. Peur d'être attaqué, peur de voir ses revenus baisser, peur d'une réforme annoncée, peur d'une idée nouvelle, peur du bouleversement que pourrait provoquer un progrès technique, peur des étrangers venant chercher meilleure fortune en Judée, peur d'une nouvelle monnaie. Il craignait pour lui et pour les autres, tant et si bien qu'à chaque fois qu'il prenait la parole au Temple ou en famille, c'était pour appeler à la vigilance.

Cette peur qui l'habitait ne le quittait pas et il lui arrivait souvent de se réveiller au milieu de la nuit en suffoquant, sortant d'un cauchemar – un autre, mais récurrent celui-là, dans lequel des individus mal intentionnés pénétraient dans sa maison. Rivka, sa femme, avait beau lui dire que les appels répétés à la vigilance n'empêchent jamais le danger de surgir et qu'ils ne servent, en fait, qu'à faire grandir une angoisse qui est en soi – angoisse, selon elle, d'être traité comme un objet –, mais il était fermé à ce genre de réflexion qui caractérisait, de son point de vue, la gent féminine, laquelle n'avait, d'après lui, rien de mieux à faire que parler.

Le plus étrange était que, tout en ayant peur de tout, il prenait des risques énormes. Des risques financiers en investissant son argent dans des projets douteux, des risques conjugaux en ne dédaignant pas de jeter son regard sur d'autres femmes que la sienne et des risques d'ennuis judiciaires en trempant dans des affaires à la limite de la légalité. Jusque-là, il s'en était toujours sorti, tout se passant comme si le fait de triompher des peurs qu'il se faisait lui procurait une intense jouissance. Il lui était même arrivé de défier des interdits divins, comme par exemple d'allumer secrètement un feu à shabbat ou de manger en cachette une miche de pain levé pendant la Pâque, histoire d'observer pendant les jours et les semaines qui suivaient si Dieu le punissait et, passé un temps suffisant, de se réjouir qu'aucun malheur ne se soit abattu ni sur lui ni sur sa famille.

– Père, osa alors Myriam, puis-je poser une question ?

– Tourne sept…

– Oui, je sais, je sais, tu me l'as dit à maintes reprises de tourner sept fois ma langue dans ma bouche avant de parler.

– Puisse *Hachem* me prêter vie assez longtemps pour que je te le répète encore dix mille fois !

– Nos textes, dit-elle sans que les paroles de son père l'aient découragée, énoncent qu'à chaque génération, nous autres Juifs, nous verrons un ennemi se dresser devant nous, mais que *Hakaddosh barokhou*, le Saint, béni soit-Il, sera là pour nous défendre et pour le vaincre.

– Oui, en effet, confirma Caïphe.

– Mais alors, lui demanda sa fille, pourquoi devons-nous craindre un éventuel adversaire si l'Éternel le réduira en miettes ?

Depuis la naissance de cette fille unique, son père ne manquait jamais une occasion de lui faire sentir que, décidément, elle n'était pas le garçon qu'il aurait voulu avoir.

Il faillit bien lui dire que ce genre de questions ne l'étonnait pas de sa part. Il devait, néanmoins, être dans un de ses bons jours car, plutôt que de la rabrouer, il tenta une explication.

– C'est… une bonne question, Mimi – il l'appelait ainsi lorsqu'il était bien disposé à son égard. Te souviens-tu des deux derniers versets des cinq *kinot** ?

– Les Lamentations que nous disons le soir du jeûne de Tisha Be Av, pour rappeler la destruction du Temple : « *Qu'importe la douleur, qu'importe la dureté du malheur qui nous éprouve, Hachem ne nous a pas abandonnés.* »

– Quel dommage que tu ne sois pas un garçon ! ne put s'empêcher de s'exclamer le grand pontife.

– Ou quel dommage que notre Sainte Torah ne permette pas aux femmes d'accéder à la prêtrise !

– Tu n'y penses pas !

Elle fit la moue et ajouta :

– *Hakaddosh barokhou* n'a-t-Il pas dit à Abraham : « Pour tout ce que te dira Sarah, écoute sa voix » ? Pourquoi alors ne serions-nous pas toutes des Sarah qu'il faudrait écouter ? Et ne t'ai-je pas souvent entendu dire que la maison d'un homme, c'est sa femme ?

Ce fut au tour de Caïphe de manifester sa réserve par une grimace.

– J'espère que tu n'es pas influencée par ces nouveaux courants de pensée qui voudraient tout bouleverser ?

– Non, de quoi parles-tu ?

– Rien, de rien, répondit-il.

Il ne voulait pas, si elle ignorait ce à quoi il faisait allusion, être celui par qui elle aurait connu ces idées nouvelles ô combien licencieuses.

– Ah ! fit-elle.

– En tout cas, ma fille, prends garde de ne pas fréquenter ces jeunes de plus en plus nombreux qui osent remettre en question nos textes et nos traditions. C'est de la vermine !

L'adolescente, qui était sortie de l'enfance deux ou trois ans plus tôt et à propos de laquelle il était de plus en plus question de mariage, savait que lorsque son père parlait ainsi, c'était qu'il cherchait à renforcer ses convictions. Tout récemment, d'ailleurs, il s'était entretenu avec le *Av Beth Din* des remous qui agitaient la Judée, et Myriam avait entendu leur conversation :

– Imaginons, avait dit Rabban Gamaliel, que Yechoua soit un vrai *Machiah* et que son entreprise réussisse ; alors n'aurons-nous pas combattu la volonté du Saint, béni soit-Il ?

Caïphe avait protesté.

– S'il était le Sauveur que nous attendons depuis des générations, crois-tu que *Hakaddosh barokhou* aurait laissé faire ce qui lui est arrivé ? Un vrai *Machiah* ne se laisse ni arrêter, ni cracher au visage, ni juger, ni crucifier !

– Mais Isaïe ne passe-t-il pas pour être un Prophète alors qu'il fut, dit-on, scié en deux, sur ordre du roi Manassé ? avait argumenté son adjoint.

– Tu sais bien ce qu'on raconte : pour lui éviter de souffrir, son âme fut ravie au ciel juste avant cette torture.

– Qui te dit que ça n'a pas été la même chose pour le Galiléen ?

Caïphe avait soupiré.

– Je crains bien que tout cela ne finisse mal.

Le souverain sacrificateur avait pour lui d'être grand, bien plus grand que la moyenne, et il avait contre lui, outre d'avoir peur de tout, d'être un faible qui jouait les forts. Myriam avait été témoin de tant de disputes entre ses parents au cours desquelles c'était sa mère, la fille aînée de Hannan ben Seth, qui avait eu le dernier mot, qu'elle savait bien qu'il n'était un grand homme qu'en apparence. Les autres traits qui le caractérisaient participaient de la même opposition. Son large front donnait à penser qu'il était habité d'une intelligence hors du commun mais les rides qui s'y dessinaient montraient ses incertitudes et ses tergiversations. Son nez droit qui était pourtant bien dessiné se manifestait sans cesse, comme pour renifler tous les dangers possibles, par un tic tel que les deux narines, ensemble, basculaient du bas vers le haut et du haut vers le bas, entraînant avec elles les muscles zygomatiques et la lèvre supérieure. Ses iris d'un noir ténébreux autour d'une pupille qui semblait toujours vous pénétrer jusqu'à la moelle, peut-être pour tenter de conjurer la peur, étaient contenus par des orbites ridiculement étroites. Sa bouche aurait pu être belle avec ses lèvres épaisses, mais elle était toujours grande ouverte pour marquer l'effroi et avait tout perdu de son charme du fait de deux incisives qui manquaient à sa dentition. Et puis son allure générale hautaine et, néanmoins, incertaine exprimait l'assurance fragile que se donne un peureux.

Myriam avait parfois entendu des commentaires peu élogieux sur son père. Par exemple qu'il avait été nommé par défaut à la grande prêtrise. Des mauvaises langues disaient que, faute d'avoir choisi le meilleur, le préfet de Judée avait opté pour le moins pire, et d'autres allaient jusqu'à insinuer que c'était lui, entre tous les prétendants, qui avait glissé au fonctionnaire qui l'avait mis en place le plus gros dessous-de-table. Le bruit courait même que s'il était encore en poste, c'était parce que tous les ans il remettait la main à la poche.

– Il faut absolument se méfier, reprit Caïphe, de ces nouvelles tendances qui mettent en danger notre religion. Je vois trop de jeunes gens en quête d'idéal qui sont prêts à suivre n'importe qui et à croire en n'importe quoi. Je me dois de t'avertir et je vais d'ailleurs demander à ta mère de surveiller tes fréquentations.

– Je n'ai rien entendu qui soit de nature à me détourner de nos traditions, père.

– Eh bien, tant mieux ! Veille donc à ce que cela continue !

À ce moment-là, l'un des serviteurs de la maison entra dans la pièce avec la détermination d'un homme porteur d'une nouvelle de la plus haute importance.

– Que se passe-t-il ? interrogea le grand prêtre.

– C'est que…, hésita-t-il en montrant Myriam, manifestant ainsi sa gêne de parler en sa présence.

– Ah ! s'exclama le grand prêtre, vas-y donc, tu peux tout me dire, cette enfant est en âge de comprendre le monde tel qu'il est !

– Eh bien, dit l'homme embarrassé, nous avons arrêté deux scélérats qui criaient : « *Hamachiah** est fils d'*Hachem*, Caïphe est fils de… »

Il s'interrompit, de nouveau embarrassé, détournant son regard de la demoiselle.

– Tu vois, Mimi, on parle du loup et il montre ses crocs ! Qu'on… qu'on… les fasse juger par les Romains, ordonna Caïphe.

– Est-ce de leur ressort ? demanda le serviteur.

– Si les faits sont qualifiés de troubles à l'ordre public, c'est de la compétence du préfet.

– Oh, père, non, vous savez comme il peut être cruel !

– Ça leur apprendra ! dit Caïphe.

– Père ! insista Myriam.

– Je… je vais demander à ton grand-père ce qu'il en pense, grommela-t-il.

Le lendemain, alors que deux de ses hommes l'attendaient sur leurs mulets et qu'il allait monter le sien pour un voyage de deux jours pleins jusqu'au palais de Lucius Vitellius à Césarée, sa femme s'inquiéta de la durée de son absence.

– Et la fête ? Comment vas-tu faire pour *Pessah** ?

– Ne t'inquiète pas, lui répondit-il en se calant sur sa monture. Même si je dois cravacher jour et nuit, je serai de retour très vite. L'important est de répondre à la convocation du légat de l'empereur.

– Mais que te veut-il donc ?

C'était bien là la question que se posait le grand pontife et qui occupa tout son esprit pendant les quatorze heures de voyage et pendant toute la nuit qu'il passa, à mi-chemin, à Tel Afek, renommée Antipatris par les Romains. Tout comme Pilatus qui, sur son bateau, s'était longuement demandé ce que l'empereur avait à lui reprocher, le grand prêtre se posait la question de savoir ce que diable pouvait bien lui vouloir le représentant de Rome. Était-ce une mission particulière qui allait lui être confiée ? Une distinction allait-elle lui être décernée pour ses bons et loyaux services ? Ou, au contraire, une destitution l'attendait-elle au bout du voyage ? Il savait depuis toujours qu'il était à la merci du légat, même si la douzaine d'années qui venait de s'écouler le lui avait parfois fait oublier. Son prédécesseur, Yosef ben Camithus, n'était resté en poste qu'un seul jour. Le frère de celui-ci, Simhon, avait été démis au bout d'un an par Valerius Gratus, celui-là même à qui il devait sa nomination. Éléazar ben Hanania et Ishmael ben Phabi avaient été remerciés, eux aussi, dans l'année de leur entrée en fonction. Qu'est-ce qui l'attendait à Césarée ?

Le matin du retour de son père, Myriam apprit que les contestataires qu'il avait voulu envoyer devant Pilatus avaient finalement comparu devant le sanhédrin et qu'ils s'en étaient tirés avec trente-neuf coups de fouet. Loué soit le Saint, béni soit-Il, songea-t-elle, qui a limité le nombre des coups que l'on peut porter à un homme !

Chapitre 5

Gamine, Myriam avait le droit d'aller jouer dehors avec d'autres enfants de son âge, mais depuis qu'elle était devenue femme, elle ne pouvait sortir qu'avec sa mère ou la servante affectée à son service. La seule occasion qu'elle avait de voir d'autres garçons que ses cousins lors des repas familiaux était les cérémonies qui se déroulaient au Temple.

C'est ainsi que, ce jour-là, à l'occasion de la fête de Pâque, l'une de ces trois périodes particulières de l'année où les Juifs venaient de toute la Judée mais aussi de Galilée et de Pérée, elle avait croisé le regard d'un fidèle, le plus éblouissant qu'elle eût jamais vu. C'était un homme aux traits plutôt communs mais dont le sourire largement déployé illuminait le visage. Il était brun aux yeux noirs, portait une longue barbe et sa chevelure bouclée, divisée en deux parties égales par une raie tracée au milieu, ondulait sur sa nuque jusqu'au-dessous des omoplates. Ce n'était plus un adolescent car un quart de siècle avait bien dû s'écouler depuis sa venue au monde.

Hommes et femmes étant séparés, il fallut, pour qu'elle l'aperçoive, que celui-ci cherche sa mère et ses sœurs afin de leur indiquer l'endroit où ils se retrouveraient à l'extérieur du Temple. En voyant Myriam, il s'arrêta net comme si, en ce lieu sacré, un ange du Seigneur lui était soudainement apparu. Il maintint son regard sur elle si longtemps et si fixement qu'elle se sentit obligée de baisser les yeux. Quand elle releva la tête, il y avait eu dans la cour des Hommes un mouvement de foule et il avait disparu. Elle se demanda si les autorités n'avaient pas discrètement mis la main sur un agitateur. Depuis les incidents qui s'étaient produits quelques années auparavant lorsque le désormais fameux *rabbi* Yechoua, que certains appelaient *Hamachiah*, avait créé du désordre, le *sagan*, commandant du Temple, veillait à ce que la garde soit sur le qui-vive. Le grand prêtre, son père, avait donné des instructions : le moindre chahut devait être aussitôt réprimé.

Si à l'époque le prédicateur de Nazareth avait réussi à agir avant que les soldats n'interviennent, cela, avait souvent répété Caïphe, ne saurait se reproduire.

Le lendemain de cette rencontre qui avait provoqué en elle un grand trouble était encore jour de prière et elle espérait revoir celui qu'elle n'avait qu'entraperçu. Elle savait qu'elle avait très peu de chances pour que leurs regards se croisent de nouveau parce que, en ces temps de fête, la population de Jérusalem allait jusqu'à tripler et que les nombreux pèlerins n'avaient d'autre idée que de pénétrer à l'intérieur des murs du Temple. La plupart étaient arrivés la veille ou l'avant-veille par caravanes d'ânes et de dromadaires qui avaient parcouru, pour certains, des centaines de kilomètres. Ils tentaient maintenant chaque jour de se frayer un chemin entre les troupeaux de bœufs, de moutons et de brebis conduits jusque-là pour les sacrifices rituels. Ils inondaient les places et les venelles de la ville basse. Ils admonestaient leurs enfants pour ne pas les perdre, et leurs cris se mêlaient à ceux des marchands et des porteurs d'eau tandis que l'atmosphère se chargeait, avec celles du bétail, de l'encens et des immondices, de leurs odeurs accentuées par la chaleur qui régnait déjà en ce début de printemps.

Pour pénétrer dans le Temple qui ne pouvait contenir la foule qui s'y pressait, il fallait soit compter parmi les privilégiés, soit, pour tous les autres, prendre son tour devant la porte d'Or bien avant l'aube, voire y passer la nuit. Myriam faisait partie des premiers, puisque fille du grand prêtre, mais l'homme qu'elle brûlait d'envie de revoir, qui était-il ? Avait-il un rang suffisant ou une fonction telle qu'il dispose d'un laissez-passer prioritaire ? Ou bien sa piété était-elle si grande qu'il pouvait attendre des heures devant l'édifice pour avoir une chance d'y être admis ?

Entrée par celle qu'on nomme la Belle Porte, en bronze de Corinthe, la plus splendide parmi les neuf portes couvertes d'or que comptait le monument, elle s'arrangea pour être assez tôt sur les lieux afin de pouvoir être placée exactement au même endroit que la veille. Pour son plus grand bonheur, le jeune homme était là. Il avait dû, lui aussi, faire en sorte de se retrouver au même endroit. Il était accompagné de deux autres pèlerins revêtus tout comme lui de leurs châles de prière. Elle supposa que l'un d'eux était son père et l'autre, qui pouvait avoir à peu près le même âge que lui, son frère ou un cousin. Malgré la cohue, elle réussit à ne pas le quitter des yeux et lui, malgré l'interdiction de regarder du côté des femmes afin, disait-on, de rester concentré sur la prière, ne put s'empêcher d'obliquer sa tête vers elle. À chaque fois, le cœur battant, il constata qu'elle avait les yeux braqués sur lui. À chaque fois, et le manège était charmant, elle les détournait aussitôt.

De nouveau, la fin de l'office religieux les sépara et chacun caressa l'espoir de revoir l'autre une semaine plus tard à l'occasion de la fin de cette fête commémorant la sortie d'Égypte qui durait huit jours.

Et ce jour-là arriva. Alors que le Temple était bondé, une jeune demoiselle de seize ans environ se tenait dans la cour des Femmes tout près de Myriam. Elle observa les deux jeunes gens qui n'avaient d'yeux que l'un pour l'autre, puis, lorsqu'elle sentit le moment propice, celui où la mère de la jeune fille discutait avec une autre femme, elle engagea la conversation.

– Il te plaît ? demanda-t-elle.

– Mais… mais… de… de quoi, de qui parles-tu ?

– De cet homme là-bas qui nous regarde parler toutes deux et qui attend avec impatience que je te transmette son message.

L'adolescente rougit tout en sentant son cœur battre plus fort que jamais.

– Mon nom est Rachel, dit l'inconnue, je viens de Salamine, précisa-t-elle comme pour détendre l'atmosphère.

– Enchantée, moi c'est Myriam.

– Écoute, lui murmura la Chypriote, mon cousin, Yosef bar Nabi*, me charge de te dire qu'il t'attendra après-demain à la dixième heure sur la place des Tisseurs de laine.

– Mais… mais je ne peux pas, répondit Myriam. Ma servante m'accompagne partout.

– Tu trouveras bien un prétexte pour l'éloigner.

– Je n'ai jamais songé à m'en défaire.

– Je serai là et si tu veux, je me chargerai de l'occuper.

Ayant dit cela, la messagère s'éclipsa et laissa la fille de Yosef Caïphe toute à son émoi.

Chapitre 6

Après deux jours de navigation, le navire qui emmenait Pontius Pilatus et sa femme jusqu'à Rome fit escale à Éphèse, l'un des ports les plus dynamiques de la mer Égée. Celui-ci ne fut pas autorisé à débarquer, mais Claudia, libre de ses mouvements, put aller goûter au plaisir de marcher sur la terre ferme.

Elle fit quelques achats et fut surprise par l'importance de la diaspora juive qui vivait là. Elle était de ceux qui pensaient que les Juifs peuplaient essentiellement les régions voisines du Jourdain, ignorant que depuis la prise de Jérusalem par Pompeius, trois ou quatre générations plus tôt, ils s'étaient dispersés par dizaines de milliers et établis au sein des nations alentour. De ce fait, et alors même qu'elle avait parcouru sur les flots plus de cinq cents lieues, elle avait l'impression de ne pas avoir quitté sa province de Judée. Dans les ruelles étroites et sur les places publiques, les enfants jouaient aux mêmes jeux, les vieux assis sur les marches des rues en escalier regardaient la vie se dérouler et regrettaient le temps d'avant, les jeunes riaient avec insouciance et pendant qu'entre deux offices à la synagogue les hommes travaillaient, les femmes s'approvisionnaient en bavardant ou s'attardaient au lavoir. Partout c'étaient les mêmes odeurs d'urine, d'excréments et de déchets alimentaires qui se dissipaient élégamment dans celles de l'origan, du curcuma, du cumin, du laurier et du thym émanant des échoppes et des cuisines des ménagères.

Claudia releva pourtant une différence. Les Juifs ici parlaient plus volontiers le grec que l'araméen. Elle s'était souvent demandé comment un grand nombre de Juifs vivant à Jérusalem étaient d'origine grecque, des Stefanos, des Markos, des Paul et autres André et Philippe. Elle comprit alors que ceux-ci étaient, tout simplement, les descendants de leurs aïeux ayant fui leur pays lors de l'assaut des Romains sur Jérusalem, qui avait fait quelque douze mille morts, et que, peu à peu, ils étaient revenus sur la terre de leurs ancêtres. Elle observa aussi que de nombreux commerçants étaient juifs, ce qui ne les empêchait pas de vendre aux voyageurs de passage des reproductions, en miniature, du temple d'Artémis.

L'épouse du préfet de Judée se délecta, en arrivant sur la place principale, du spectacle offert au public matinal : l'écartèlement d'un homme, sans doute un voleur qui, se dit-elle, méritait certainement son châtiment. Elle adorait assister à des supplices. Bientôt, elle s'intéressa à un fard à paupières proposé à la vente par une vieille femme édentée et elle commença à négocier le prix, au prétexte qu'elle en prenait trois.

Alors qu'elle assurait ne pas pouvoir consentir un effort supplémentaire, l'attention de la marchande fut attirée par des jeunes parents accompagnés de membres de leur famille, qui après être passés devant son éventaire, s'étaient dirigés vers la synagogue voisine. La femme portait un nouveau-né dans ses bras. Parvenus au seuil de l'édifice, les parents furent confrontés à un autre groupe qui semblait vouloir leur en interdire l'accès.

– Que la paix soit avec toi, père, dit le jeune papa à un homme plus âgé qui devait être son beau-père.

– Avec toi soit la paix ! répondit ce dernier.

– Que signifie ce mur que vous dressez devant nous ?

– Nous ne voulons pas que notre petit-fils soit circoncis, tu le sais, nous en avons déjà parlé.

– Pas de circoncision ! Pas de circoncision ! commencèrent à scander des hommes qui faisaient barrage.

– Pas de circoncision, a dit *Hamachiah* ! cria quelqu'un de ce groupe.

– Vous blasphémez ! clama un grand gaillard qui se tenait près de la mère avec son enfant dans les bras.

Sa tenue, une tunique blanche recouverte d'un tablier blanc immaculé, indiquait qu'il était le circonciseur.

– Alors, dit Claudia Procula à la marchande de khôl, marché conclu ?

Celle-ci ne répondit pas et continua à regarder en direction du parvis de la synagogue et à tendre l'oreille pour entendre ce qui se disait.

Le père du bébé fit des gestes avec ses mains pour indiquer qu'il ne cherchait pas la confrontation.

– *« Voici l'obligation que je vous impose et à laquelle vous vous soumettrez, toi et tes descendants »*, dit-il en hébreu, récitant les versets de *Berechit**, le premier Livre de la Torah. *« Votre circoncision sera le signe de l'alliance établie entre vous et moi. De génération en génération, tous vos garçons seront circoncis quand ils auront huit jours. »* Ainsi *Hakaddosh barokhou*, le Saint, béni soit-Il, nous a-t-Il ordonné de procéder. Laissez-nous passer maintenant.

– Mais *Hamachiah*, qui est ressuscité d'entre les morts, a dit qu'il n'était pas nécessaire de…

– Gloire au Fils du Très-Haut ! Gloire à lui ! Hosanna au plus haut des cieux ! crièrent quelques-uns.

– Il n'a jamais dit ça ! protesta un quadragénaire bedonnant qui était du côté des parents.

– Qu'en sais-tu, toi qui ne viens jamais aux offices ? lui demanda le grand-père du nouveau-né.

– Je le sais. Je sais tout ce qu'il a dit parce que des témoins qui l'ont connu m'ont enseigné. Il a dit que la circoncision n'a de sens que si l'on applique la Loi. Il ne l'a donc pas exclue.

– Il a privilégié la circoncision du cœur, argumenta un homme dans le camp des grands-parents.

– On n'a pas attendu votre soi-disant *Machiah* pour ça ! répondit le *mohel**, impatient d'œuvrer avec son scalpel. Tout le monde sait que c'est déjà dans les *Devarim** : *« Vous circoncirez donc votre cœur et vous ne raidirez plus* *votre cou* », Deutéronome 10, 16, déclara-t-il de sa voix puissante.

– Si c'est ce que tu as fait, toi-même, en devenant son adepte, dit, déterminé, le gendre à son beau-père, si tu as véritablement ôté le prépuce de ton cœur, alors démontre-le et laisse passer ta fille qui est fatiguée de porter son enfant et contrariée par cette situation.

– Bon, dit Claudia, qui avait continué d'examiner les crèmes et autres élixirs de beauté que l'on ne trouvait ni en Judée ni en Samarie tout en regardant distraitement cette scène qui se déroulait à quelques pas d'elle, voilà une obole mais avec cet onguent compris !

Comme le fait d'ajouter dans le lot un flacon de cette substance lui faisait sans doute faire une mauvaise affaire, la marchande fit un non catégorique de la tête.

– Nous ne pouvons pas agir contre l'enseignement de notre Sauveur, renchérit un homme qui, compte tenu de la ressemblance, devait être le frère du grand-père s'opposant à la circoncision.

– Et nous qui étions païens, dit un Grec au milieu de quelques autres, et qui suivons maintenant le chemin du Seigneur, faudrait-il, d'après vous, que nous nous fassions circoncire ? Cela en fera reculer plus d'un, et moi le premier, d'ailleurs ! ajouta-t-il.

– Votre Yechoua était lui-même circoncis, ne l'oubliez pas ! Vous serez d'autant plus proches de lui que vous le serez vous-mêmes, dit le *mohel.*

– Demandons l'avis du rabbin, suggéra quelqu'un qui se tenait derrière les jeunes parents.

– Oui, le rabbin, le rabbin ! confirmèrent plusieurs voix.

Apparut alors un petit homme qui se fraya un chemin pour se placer entre les deux groupes. Comme il n'avait pas été présent lors des échanges qui venaient d'avoir lieu, le père de l'enfant et son beau-père lui exposèrent, non sans que le second perde son sang-froid, les raisons de leur différend.

À de nombreuses occasions, ces deux ou trois dernières années, et plus encore au cours des derniers mois, le rabbin de cette synagogue, comme beaucoup d'autres ici et ailleurs, avait cherché à concilier ce qui relevait des Écritures et de la tradition et ce qui participait, semblait-il, des temps nouveaux. Certes, il y avait eu des débordements, des frictions, des familles s'étaient déchirées et des troubles nombreux avaient éclaté, mais il avait, quant à lui, réussi à maintenir une relative bonne entente entre ceux qui se voulaient strictement fidèles à la lettre de la Torah et ceux qui ne juraient que par le Messie dont les paroles et les paraboles circulaient de plus en plus au-dedans mais aussi au-dehors des communautés juives.

– *Rabbi*, protesta le grand-père du bébé, *rabbi*, vous savez bien que la *brit milah* – il employa l'expression hébraïque qui évoquait l'alliance de son peuple avec le Très-Haut dont la circoncision est le signe –, vous savez bien qu'elle n'empêche pas nombre de nos coreligionnaires de pratiquer la médisance, de ne pas honorer leurs parents, de maudire leurs prochains, de…

– Un commandement d'*Hachem* ne peut être remis en question, objecta un oncle du nouveau-né, ou sinon c'est la fin de tout !

– Venez, les interrompit le ministre du culte, allons dans la salle d'étude et discutons tranquillement. Nous allons trouver une solution.

Les deux groupes d'antagonistes se séparèrent, les uns pour suivre le rabbin, les autres pour attendre la décision dans la synagogue ou aux alentours.

– Si ce n'est pas malheureux, ça ! dit la marchande de fards à paupières.

– Quoi donc ? demanda Claudia.

– Nous autres Juifs, nous pratiquons l'ablation du prépuce depuis plus de trois mille ans et, aujourd'hui, à cause d'un illuminé, il faudrait arrêter ! Seigneur, s'exclama-t-elle encore, quelle époque vivons-nous !

– En effet, quelle époque ! admit la voyageuse en songeant davantage à l'arrestation de son mari qu'à cette histoire de circoncision dont elle se moquait totalement.

– Quand mes fils et mes petits-fils sont nés, personne n'aurait pu m'empêcher de les faire circoncire, ajouta la vieille. Personne !

– Je n'ai jamais vu un pénis circoncis, confia à haute voix l'épouse du préfet de Judée, sur un ton qui manifestait non seulement de la curiosité mais aussi un rien de regret, voire d'intérêt sinon même de désir.

– C'est que vous n'avez pas la chance de faire partie du peuple élu ! répliqua la commerçante.

– Absurde ! s'esclaffa Claudia Procula. J'ai l'immense bonheur d'être romaine, moi, et Rome domine le monde, que je sache ! dit-elle fièrement.

La marchande leva les yeux au ciel avec un air de dire : « Qu'ils aillent tous au diable, les Romains et tous ces boutefeux qui veulent chambouler nos traditions ! »

– Alors, vous prenez ou pas ? Deux oboles, c'est mon dernier prix !

Claudia Procula marchanda encore et finit par imposer son chiffre. Une obole et une trihémiobole pour le tout avec un petit pinceau en plus !

Une fois remontée, tout heureuse de son exploit, à bord du navire qui n'allait pas tarder à larguer les amarres, elle raconta à son mari, non seulement comment elle avait eu raison de cette voleuse qui voulait lui vendre sa marchandise trois fois plus cher qu'elle ne valait, mais aussi la scène dont elle avait été le témoin.

– C'est une drôle de pratique que de couper le sexe d'un homme ! Et ça doit faire mal, j'imagine ! dit-elle. Moi, je n'aimerais pas ça.

– Ce n'est jamais qu'un petit morceau de peau que l'on ôte, rétorqua Pilatus. Il paraît que ça protège de maladies. Une stupidité de plus car si on avait constaté que les Juifs mouraient moins que les Romains, nos grands médecins en auraient tiré les leçons !

– Je me demande comment c'est…, ajouta-t-elle un rien malicieuse.

– Quoi donc ?

– Un phallus circoncis.

– Tu en as une idée quand le mien est en érection, dit-il. Le sexe d'un Juif au repos a cet aspect, même lorsqu'il est ramolli.

– Ah !

– Si seulement on pouvait trouver un endroit sur ce damné navire, ça fait si longtemps !

– Trop longtemps, approuva-t-elle en posant sa main entre les cuisses de son mari de façon aussi discrète que possible.

Ils furent à ce moment-là bousculés par un groupe de passagers et elle dut renoncer à faire monter davantage le désir.

– Et dis-moi, mon ami, reprit-elle, ce Yechoua dont il est question partout, n'est-ce pas cet agitateur que j'avais vu en rêve ? Tu te souviens de ce rêve étrange que je t'avais raconté ?

– Un rêve ? Je ne me souviens pas de mes rêves, alors des tiens…

– J'avoue ne plus avoir les détails en mémoire mais il me revient qu'il m'était apparu comme un juste, une sorte d'ange ou de grand sage. Je t'avais même suggéré *qu'il n'y ait rien entre toi et…* lui. C'était suffisamment stupide pour que je m'en rappelle ! Pas toi, vraiment ?

– Non, pas du tout, répondit le préfet de Judée.

– En tout cas, si on l'a tué pour le faire taire, c'est raté, à en croire ce que j'ai vu et entendu aujourd'hui !

– C'est clair ! convint Pilatus.

– Il faudrait tout de même que les savants d'une grande nation comme la nôtre inventent un système suffisamment cruel et efficace pour anéantir les idées en même temps qu'on crucifie les hommes, non ? Moi, si je…

– Arrête, Claudia, lui ordonna-t-il. Moi, moi, moi, toujours moi ! Tu n'es pas le centre du monde !

Chapitre 7

Yosef Caïphe se présenta aux portes de Césarée à la treizième heure, un jeudi soir, alors que le soleil n'était plus trop loin de disparaître dans la mer au-delà de la ligne d'horizon, là où se trouvaient Paphos, Éphèse, Athènes, Corinthe, Syracuse et Rome. Incertain de ce qui l'attendait et ne voulant pas que des rumeurs circulent, le grand pontife décida de n'aller passer la nuit chez aucune des riches familles de ses connaissances qui pourtant, honorées de le recevoir, lui auraient parsemé de pétales de roses l'entrée de leur maison, cuisiné des mets exquis et réservé leur meilleure literie.

Tout grand prêtre qu'il était, il trouva avec ses serviteurs à loger chez l'habitant en attendant le lendemain matin où il pourrait se présenter au palais du légat.

Il passa une très mauvaise nuit. Lorsque à la première heure le chant du coq le sortit d'un sommeil qu'il venait à peine de trouver, il eut le sentiment de s'être battu sans relâche avec des démons.

De quoi diable les Romains auraient-ils pris ombrage ? Il avait toujours été loyal envers eux et les mauvais coups dans lesquels il avait trempé, il en avait toujours partagé le bénéfice avec les plus hauts placés dans l'administration de la province. Ainsi, cette histoire de marchands du Temple qui avait provoqué des troubles, Pilatus y avait bien trouvé son compte. Dix fois, du crépuscule à l'aurore, il avait revu le déroulement des événements.

C'était son beau-père, l'ancien grand prêtre Hannan ben Seth, toujours membre illustre et respecté du sanhédrin dont il était le doyen, qui avait eu l'idée de les déloger du mont des Oliviers. Revenant un jour du cimetière et traversant, en contrebas, le jardin de Gethsémani, il avait constaté que la foule qui campait là était plus nombreuse que jamais. Toujours à l'affût d'une opération juteuse, il avait imaginé d'aménager cet espace pour l'accueil des pèlerins.

– On y construirait des latrines, des bains publics, des abris en dur, bref tout ce qu'il faut, et on ferait payer l'accès, avait-il exposé à son gendre. Tu te rends compte, en période de fêtes, ce sont plus de cent mille personnes qui peuplent cette étendue. Fais le compte, ne serait-ce qu'à raison d'un seul petit quart de *shekel** par personne et trois fois l'an, à Pâque, à la Pentecôte et aux Tabernacles !

– Mais, avait répondu Caïphe après une première manifestation d'enthousiasme, n'as-tu pas peur que la présence de nombreux marchands et changeurs de monnaie fasse obstacle à ton projet ?

– Il suffira de les exproprier, avait rétorqué Hannan.

– Mais il faudra les dédommager !

– Pas si nous les installons ailleurs ! avait dit l'ancien grand prêtre, qui semblait bien avoir pensé à tout.

Dubitatif, le grand pontife en exercice avait envisagé une autre objection.

– Eh ! Ne crains-tu pas, puisque ce domaine est de la juridiction de l'occupant romain, que c'est à Pilatus que reviendra le bénéfice ?...

– Je t'explique, l'avait coupé son beau-père. Sur cette colline, nous réalisons quelques aménagements et nous faisons payer l'accès. Les marchands, nous les installons sous les murs du Temple qui est de notre juridiction, et nous y instaurons un péage. Tout le monde est gagnant !

– Certes, était convenu Yosef Caïphe, mais dans ce schéma, l'argent récolté au mont des Oliviers ira dans les caisses du collecteur, et celui perçu alentour du Temple grossira le trésor de celui-ci.

– À moins que nous nous réservions les concessions des péages ! Tu sauras très bien présenter l'opération au sanhédrin, qui n'y verra que du feu ! Nos chers collègues sont, heureusement pour nous, plus habiles à parler pour ne rien dire et plus enclins à faire la chasse aux blasphèmes qu'à faire des calculs ! Quand on leur dit que le Temple va gagner la somme énorme de deux mille *shekalim**, qu'on fait briller les pièces d'argent devant leurs yeux en leur racontant que c'est une chance miraculeuse, un don du Saint, béni soit-Il, qui tombera du ciel chaque année, ils ne voient pas que le concessionnaire soi-disant chargé de l'entretien va gagner dix fois plus !

– Et Pilatus ?

– Je m'en charge. C'est un soldat. Il sait commander mais il ne sait pas compter ! avait répondu Hannan.

Franchement, songea cette nuit-là le souverain sacrificateur, il n'y avait pas de quoi se faire du souci pour si peu ! Si le préfet avait consenti à une concession, nul ne saurait le lui reprocher à lui. Et s'il s'agissait des quelques marchands qui avaient tenté de résister à leur expropriation par la force et qui, passés en jugement, avaient été sévèrement punis, c'était Pilatus qui les avait condamnés. Pas lui !

Deux ou trois heures avant l'aube, il envisagea d'autres hypothèses mais au matin, aucune ne lui parut suffisamment plausible. Décidément, il ne voyait pas pourquoi le légat l'avait fait venir jusqu'à Césarée.

Chapitre 8

Myriam avait trouvé que la place des Tisseurs de laine était tout indiquée comme lieu de rendez-vous car il lui était déjà arrivé d'y aller avec sa servante et de la perdre de vue.

Le plus difficile avait été d'imaginer un prétexte pour s'y rendre car sa garde-robe était bien fournie et aucun événement à venir, pas même le mariage de sa cousine Déborah pour lequel elle avait déjà ses tenues, ne justifiait qu'elle ait besoin de nouveaux habits. Après avoir échafaudé plusieurs plans, elle opta pour celui consistant à déchirer une tunique à laquelle elle tenait énormément, en accusant un clou en saillie d'une palissade d'être coupable de l'accroc. Il lui fallait absolument remplacer ce vêtement et trouver le même tissu pour le confier à une couturière.

La servante tomba dans le panneau, tout comme la mère de Myriam qui, regrettant le dommage subi, approuva que des dispositions soient aussitôt prises pour y remédier.

Quand les deux jeunes filles parvinrent sur la place, leur attention fut attirée par un attroupement assez conséquent autour d'un conteur. Il racontait l'histoire d'un prédicateur qui avait fait des miracles. Au moment où Myriam et sa servante commencèrent à entendre ce qu'il disait, il était question d'eau changée en vin. Elles tendirent l'oreille pour connaître la suite de cet épisode qui enchanta les Juifs présents, d'autant plus avides de récits extraordinaires que, contrairement aux Romains qui avaient les jeux du cirque pour se distraire, ils ne pouvaient, quant à eux, pour rêver un peu et sortir de leur quotidien, que compter sur les légendes et autres récits fantastiques que des conteurs leur faisaient, à l'ombre d'un édifice par une après-midi comme celle-là ou sur les places publiques au cours des nombreuses soirées à occuper avant la nuit.

– Et il a accompli d'autres prodiges ? demanda une femme.

– Oui, beaucoup d'autres, répondit le beau parleur, beaucoup d'autres…

Habitué, sans doute, à tenir son auditoire en haleine, il commença par promettre que la suite serait pour la prochaine fois, puis, s'étant suffisamment fait prier, il consentit à en dire un peu plus, sous les applaudissements des hommes et femmes de tous âges qui formaient un demi-cercle autour de lui.

– Un jour, dit-il, l'homme dont je vous parle, fils d'un charpentier de Nazareth, était au lac de Génésareth, un endroit magnifique qui se trouve au nord-est de cette même bourgade. Dans cette région considérée comme le paradis de la Galilée, l'air est pur comme le cœur de tout Juif devrait l'être, la nature y est aussi sublime que la majesté de son Créateur, béni soit-Il, et les eaux y sont aussi généreuses en poissons que *Hakaddosh barokhou* est munificent envers Son peuple.

Ses auditeurs, qui pour la plupart n'avaient jamais voyagé qu'en imagination grâce à de semblables descriptions de lieux fabuleux, avaient le regard émerveillé, certains ouvrant la bouche comme pour mieux voir les splendides tableaux dont les paroles du conteur peignaient les couleurs.

– Il y avait, dit celui-ci d'une voix douce et puissante, deux barques appartenant à des pêcheurs qui lavaient leurs filets après avoir passé la nuit en mer et être revenus bredouilles. L'homme dont je vous parle, qui était un *rabbi*, un *rabbi* très pieux et très écouté, présida sur le rivage à l'office du matin, *Tefilat sha'arit*, qu'il commença en revêtant son talith. Il mettait toujours un grand soin à ce rituel et ne ratait pas une occasion d'en rappeler le sens profond en se référant à *Bemidbar*, le Livre des Nombres : « *Quand vous aurez ces franges, vous les regarderez et vous vous souviendrez de tous les commandements de l'Éternel, pour les mettre en pratique… et vous serez saints pour votre D-ieu.* » Il prit donc le temps de bien ajuster son châle de prière pour que deux de ses franges pendent devant lui et deux autres vers l'arrière, comme il se devait. Les prières achevées, il se mit à enseigner la parole du Très-Haut pour les gens qui étaient sur la rive, puis il monta sur l'une des embarcations et il proposa qu'on prenne le large. Ensuite, il demanda au propriétaire qui se nommait Simhon bar

Yonah* et à ses associés, Ya'acov* et Yehohānan*, de faire jeter à nouveau les filets à la mer. Les pêcheurs protestèrent en disant que c'est ce qu'ils avaient fait toute la nuit durant sans résultat aucun. Le *rabbi* insista.

« "*Jetez vos filets*, vous dis-je", ordonna-t-il sur un ton si persuasif que bar Yonah ne put faire autrement que de donner instructions à ses hommes de s'exécuter. C'est alors, imaginez-vous – poursuivit le conteur –, que les filets étaient si lourds, si lourds que les deux embarcations désormais trop chargées s'enfonçaient dans les eaux profondes du lac.

– Comment a-t-il su qu'il y avait des poissons ? demanda quelqu'un.

– Le fils d'un charpentier connaît-il mieux la mer que des pêcheurs dont c'est le métier ? s'étonna un autre.

– Pourquoi faudrait-il croire à ton histoire ? lança un troisième qui comptait parmi les sceptiques.

– Les choses se sont passées comme je vous le dis, répondit le conteur. Le *rabbi* de Nazareth persuada Simhon que ce miracle n'était pas l'œuvre du démon, et celui-ci ainsi que ses associés abandonnèrent leurs barques et devinrent ses disciples.

Il y eut des applaudissements nourris et l'attroupement se dispersa.

Comme l'heure de son rendez-vous approchait, Myriam, de son côté, s'employa à semer son accompagnatrice. Elle y réussit sans mal et se consacra alors activement à trouver le tissu dont elle s'était créé le besoin tout en se demandant de quel côté surgirait le galant qui avait habité ses songes les nuits précédentes. Et qu'allait-il lui dire ? Qu'allait-elle lui dire ? Serait-elle même capable de parler ? Dans l'un de ses rêves, justement, elle était en face d'un bélier et les mots qui s'accumulaient dans sa gorge étaient restés totalement muets. Que représentait donc cet animal ? Et pourquoi était-elle demeurée coite comme dans ces cauchemars où les paroles ne sortent pas de la bouche et se transforment en un cri étouffé qui vous réveille en sursaut ?

Pour s'occuper l'esprit plus que dans l'intention d'acheter, elle demanda à un marchand le prix d'un coupon. Elle s'entendit répondre un chiffre par un individu au visage couvert, surgi de Dieu sait où, qui venait de chuchoter deux mots au commerçant en lui glissant une pièce dans la main. Tout en faisant cette réponse, l'homme dont la capuche cachait la face la laissa soudainement retomber, révélant à Myriam qu'il était celui qu'elle attendait.

– Ah ! s'écria-t-elle surprise.

– Il fallait bien que je trouve un moyen, lui chuchota-t-il, surtout si ta servante te serrait de trop près.

– Je m'en suis libérée ! annonça-t-elle joyeuse en reconnaissant, stupéfaite, la voix du conteur qu'elle venait d'écouter.

– Bien joué ! Alors nous avons plus de temps qu'il m'en faut pour te demander en mariage.

Myriam avait imaginé des réponses aux questions anodines qu'il lui poserait peut-être pour faire connaissance mais pas un seul instant elle n'avait pensé qu'il pourrait brûler ainsi toutes les étapes et que d'emblée il lui demanderait de l'épouser. Elle ne sut que répondre et songea au bélier dont le propre était, peut-être, de foncer.

– Je… je…, balbutia-t-elle. Il… il faut demander cela à mon père.

– Bien sûr. Il faut même que ce soit le mien qui s'en charge.

– En effet, dit-elle confuse, c'est ainsi que les choses…

– J'ai toujours pensé que mes parents ne devraient pas arranger cela dans mon dos avec ceux d'une demoiselle à qui on l'imposerait.

– C'est… c'est bien, fit-elle toute tremblante.

– Mon père n'agira donc que si je lui dis que l'élue est d'accord.

Une cliente s'interposa et demanda au supposé vendeur s'il avait tel modèle en grande largeur. Yosef bar Nabi s'éclipsa pour aller chercher celui dont il avait pris la place, ce qui laissa un répit à Myriam. Le marchand en avait profité pour aller se désaltérer avec un verre de vin acheté à une buvette située à quelques mètres de là. Pendant ce temps, la fille du grand prêtre regarda autour d'elle pour vérifier si Lila, sa servante, n'était pas dans les parages. Elle l'aperçut au loin en compagnie de Rachel, la jeune fille grâce à laquelle ce rendez-vous avait été rendu possible et qui, manifestement, lui racontait Dieu sait quoi pour la retenir.

– Alors, s'exclama Yosef en revenant, me diras-tu quel

est l'homme qui a eu la bonne idée de t'engendrer ? Celui à qui je dois la vie ira dès demain lui demander ta main.

Les histoires de grands-parents, de parents, d'oncles et tantes et de cousins et cousines qui avaient parfois fini par s'aimer après avoir été mariés sans s'être choisis permettaient à Myriam d'espérer qu'on lui destinerait le meilleur parti, mais elle n'avait jamais pensé qu'un homme lui proposerait de l'épouser et que ce ne serait pas son père qui lui annoncerait un jour qu'il avait un mari pour elle.

Voulait-elle vivre sa vie avec ce garçon qu'elle connaissait à peine ? Mais connaîtrait-elle davantage celui avec lequel on s'aviserait un jour de la vouloir marier ? Voulait-elle dire oui à un inconnu qui n'avait fait que la fixer intensément au Temple et qui racontait des histoires extraordinaires sur les places publiques ? Elle n'eut pas le temps de vraiment élaborer des réponses à ses questions.

– Mon père se nomme Yosef Caïphe, dit-elle, oubliant le rang éminent et la fonction prestigieuse de celui-ci.

Tout autre patronyme aurait provoqué en Yosef bar Nabi une joie intense. Il aurait signifié que la jeune fille acceptait, et ç'aurait été tout ce qui importait. Mais au prononcé du nom du souverain sacrificateur, l'étonnement et la réserve l'emportèrent sur l'allégresse.

– Caïphe ! le… le grand prêtre d'Israël ? s'étonna-t-il.

Elle fit signe que oui, sans paraître surprise que cela puisse changer quoi que ce soit à l'affaire.

– Mais…, hésita-t-il, ma famille, sans être modeste, n'est pas de l'aristocratie et… et…

– Myriam, Myriam, cria Lila qui l'avait repérée et qui n'était plus qu'à quelques pas d'elle.

– Ma servante ! s'exclama-t-elle.

– Caïphe ! répéta le jeune homme qui n'en revenait pas.

– C'est à prendre ou à laisser, lança-t-elle comme si elle venait de faire une ultime contre-proposition de prix.

– Euh…, balbutia-t-il. Je… je… marché conclu !

Bien que leur accord ait un autre objet, la jeune fille sortit de la monnaie de sa bourse et le soi-disant vendeur se saisit d'un coupon de tissu qu'il plia pour le lui remettre.

– Porte-le en bonne santé, lui dit-il selon la formule consacrée autour de la Méditerranée méridionale.

– As-tu trouvé ce que tu voulais ? lui demanda Lila lorsqu'elle l'eut rejointe.

– Euh, non… Pas vraiment. J'ai eu un autre coup de cœur, lui répondit Myriam sans se rendre vraiment compte de ce qu'elle disait.

– Montre ! s'exclama sa servante en désignant le paquet dans lequel la pièce de tissu était emballée, sans réaliser l'autre sens des mots.

Chapitre 9

À peine le navire qui menait Pontius Pilatus à Rome avait-il accosté au port que la nouvelle s'était répandue à bord. Tiberius était mort. En attendant de pouvoir débarquer, les citoyens romains tout comme les autres voyageurs, les marins mais aussi les esclaves, tous y allaient de leurs interrogations et de leurs suppositions. Quand était-il décédé ? Comment ? Qui pour lui succéder ?

– Il était très vieux, disait l'un.

– Ça n'empêche pas qu'on a pu l'aider à passer dans l'Hadès, soupçonnait un autre.

– Oui, c'est vrai. Ils finissent toujours par se tuer entre eux ! commenta un Sicilien. Cæsar tué par Brutus, Augustus, à ce qu'il paraît, empoisonné par sa femme…

– On parlait de son petit-fils pour monter sur le trône, Tiberius Gemellus, chuchota un Piémontais.

– Ah bon ? fit un Syracusain d'un ton dubitatif.

– C'est Caligula le nouvel empereur, clama bientôt un jeune homme tout excité, passant d'un groupe à l'autre pour relayer l'information.

– Caligula ! s'exclama Pontius Pilatus en l'apprenant. Caligula ! Caius Augustus, le fils de Germanicus.

Il revit alors le petit garçon qu'il avait aperçu jadis auprès de son père, alors consul, qui avait été envoyé en Orient avec les pleins pouvoirs. Le fils était-il aussi lettré que son père ? Avait-il hérité de lui ses talents d'orateur ? Mériterait-il qu'un auteur lui dédicace un ouvrage comme Ovide l'avait fait avec ses *Fastes* ?

L'ancien homme fort de Judée, à vrai dire, se moquait bien des réponses à ces questions. Sa seule réelle préoccupation était de savoir si le nouvel empereur se saisirait de son cas. Serait-il mis au courant des raisons pour lesquelles Tiberius l'avait fait arrêter ? Quelqu'un de l'entourage de celui-ci serait-il susceptible de faire part au nouveau souverain des intentions qui étaient les siennes, ou celles-ci avaient-elles été enterrées avec lui ?

– Faut-il y voir une chance ? se demanda-t-il tout haut alors que, sur le pont du bateau, en attendant leur tour pour en descendre, il se tenait tout près de Claudia Procula.

– Nous le saurons bientôt.

– À moins que non, réagit-il, de mauvaise humeur. Si Caligula n'est au courant de rien et qu'il se fait progressivement instruire de toutes les affaires en instance, qui sait si je ne vais pas croupir en prison plusieurs semaines ou plusieurs mois avant qu'on lui remémore mon existence !

– Par Jupiter, non ! Ne soyons pas pessimistes, cela pourrait nous jouer des mauvais tours !

– Bah ! Comment pourrais-je ne pas broyer du noir ! Je suis épuisé ! Le peu que j'ai pu dormir, depuis vingt jours sur ce satané bateau ballotté par les flots, je l'ai passé à faire d'affreux cauchemars et le dernier n'est pas des plus rassurants.

– Raconte !

– Mais qu'est-ce qu'on attend pour descendre de ce maudit rafiot ! protesta-t-il. Ah, si je pouvais, je te les ferais se bouger, tous ces fainéants !

– Non, mais regarde-moi ça, comme ils prennent leur temps, ces espèces de furoncles ! dit Claudia Procula, au diapason de l'indignation de son mari.

– Même les bêtes descendent avant nous !

– Bon, puisqu'on est cloués ici, raconte-moi donc ton rêve horrible.

– Eh bien, j'ai rêvé que… Enfin, c'est un peu gênant…

– Ce n'est qu'un rêve, non ? l'encouragea-t-elle.

– Oui, oui, en effet, tu as raison, admit-il avant de poursuivre en tripotant son nez cassé. J'ai rêvé d'une femme qui était accusée d'adultère et je… enfin… je… j'étais derrière, avoua-t-il en tentant de dissimuler l'air de séducteur qu'affichaient son visage et spécialement ses yeux bleus charmeurs. J'essayais, selon la loi romaine, de faire valoir mon rang, supérieur à celui du mari, pour échapper à la mort, mais on ne m'entendait pas et, avant de me jeter dans le torrent d'un fleuve impétueux, on m'enfermait dans un sac dans lequel se trouvait déjà un horrible molosse enragé de ne pouvoir en sortir. J'essayais de me débattre mais c'était impossible. On avait été mis, l'un et l'autre, dans une position de tête à queue et l'abominable animal me déchiquetait.

– Quel rêve affreux ! s'écria l'épouse du préfet. Moi, j'adore les histoires horribles ! ajouta-t-elle en riant fort. Mais, au fait, reprit-elle, ne t'ai-je pas entendu, hier soir justement, raconter à un passager une histoire d'adultère ?

– En effet, femme, tu as l'ouïe fine.

– J'étais trop loin et n'ai pu saisir que quelques bribes de votre conversation.

– Ah ! Je lui disais que les Juifs ne sont pas moins tendres avec les coupables que les Romains et que la toute première fois que j'avais entendu parler de ce fameux *rabbi* Yechoua, c'était après qu'il s'était interposé entre une femme adultère et ses lapidateurs. Il avait bien failli déclencher une émeute ce jour-là.

– Tu avais dû intervenir ?

– Non. Les autochtones ont pu régler cette histoire entre eux, mais l'incident avait fait grand bruit.

– Que s'était-il passé ? demanda Claudia.

Il y avait maintenant beaucoup plus de monde à quai que sur le navire.

– Eh bien, le Galiléen n'avait rien trouvé de mieux que de s'opposer à la foule qui criait des injures et des malédictions contre cette femme dévergondée qui avait couché avec un autre homme. Il a pris sa défense, l'insensé !

– L'insensé ! répéta-t-elle.

– Oui, figure-toi qu'il a ramassé une grosse pierre, bien

plus lourde que le caillou que tenait en main l'un des hommes en tête de la cohue, et il la lui a tendue.

– Pour quoi faire ?

– Attends un peu. Il a annoncé au type qu'il allait s'écarter pour le laisser la jeter sur la débauchée, et, là, avant de se retirer, il lui a demandé à la façon d'un grand sage : « Mais, au fait, *n'as-tu jamais péché toi-même ?* ».

– *« N'as-tu jamais péché toi-même ?* », redit Claudia Procula comme pour réfléchir plus profondément à la question. Mais c'est ridicule ! s'exclama-t-elle en éclatant d'un rire tonitruant.

– Ce qui est encore plus grotesque, c'est que le gars, d'après ce qu'on dit, n'a pas lancé la pierre.

– Non ! s'étonna-t-elle.

– Ben… si ! C'est ce qu'on raconte. Le bonhomme aurait posé son projectile à terre et serait parti !

– L'imbécile !

– C'est là que ça a failli dégénérer parce que d'autres n'ont pas du tout apprécié cette mascarade. Ils ont voulu attraper la traînée pour la mettre à mort et il y a eu, très vite, deux camps dressés l'un contre l'autre.

Un soldat s'avança vers eux.

– Ça va bientôt être à vous de débarquer, leur dit-il, tenez-vous prêts !

– Comme si on avait vraiment autre chose à faire ! commenta ironiquement Pontius Pilatus.

– Alors raconte-moi la fin de cet épisode délicieux, dit Claudia.

– C'est tout, ma foi.

– En fait, continua-t-elle, si je comprends bien, ce que proposait le *rabbi* extravagant, c'était ni plus ni moins que de pardonner l'offense. Franchement, il ne manquait plus que ça !

– Foutaises ! dit le préfet de Judée Ce sont des discussions entre Juifs avec leur religion ridicule qui se contredit d'ailleurs. Un coup, c'est la loi du talion, et un coup c'est : pardonne l'offense que l'autre te fait. Enfin, je te garantis que si j'apprenais que tu me trompes, ne compte pas sur moi pour te pardonner ! Je ferais appliquer la loi promulguée par Augustus en l'an IX de son règne, je tuerais ton amant d'abord et toi ensuite !

– Allez, on y va, dit l'un des deux légionnaires qui encadraient Pilatus. On descend.

Chapitre 10

– Destitué ! annonça Caïphe à son factotum qui, après lui avoir retiré son gilet richement brodé, entreprenait maintenant de lui ôter délicatement sa couronne sur laquelle étaient gravés les mots « consacré à l'Éternel ». Je suis destitué ! Tu te rends compte ! répéta-t-il en envoyant valser la plaque en or qui se fixait à l'avant de son turban de lin.

– Destitué ? s'étonna le serviteur qui se baissait pour récupérer le précieux bijou.

– Oui, c'était mon dernier office en tant que souverain sacrificateur. Cet abruti de légat a attendu jusqu'à maintenant pour me le dire !

– C'était donc pour cela qu'il t'a fait aller à Césarée ?

– Tu parles d'une fumisterie ! Il m'a infligé tout ce chemin, aller et retour, trois jours et deux nuits dans la chaleur et la poussière, pour me faire faire antichambre pendant des heures et pour qu'on m'annonce à la douzième heure que, devant partir urgemment en Syrie, il ne pouvait me recevoir. Ces Romains sont vraiment des goujats ! J'enrage.

– Et c'est ainsi que tu es reparti sans rien savoir ?

– En effet ! Cet idiot m'a fait dire par ses sbires qu'il me rejoindrait ici à Jérusalem ! Et depuis huit jours que je le croise, ce scélérat ne m'en parle pas. À la fin de la fête, c'était il y a une heure, il me fait venir à la forteresse d'Antonia et m'annonce, sans préambule, que l'empereur a décidé de nommer mon beau-frère, Yonathan ben Hannan, à ma place. Tu parles, je suis sûr que leur damné Cæsar ne connaît même pas mon nom. C'est lui, Lucius Vitellius, qui a tout manigancé, et il a osé prétendre que ça venait de Rome !

– Quelle raison t'a-t-il donnée ? demanda l'homme à tout faire du grand pontife.

– Quelle raison ! Quelle raison ! Soi-disant, que je ne savais pas assurer l'unité du peuple juif !

– C'est stupide ! convint son interlocuteur.

Cela faisait bien longtemps, en effet, que les pharisiens, les saducéens, les esséniens, les zélotes et autres sectes se disputaient à l'infini sur des questions théologiques et sur les vérités que chacune pensait détenir à propos des modes de vie qu'il fallait adopter en conformité avec les Écritures. Cependant, depuis quelque temps, avec ce Galiléen crucifié, les clivages étaient plus prononcés que jamais. La grande prêtrise se montrait impuissante à apaiser les tensions qui, aux quatre coins de la Judée, ne manquaient pas de dégénérer. Ici, c'était une synagogue traditionaliste qui avait été incendiée ; là, c'était un lieu de réunion favorable aux idées nouvelles qui avait été vandalisé ; ailleurs, c'étaient des prêtres qui avaient été roués de coups à l'intérieur d'un *mikvé* alors qu'ils y prenaient leur bain par des partisans de la messianité de Yechoua. Le nombre d'incidents de cette sorte ne cessait de croître. Il se disait que certains bourgs étaient coupés en deux et qu'il valait mieux éviter d'y croiser le chemin de ceux du camp opposé. Il n'était pas rare aussi que des frères et sœurs qui, jusque-là, comme cela arrive partout, se détestaient aimablement, trouvent désormais dans la question de la résurrection du *rabbi* de Nazareth une raison légitime de s'en vouloir à mort.

Alors que le grand pontife rageait en évoquant la cause de son éviction, un autre serviteur fit un pas en avant, façon pour lui d'annoncer qu'il avait quelque chose à dire.

– Qu'y a-t-il ? s'énerva Caïphe.

– Il y a là un homme, maître, qui demande à te parler.

– Si c'est le souverain sacrificateur qu'il veut voir, il devra s'adresser à mon successeur !

– Il dit se nommer Nabi bar Nahum.

– Je ne connais personne portant ce nom ! Qu'il aille au diable !

– Je lui ai dit que tu étais fatigué mais il a insisté et dit que demain il sera reparti pour Salamine dont il est originaire.

– Et que me veut-il, cet importun ?

– Il n'a pas voulu me le dire. Il prétend que c'est personnel.

– Si c'est personnel, pourquoi vient-il ici ? Pourquoi n'est-il pas allé chez moi ? En voilà des façons !

– Il s'est présenté en ta demeure et on lui a dit que tu étais au Temple, c'est pourquoi il s'est permis…

– Eh bien, qu'il attende ! On verra plus tard ! Je ne suis pas à la disposition de tous ceux qui veulent me voir !

Le domestique repartit pour dire au visiteur qu'il serait reçu avant la nuit. Caïphe continua de rapporter à son factotum les propos du légat de Judée.

– L'empereur, d'après cet abruti de Lucius, aurait eu vent de discordes de plus en plus fréquentes dans le Temple et dans les synagogues et il l'aurait menacé des pires ennuis s'il n'y mettait bon ordre. Cela pourrait finir par mettre en péril la *pax romana* ! lui aurait-il dit. Ah, elle a bon dos, la paix romaine ! La vérité, c'est que leur Cæsar ne sait plus comment réagir face aux attaques de plus en plus nombreuses contre ses soldats. Tant qu'il n'y avait que les zélotes pour lutter contre l'occupant en prenant ses hommes pour cibles, il estimait rester maître de la situation. Mais maintenant que les partisans de ce Yechoua s'en mêlent…

– Et il n'a pas trouvé de meilleure solution pour montrer qu'il faisait quelque chose que de te remplacer ! C'est classique ! Et le nouveau, m'as-tu dit, c'est Yonathan ?

– S'il croit que ce belliciste va pouvoir arrêter les dissensions au sein de notre peuple !

– Et surtout dissuader les adeptes du Nazaréen d'égorger des légionnaires romains ! Je ne lui donne pas trois mois !

– Même pas deux !

– Eh oui ! soupira le grand prêtre destitué, je crains bien qu'en nommant mon beau-frère, qui commandait les gardes du Temple, les Romains ne soient encore plus drastiques envers nous autres, Judéens !

– C'est à craindre, en effet.

Caïphe poussa un gros soupir, puis il dit :

– Jamais je n'aurais imaginé que, quatre ans plus tard, cette histoire de crucifixion et de résurrection me coûterait mon poste !

– Hélas !

– Quand je pense que nos aïeux ont abandonné à l'occupant le droit de faire et de défaire les grands prêtres ! Puisse venir le jour où ces maudits Romains repartiront chez eux !

– Amen !

– Bon ! Je rentre chez moi ! Je te laisse annoncer la nouvelle au sanhédrin. Elle va faire des heureux !

– Que la paix soit avec toi !

– Avec toi soit la paix ! répondit le prêtre.

Alors que l'ancien pontife s'était déjà éloigné de la porte des Gentils, le serviteur qui avait annoncé un visiteur revint et l'interpella.

– Maître, appela-t-il.

– Quoi donc ?

– C'est cet homme de Salamine qui t'attend !

– Ah oui, c'est vrai. Eh bien, ma foi, qu'il vienne chez moi dans une heure.

Chapitre 11

– Ah, te voilà ! s'exclama Caligula qui terminait de parler avec son chancelier.

– Salutations à toi, illustre Cæsar ! répondit obséquieusement Pilatus.

– *Damnatio ad bestias** ! tempêta alors l'empereur.

Ces mots que le préfet de Judée avait lui-même maintes fois prononcés le glacèrent. Était-ce pour lui qu'était maintenant énoncée cette horrible sentence, supplice couramment pratiqué au cirque, aboutissant à une mort aussi atroce que certaine et consistant à livrer des malfrats en pâture à des fauves rendus féroces ? Il eut à peine le temps de se poser la question que Caligula reprit la parole.

– Pardon, dit-il, il faut bien que je gère les affaires courantes !

– Bien sûr, je comprends, répondit son obligé qui se demanda un instant si, vraiment, il venait de décider du sort d'un malheureux ou si ce n'était pas une mise en scène macabre qu'il renouvelait à chaque fois qu'il interrogeait un prisonnier pour montrer ce dont il était capable.

– Nous nous sommes déjà rencontrés, n'est-ce pas ? lui demanda l'empereur.

– En effet, illustre Cæsar, j'étais présent aux funérailles de ton père. Tu étais un tout jeune garçon.

– J'avais huit ans, dit le nouvel occupant du trône impérial.

Le préfet de Judée constata que celui-ci n'avait plus rien à voir avec le gamin qu'il avait aperçu à Antioche le jour des obsèques de son père. À l'âge adulte, ses traits étaient devenus plus disgracieux. Bien qu'il soit de belle taille, son corps était disproportionné. Alors qu'il n'avait que vingt-cinq ans, il était déjà assez dégarni et ses yeux enfoncés au-dessus de ses joues creuses faisaient penser à ceux d'un reptile.

– Cela n'a pas dû être facile pour toi de rentrer à Rome sans ton glorieux géniteur, dit Pontius Pilatus sur un ton déférent.

– Ce sont des épreuves qui forment le caractère.

– Je te revois fort bien, petit enfant, te tenant auprès de ta mère, Agrippine. Tu laissais couler tes larmes sans broncher. Tu étais déjà, comment dirais-je ?, majestueux.

– Et toi, dit Caligula, glissant subtilement des politesses convenues vers l'essentiel du sujet, il semble que tu as fait une bien belle carrière ! Rester plus de dix ans en poste en Judée, c'est un véritable exploit !

– En toute humilité, je n'en suis pas peu fier, ô Cæsar.

– Et pourtant, Tiberius t'a fait arrêter et mener jusqu'à Rome. Il avait dû en apprendre de belles sur toi !

Pontius Pilatus pensa : « Cette fois, on y est ! » Il fit une moue tout en haussant les épaules, l'air de dire qu'il ne savait pas.

– Écoute, reprit Caligula en feignant d'être concentré sur les ongles démesurément longs de ses deux mains, quand j'ai su que tu étais emprisonné en attente de comparution, j'avais le choix entre faire une enquête pour savoir ce que mon grand-oncle te reprochait ou te demander de me dire toi-même ce que tu avais fait de si terrible pour qu'il soit soudain si mal disposé à ton égard. J'ai pensé que la première solution, qui t'aurait valu de moisir au cachot pendant des semaines, n'était pas très, disons, confortable et que la seconde était intéressante. Qu'en penses-tu ? Toi qui as exercé le pouvoir – certes pas sur un empire, mais le pouvoir donne les mêmes frissons partout, n'est-ce pas ? –, n'y a-t-il pas quelque chose de palpitant à laisser un accusé dresser lui-même son acte d'accusation ? Quel est ton avis, mon cher Seneca* ?

Pilatus n'avait pas remarqué dans l'assistance faite de conseillers, de gardes, de serviteurs, d'esclaves et de scribes un homme d'une quarantaine d'années que la présence d'une colonne de marbre, derrière laquelle il se tenait, avait dissimulé.

– Tu as entendu parler de Seneca, n'est-ce pas ? demanda le fils de Germanicus alors que celui-ci faisait un pas pour sortir de son repaire. Un écrivain fort talentueux, comme son père. Tu as lu, bien sûr, de Seneca l'Ancien, l'*Histoire depuis le début des guerres civiles*. J'aime m'entourer d'historiens, de poètes et de philosophes… Alors, qu'en penses-tu, Seneca ?

– C'est palpitant, se contenta de répéter sans prendre trop de risques l'homme de lettres.

Le préfet de Judée ne parvenait pas à jauger le successeur de Tiberius. Il avait l'habitude, pourtant, de savoir quel jeu jouaient les hommes en général et ceux qu'il confrontait en particulier. Il était même, disait-on autour de lui, à Césarée et à Jérusalem, passé maître dans l'art de détecter les menteurs, les tricheurs, les comploteurs, les suborneurs et tous ceux qui se croyaient plus malins que lui. Là, pourtant, il se trouvait démuni. Que cherchait l'empereur ? Voulait-il, en toute simplicité et comme il le prétendait, que Pilatus lui facilite la tâche et qu'il puisse se dispenser de faire des investigations, ou aspirait-il à se délecter du spectacle d'un homme déchu obligé de s'accabler lui-même ? La démarche de Caligula était-elle vertueuse ou vicieuse ? cynique ou scrupuleuse ? La présence d'un philosophe était-elle rassurante, ou le père de la patrie – titre que venait de lui décerner le Sénat – faisait-il exprès de s'entourer d'un grand penseur pour servir d'alibi à ses manigances ?

– Tu ne dis rien ? Te voilà bien songeur !

– Je…

– Oui, je sais, le coupa l'empereur, tu vas me dire que tu ne sais pas, que tu ne vois pas, que tu ne comprends pas… J'ai déjà, au cours de ces quelques premières semaines de mon règne, expérimenté la méthode, et c'est toujours ce que me disent mes…, voyons, comment dire ?, mes interlocuteurs. Le mot est juste, n'est-ce pas ?

– Certes, convint contre son gré le préfet de Judée.

Que cachait ce jeune homme devenu de façon inattendue l'homme le plus puissant de l'Empire romain ? Était-il bienveillant ou perfide ? Dès qu'il avait débarqué à Rome et qu'il avait appris la mort de Tiberius, Pilatus avait entendu ses concitoyens caresser l'espoir de temps nouveaux et se réjouir de l'accession au trône du petit-neveu de l'empereur. Il se disait même que, trois mois de réjouissances publiques ayant été décrétés, le peuple de Rome ne cessait de fêter l'événement et que des dizaines de milliers de bêtes avaient été sacrifiées pour inaugurer son règne prometteur. Depuis sa cellule, il était venu à ses oreilles qu'on appelait volontiers Caligula « notre astre » ou « notre petit ». Cela l'avait même bien amusé, quelques jours plus tôt, que ses gardes, bavardant entre eux, parlent de leur « poupon ». Il lui avait fallu un temps d'ailleurs pour comprendre qui ces gaillards, loin pourtant d'être des tendres, désignaient ainsi. « Notre poupon » !

– Alors, mon interlocuteur, dis-moi, quels chefs d'accusation doit-on retenir contre toi ?

– Tu penses bien que la question de savoir ce sur quoi le regretté Tiberius voulait m'entendre a occupé mon esprit pendant toute la traversée et que…

– À la bonne heure ! Tu vois… Ma proposition n'est pas si sotte puisqu'elle répond à ta propre démarche !

– Sans doute, admit Pilatus. Mais ce n'est pas pour autant que j'ai la réponse !

– Ah bon ? fit semblant de s'étonner l'empereur. Au moins as-tu des hypothèses ?

– Quelques-unes, c'est vrai…

– Alors fais-moi grâce de celles que tu as écartées et dis-moi, sans plus tergiverser, celle que tu retiens.

Chapitre 12

Installé dans un vestibule, le Chypriote contemplait une magnifique mosaïque aux couleurs vives représentant un triple rang de grenades, emblème sacerdotal, avant d'entamer la prière du soir. Il aimait bien l'idée que, contrairement à ce que beaucoup pensaient, cette prière, en hébreu *Tefilat Ma'ariv* ou *Arvit*, n'était pas la dernière mais la première du jour. Il appréciait que les mots prononcés impliquent le corps qui, à cette heure de la journée, se trouve dans l'obscurité afin de lui permettre de s'élever de plus en plus jusqu'à parvenir à être en phase avec l'esprit. Un cheminement quotidien des ténèbres à la lumière, sans cesse en recommencement, considérait-il, et ce genre de pratiques spirituelles faisait partie de la richesse du judaïsme. Quelle chance il avait eue d'avoir vu le jour dans une famille juive !

Une dizaine de minutes plus tard, il terminait de dire : « *Le Seigneur est le Dieu dans les cieux supérieurs et sur la terre, en dessous des cieux, il n'y en a pas d'autre* », lorsqu'un serviteur vint le chercher pour l'introduire plus avant dans la demeure somptueuse où son hôte habitait avec sa famille, au cœur du plus beau quartier de Jérusalem, la cité des prêtres, dominant la ville basse.

– Que désires-tu ? questionna Caïphe après les usuelles formules de politesse toutes en référence déférente à la paix et à Dieu.

– Dois-je aller droit au but ? répondit le père de Yosef.

– C'est ainsi que j'apprécie qu'on procède, répliqua l'ancien grand pontife qui se comportait en homme n'ayant pas de temps à perdre.

– Soit ! Alors, je suis ici afin de te demander la main de ta fille pour mon fils.

– Ah ! C'était donc bien vrai que l'objet de ta démarche était personnel ! répondit le père de Myriam.

– En effet.

– Et comment donc oses-tu espérer que j'acquiesce à ta requête ? interrogea Caïphe en bombant le torse.

– La piété de notre famille, son attachement à la Torah et à nos valeurs, sa position sociale, sa générosité au bénéfice du Temple et des nécessiteux ainsi que les qualités de cœur de mon fils, qui saura combler ta fille de bonheur et lui donner une belle et nombreuse descendance, sont autant de circonstances qui font que je ne doute pas de ta réponse.

C'est alors que des clameurs se firent entendre de l'extérieur. On s'insultait, on se bagarrait, on s'égosillait.

– Que se passe-t-il encore ? demanda le prêtre à sa domesticité. Quel est ce chahut ?

– Il semble, maître, que des gardes du sanhédrin aient voulu arrêter un contestataire, un individu qui en plein office a crié : « *Hosanna au Fils de David ! Béni soit celui qui vient au nom du Seigneur !* »

– Toujours ce pseudo-*Machiah* ! À cause de lui, nous avons eu des années de troubles, et à cause de lui, je ne suis plus le souverain sacrificateur !

– Tu…, s'étonna le Salamitain. Tu n'es plus grand…

– Eh non ! Cela change-t-il ton projet ? interrogea-t-il malicieusement.

– Pas du tout ! C'est juste que la nouvelle est si soudaine !

– J'espère, poursuivit Caïphe, que tu ne comptes pas parmi les partisans de cet imposteur !

Le fait était, pourtant, que le Chypriote figurait bien au rang de ceux qui, avec son fils, avaient souvent écouté les prêches envoûtants du *rabbi* Yechoua de Nazareth. Ensemble, ils avaient été maintes fois subjugués par la personnalité de cet orateur éloquent, éblouis par son aura, bouleversés par ses exhortations et touchés par ses illustrations toujours au plus près de la vie de chacun. Ils peinaient de plus en plus à voir dans le rituel, dans les sacrifices, dans les discours et les sermons des rabbins et des prêtres de quoi nourrir leur spiritualité. Et voilà qu'ils avaient enfin rencontré un homme qui savait avec talent manier l'art de la formule et trouver dans la Sainte Torah les paroles susceptibles de purifier les cœurs et dans les Livres des Prophètes les mots qui pouvaient bousculer un ordre établi fait d'interdits stupides, de discussions aussi pointilleuses que vaines, de commémorations vidées de leurs enseignements, de soucis bassement matériels, de courses aux honneurs et d'abus des privilèges. Eux qui étaient si fervents que les jours de fête ils dormaient à même le sol aux portes du Temple pour être sûrs de pouvoir y accéder, eux qui donnaient l'exemple de la vertu en toute circonstance, eux qui respectaient l'esprit des commandements, eux qui aimaient le Dieu Un, eux qui pratiquaient l'amour du prochain, y compris de leurs ennemis, voyaient en ce tribun hors du commun un maître spirituel capable de redonner au judaïsme toute sa noblesse et aux enfants d'Israël toutes les raisons d'avoir été choisis par Dieu pour être le peuple rayonnant d'une joie à transmettre à tous les autres.

Ils avaient été très profondément affectés d'apprendre que Yechoua était mort sur une croix et avaient accueilli avec joie l'incroyable nouvelle de sa résurrection. Depuis lors, le père à Salamine et le fils à Jérusalem faisaient partie de petits groupes qui entretenaient la mémoire de ce que feu Yechoua avait dit et qui discutaient de la façon d'appliquer ses préconisations tant à la synagogue que dans leur quotidien. Ils n'avaient rien changé à leur pratique religieuse mais lorsque, par exemple, ils rompaient le pain en disant, en hébreu, « Béni soit *Hachem*, notre Seigneur, Roi de l'Univers, qui fait sortir le pain de la terre », ils ajoutaient l'évocation du souvenir du défunt prédicateur. Au demeurant, Yosef, qui était poète et conteur, était de ceux qui, chaque fois que cela était possible, racontaient en public des épisodes de la vie héroïque du Nazaréen.

Yosef avait attendu le retour de son père avec impatience.

– Et que lui as-tu répondu ? lui demanda-t-il après le récit qu'il lui fit.

– J'étais bien embarrassé, je l'avoue.

– J'imagine.

– Je devais choisir entre la fidélité à nos valeurs et ton mariage avec cette jeune fille que tu aimes.

Il marqua un long silence que son fils n'osa pas rompre.

– Il a fallu que je réfléchisse très vite, reprit-il. En une fraction de seconde, j'ai considéré qu'une fois marié avec ta belle, tu l'emmènerais vivre chez nous, sur notre belle île de Chypre, et que là-bas nul ne pourrait contrarier ton cheminement spirituel.

– Tu…, hésita le jeune homme, tu veux dire que…

Il ne savait pas comment poursuivre. Son père avait-il choisi de ne pas renier leurs idées ou avait-il privilégié son bonheur ? Dans les deux cas, il pourrait se réjouir…

– J'ai fait le choix de la raison, mon garçon. Ne faut-il pas s'en féliciter lorsqu'il correspond au choix de ton cœur ?

– Et…, balbutia Yosef, et il a dit… oui ?

– Presque.

– Comment cela, presque ?

– Il a dit oui pour te rencontrer. Il m'a d'abord fait part

de ses craintes à tous égards qui étaient nombreuses mais je te passe les détails. Finalement, il a trouvé amusant que tu te prénommes comme lui et il m'a demandé si j'étais d'accord avec cette idée que les filles épousent leur père en la personne d'un autre. Ensuite, il m'a interrogé sur la signification de ton nom et j'ai dû avouer que nous te l'avions donné par référence au fils de Ya'acov, lui-même fils d'Abraham, sans nous préoccuper davantage de ce qu'il voulait dire. Il m'a révélé que cela venait de *yôsephyâh*, qu'il a traduit dans un grand éclat de rire par « *Hachem* accroîtra ma descendance » ! Il a ajouté que c'était de bon augure.

L'idée d'une nombreuse progéniture que lui donnerait Myriam ne déplut pas au faux vendeur de la place des Tisseurs de laine.

– Cela étant et si je comprends bien, tout reste à faire alors ! dit Yosef.

– Je suis sûr que s'il est d'accord pour te voir, c'est gagné ! Je t'ai ouvert les portes de sa maison, mon fils. À toi d'y pénétrer et d'y prendre ta place. Sauf imprévu, il n'y a pas de raison pour que ça ne marche pas.

– Tu crois ?

– Réjouis-toi de ce qui est ! Apprécie qu'il ne m'ait pas dit qu'elle a été promise à un autre ! Apprécie qu'il ne m'ait pas objecté que nous ne sommes pas assez riches ! S'il veut te voir après la description détaillée que je lui ai faite de notre famille et le portrait tout aussi honnête qu'élogieux que j'ai dressé de ta personne, c'est que le fruit est prêt à être cueilli !

Chapitre 13

– C'est extraordinaire ! s'exclama Caligula. Je suis impressionné par les aveux inattendus que l'on obtient d'un accusé lorsqu'on lui demande de dresser un réquisitoire contre lui-même ! Macro*, ton idée est d'une redoutable efficacité, ajouta-t-il à l'adresse du préfet du prétoire qui se tenait près de lui.

En charge de la protection de l'empereur, Naevius Sutorius Macro approchait sans doute de la soixantaine. Il était l'un des personnages les plus importants à Rome après l'empereur. Il avait été au service de Tiberius pendant six ans et, une fois ce dernier disparu, il était l'homme qui avait la main sur toutes les affaires sensibles, ne serait-ce que parce qu'il était le seul à les connaître.

En réponse à ce commentaire élogieux, il fit un geste qui invitait à poursuivre sans s'attarder sur sa personne, encore que, de celle-ci, il ne faisait pas peu de cas, loin s'en fallait.

– Je prends acte des malversations et des détournements de fonds dont tu te reconnais coupable, déclara sur un ton solennel le fils de Germanicus.

Il fit signe à un scribe qui jusqu'alors était resté aussi immobile qu'un meuble de prendre note.

– Tu sais évidemment, ajouta-t-il sans regarder Pilatus, ce que tu risques…

Celui-ci parut approuver à son corps défendant.

– Dans le meilleur des cas, poursuivit l'empereur, tu seras dégradé et bien sûr destitué.

Il marqua un silence et lâcha comme à regret :

– Dans le pire…

Il ne termina pas sa phrase, laissant le préfet de Judée se débattre avec l'effroyable pensée de ce que cela signifiait. Celui-ci avait lui-même goûté avec délice pendant des années aux différentes façons de faire périr ses proies. Il s'était délecté du supplice de leurs souffrances sans jamais songer qu'un jour peut-être il serait à son tour à la merci de plus puissant que lui qui jouirait de son propre calvaire. Il n'ignorait pas qu'en cas de condamnation à mort son rang de chevalier l'exposait à ce que, si l'empereur le voulait, ce soit lui-même qui doive exécuter la sentence.

La question le traversa alors de savoir comment avait péri celui qui avait eu cette idée qu'il avait jusqu'à cet instant trouvée sublime. Obliger les coupables à se suicider ! L'inventeur de ce magnifique supplice avait-il à son tour succombé à d'affreuses souffrances que la cruauté d'un autre lui aurait fait subir ? Sans doute ne le saurait-il jamais. Cette question en sous-tendait une autre qui était de savoir si les procédés en vigueur pour retirer la vie pouvaient encore évoluer et s'il était possible, conséquemment, d'augmenter le degré de jouissance de ceux qui y avaient recours.

Dans un passé récent, il lui était arrivé de réfléchir à ces cruautés et de se convaincre de leur absolue nécessité. Il y avait particulièrement songé lorsqu'il avait été confronté à la pensée et au discours, précisément, de ce Yechoua qui, bien naïvement, l'imbécile, ne parlait que d'amour. L'utopie qu'à ses yeux celui-ci incarnait n'était-elle pas une sotte réaction aux punitions indispensables pour se faire respecter et pour tenir les rênes d'une province particulièrement indocile ? Sincèrement, comment pouvait-on se faire obéir sans afficher la plus grande sévérité envers les voleurs, les assassins et les émeutiers ? Comment pouvait-on assurer la sécurité des personnes et des biens, comment pouvait-on imposer la *pax romana* autrement qu'en pendant à une corde ou en clouant à un pilori sur la place publique ceux qui la mettaient en péril ? Comment faire autrement qu'en prononçant et en exécutant des peines exemplaires ? Il n'y avait que cela qui fonctionnait et certainement pas ces stupides « Aimons-nous les uns les autres » de ces Juifs insensés !

– Dans le pire..., répéta l'empereur.

Pilatus, rappelé à la réalité par ces mots terrifiants, chercha vainement un soutien dans le regard de Seneca.

– Quand je pense, reprit Caligula, que tu as pioché dans l'argent du Temple pour construire un aqueduc de douze lieues de long ! Nous veillons partout à éviter que les peuples que nous dominons ne se révoltent, et toi, tu vas provoquer les Juifs en allant prendre de l'argent au cœur de ce qu'ils ont, m'a-t-on dit, de plus sacré ! Tu n'aurais pas pu trouver un autre moyen de financer tes grands travaux ? J'en ai envoyé aux lions pour moins que ça, tu sais !

C'était donc cela, se dit Pilatus qui sentit alors tout son corps être transi de peur. Du rose de ses joues, il avait dû passer à un blanc maladif, celui des morts avant qu'on ait peint des couleurs artificielles sur leurs visages cadavéreux.

– Et..., poursuivit Caligula en se raclant la gorge, il y a autre chose. Autre chose..., répéta-t-il pour laisser finalement sa phrase en suspens, marquant un silence, sans doute pour que sa proie se demande avec anxiété ce qu'il mijotait.

– Les Samaritains ? interrogea le préfet de Judée tout en devinant que l'empereur, qui tapotait nerveusement sur son pupitre comme un maître d'école contrarié de ne pas entendre son élève lui donner la réponse juste, attendait une suggestion de sa part.

– Quoi, les Samaritains ? demanda Caligula.

Pontius Pilatus raconta alors comment il avait réprimé un rassemblement qu'il avait interdit sur le mont Garizim. Non seulement ces voyous, expliqua-t-il, avaient osé défier son autorité, non seulement certains étaient armés, mais en outre, ils étaient exaltés par un meneur dont il avait, dit-il, oublié le nom et qui leur promettait monts et merveilles.

– C'est-à-dire ? intervint Macro.

– Des fantaisies juives, répondit Pilatus, des espoirs de Messie, de temps nouveaux, de royauté retrouvée et je ne sais quelles autres divagations.

– Et plus précisément ? questionna encore le préfet du prétoire.

– Il leur faisait croire qu'il y a sur ce mont caillouteux des vases sacrés qui y ont été enfouis par Moïse, ce qui est, évidemment, impossible puisque tout le monde sait que celui qui a conduit les Hébreux hors d'Égypte est mort avant d'avoir pu atteindre la terre que leur Dieu lui avait promise.

– Et que s'est-il passé ? demanda l'empereur.

– Rien que du très classique, dit Pontius Pilatus. Quand la foule est arrivée devant mes fantassins, des excités ont tenté de forcer le barrage. Le commandant de mes troupes a demandé aux manifestants de se disperser, mais ils ont refusé et plusieurs de mes hommes ont été blessés par des jets de pierres et des coups de massue. J'ai donc donné ordre de charger.

– Cela correspond au rapport du légat Vitellius, dit l'empereur, révélant ainsi qu'il en savait plus qu'il feignait d'en connaître. Des dizaines de morts et de blessés, y compris parmi nos soldats, et tout ça pour une colline sans intérêt ni stratégique, ni historique, ni commercial ! C'est probablement ce qu'on retiendra des raisons de ta possible disgrâce, ajouta-t-il avant de faire signe à Macro de poursuivre.

– Et cet autre agitateur que tu as fait crucifier et qu'on dit ressuscité, parle-nous donc un peu de son procès.

Pontius Pilatus fut tout étonné d'entendre que ce qu'on pouvait lui reprocher tenait à ce Yechoua. Il ressentit alors un certain soulagement puisque, dans cette histoire qui remontait à quatre années en arrière, il était certain d'avoir agi en toute loyauté.

– Le procès de ce soi-disant Messie ? Une affaire banale, somme toute, répondit-il.

Ce commentaire sembla agacer ses interlocuteurs et il regretta aussitôt de l'avoir émis. On lui demandait des faits, pas son avis. N'était-ce pas, lorsqu'il les interrogeait, ce qu'il exigeait de ses prisonniers ? Des faits.

Chapitre 14

Ce jour-là, au début du printemps, dans une vigne située au-delà des murailles de la ville basse en direction du village de Siloé, Myriam s'entraînait, avec d'autres adolescentes, à des gestes et des pas de danse.

Sous la conduite d'une femme plus âgée, les jeunes demoiselles, dont la tête, pour certaines, était couverte d'un voile discret, se préparaient pour la prochaine fête de l'amour, Tou Be Av, qui se tiendrait trois mois plus tard, au quinzième jour du mois de Av, comme chaque année depuis des temps immémoriaux. Au son magique de *nevels* dont les cordes pincées au-dessus de la caisse de résonance produisaient une mélodie voluptueuse, aux modulations plus éthérées de luths à étrier appelés *kinnors* et au rythme de tambourins plus percutants, les adolescentes répétaient les mouvements qui seraient de nature, le jour venu, à séduire les garçons et peut-être à trouver un mari.

Si, au moment de l'événement, qui aurait lieu au milieu d'une semblable vigne, elles seraient toutes uniformément vêtues de blanc afin que les riches ne fassent pas honte aux pauvres, pour les répétitions, elles étaient habillées de tuniques et chacune avait choisi la sienne selon sa fantaisie.

Lorsqu'elles eurent terminé, elles se mirent à papoter par petits groupes, comme elles en avaient l'habitude, profitant d'être ensemble pour parler, certaines de leurs émois, d'autres de leurs parents ou de leur fratrie, d'autres encore, plus simplement, de leurs cheveux qui frisaient trop ou pas assez, de leurs boutons d'acné qui les contrariaient et des huiles et autres onguents qui faisaient des miracles et dont elles s'échangeaient les recettes.

Alors même qu'elle se détournait de l'une de ses camarades pour en rejoindre d'autres un peu plus loin, Myriam tomba nez à nez avec une silhouette, sortie d'entre deux pieds de vigne, qu'elle ne reconnut d'abord pas. Lorsque, après un mouvement de stupeur, elle l'identifia, la fille de l'ancien grand prêtre cria un « Oh ! » que Yosef étouffa aussitôt en lui posant la main sur sa bouche. De sentir ses doigts si doux sur ses lèvres, elle faillit véritablement défaillir. Si elle avait pu, elle les aurait embrassés comme elle avait vu que les hommes et les femmes le faisaient sur des dessins interdits qui circulaient parmi les filles et les garçons de son âge. Si elle avait pu, elle l'aurait étreint bien fort contre elle comme c'était parfois représenté sur les mêmes dessins et sur ceux où étaient copiées des statues de corps humains enlacés édifiées par les Romains, sculptures que son père, comme tous les Juifs pieux, s'interdisait de regarder.

Yosef avait eu l'idée de se déguiser en fille pour intégrer le groupe des demoiselles danseuses. Comme il était impossible qu'il rase sa barbe, il avait pris grand soin de la cacher derrière un épais tissu qui ne laissait voir, de son visage, que ses yeux et son front. Pour le reste, il était suffisamment mince pour faire croire qu'il appartenait à l'autre sexe et les ondoiements de son corps savaient être gracieux. À peine un peu plus grand que toutes les jeunes filles, il pouvait espérer que personne ne le remarquerait. Il avait modifié sa coiffure de telle sorte que sa raie du milieu ne démarre qu'après une frange venue s'aligner, de façon rectiligne, juste au-dessus de ses sourcils. Il avait aussi revêtu, pour passer au maximum inaperçu, une ample tunique d'un vert aussi ressemblant que possible à celui des feuilles de vigne, qui couvrait son corps du cou jusqu'aux mollets et que Rachel lui avait prêtée avec un voile de la même couleur.

– Tu me surprends de nouveau, lui dit Myriam encore tout émue tandis que, afin de ne pas courir le risque d'être découvert, il veillait à se tenir le dos tourné à toutes les autres filles et à leurs servantes, pour celles qui en avaient.

– Puissé-je te surprendre toujours ! Rien, dans un couple, n'est pire que la routine.

– Crois-tu qu'un homme et une femme soient capables de se surprendre encore et d'être émerveillés l'un par l'autre après être devenus parents puis grands-parents ?

– Si je n'y croyais pas, je n'aspirerais pas à prendre femme.

– Ton... père... ? bredouilla-t-elle, interrogative.

– Mon père a vu le tien.

– Je m'en doutais, dit la jeune fille. Il ne cesse de faire des allusions à mon mariage, sans pourtant rien dire de la visite qu'il a reçue. Et alors ?

– Il n'a pas dit non et, d'après le mien, cela veut dire qu'il a dit oui.

Elle murmura des mots indistincts comme pour s'empêcher de crier de joie.

– En fait, il a dit oui pour me rencontrer et, dès lors, il semble bien que ce soit sur moi que tout repose, reprit Yosef.

– Et c'est prévu pour quand ?

– Le sixième jour à la dixième heure avant *Chavouot.*

– Juste avant shabbat ! C'est bon signe ! s'exclama Myriam. Mon père dit toujours que ce jour-là de la semaine, pour se préparer à se consacrer à *Hachem*, il n'accepte de recevoir que ceux qui lui sont agréables.

– Ah ! dit-il, je ne savais pas…

– À la vérité, c'est mon interprétation des instructions qu'il donne après le déjeuner. Il dit qu'aucune crapule ne le dérange avant d'aller au *mikvé* pour son bain hebdomadaire.

– Des crapules ?

– Ça m'a toujours gênée qu'il envisage les autres comme des vauriens.

– Ah ! s'exclama Yosef en guise de seul commentaire.

– Je me mettrai en prière quand tu viendras, dit-elle.

– Moi aussi, j'implorerai *Hakaddosh barokhou* d'être à

mes côtés. Mais dis-moi, ajouta-t-il, toi qui connais bien ton père, y a-t-il des erreurs à ne pas commettre ?

– Je ne sais pas trop, hésita-t-elle comme pour se donner le temps de réfléchir un instant. C'est un homme qui est sensible à la politesse et aux bonnes manières.

– Bon, je pense avoir reçu une bonne éducation et ne devrais pas faire d'impair à cet égard.

– Il a peur de tout.

– Ah ! Il faudra donc que je lui donne toute assurance qu'il n'a rien à craindre pour sa fille.

– Il se met souvent en colère.

– J'espère ne pas en provoquer.

– Pour qui sait laisser passer l'orage, c'est sans conséquence, du moins dans la famille. Il considère que, dans la vie, il n'y a que deux sortes d'individus, les dominants et les dominés et même si je ne suis pas le garçon qu'il aurait voulu pour sa descendance, il m'a élevée dans cet esprit.

Yosef fit une moue d'étonnement.

– Enfin…, nuança-t-elle, il a essayé !

– Tu n'as pas l'air, en effet, d'être comme ceux qui se croient les meilleurs quand tous les autres ne sont que des ratés.

– Comment le sais-tu ?

– Je t'ai observée.

– Ah bon ! Et quand donc ?

– Cela fait deux heures que je te vois évoluer parmi les autres jeunes filles. C'est suffisant pour qui met ses sens en éveil afin de se faire une idée d'une personne.

– Tu m'as espionnée ? dit-elle en riant.

– Il fallait bien que je guette le moment propice pour t'aborder, répondit-il sans paraître le moins du monde gêné par sa question.

– Voyou ! commenta-t-elle ironiquement.

– Qui veut la fin…

– En tant que *cohen**, poursuivit-elle, il est plutôt intransigeant avec tout ce qui touche au respect des prescriptions, même si, je dois le dire, lui-même se permet des écarts…

– Des écarts ? coupa le jeune homme.

– Le commandement d'avoir à respecter et à honorer mes parents m'oblige à n'en pas dire davantage.

– Je crains que tu en aies déjà trop dit pour t'arrêter là.

– N'insiste pas.

– Je n'oserai pas. Tant pis donc, ajouta-t-il, feignant la résignation, je raterai sans doute mon examen de passage !

Myriam parut contrariée, tandis qu'une de ses camarades l'appelait de loin.

– Tu viens, Myriam ?

– J'arrive, répondit-elle, une minute !

Elle se tourna vers Yosef.

– Bon, je m'avoue vaincue, dit-elle. Mon père…

– Dans notre mariage, lui lança Yosef, aucun de nous ne sera jamais vaincu par l'autre !

– Je… je…, balbutia-t-elle, confondue, c'était une façon de parler.

– Alors, ton père ? demanda-t-il.

– Mon père prend quelques libertés avec la religion. En un mot, il se permet ce qu'il interdit aux autres.

– Par exemple ?

– Par exemple, il pourra rompre le jeûne avant que l'apparition des étoiles ne le lui permette.

– Peut-être est-ce qu'il s'attache plus à l'esprit qu'à la lettre des prescriptions édictées dans la Torah ? suggéra le jeune homme.

– J'ai plutôt le sentiment qu'il ne croit pas vraiment en *Hachem*, confessa Myriam.

– Mais c'est impossible ! s'exclama Yosef. Il est d'une famille de grands prêtres !

– Ça ne veut rien dire. En tout cas, il n'y croit pas comme moi, précisa Myriam cependant que la même camarade et d'autres maintenant insistaient pour qu'elle les rejoigne.

– Myriam, on t'attend ! cria l'une.

– Mais qu'est-ce que tu fais ? demanda une autre.

– J'arrive tout de suite, dit Myriam.

– C'est comment, y croire comme toi ? demanda Yosef sans se retourner vers les filles et en accentuant volontairement les aigus de sa voix.

– C'est… c'est qu'*Hachem* et moi ne faisons qu'un ! répondit-elle en s'éloignant.

– Tu… tu es des nôtres ? demanda Yosef qui n'en croyait pas ses oreilles.

Chapitre 15

Pontius Pilatus pensait sincèrement que la péripétie que le préfet du prétoire évoquait, celle de la crucifixion d'un illuminé, était banale. Elle ne se distinguait en rien de celles de tous ces agitateurs se prenant pour Dieu sait qui et autres faux prophètes que lui-même, Hérode Antipas, Lucius Vitellius ou leurs prédécesseurs avaient condamnés à mort ou à l'exil pour trouble à l'ordre public pendant leurs mandats. Il y avait eu Athrongès, il y avait eu Simhon, il y avait eu Yehuda, fils d'Ézéchias. Ils avaient fini crucifiés et parfois avaient entraîné avec eux dans la mort des milliers d'hommes, de femmes et d'enfants à la suite de répressions sanglantes menées par l'armée romaine.

– À plusieurs reprises, répondit-il à Caligula, j'ai eu vent d'un beau parleur venu de Galilée qui rassemblait des foules de Juifs de plus en plus conséquentes. Des jeunes surtout. Comme il n'appelait pas à des actions violentes contre Rome, je n'y ai pas prêté davantage attention. Il était question d'un prédicateur capable, d'après ce qui se disait, de maintenir éveillée pendant des heures l'attention de ses auditeurs. On me rapportait que, contrairement à certains rabbins dont nul ne comprend vraiment les discours, il fascinait les gens qui l'écoutaient en usant d'un langage à la portée de tous. De ce fait, j'ai considéré que tout cela était sans importance car ce n'était jamais qu'un *rabbi* parmi d'autres qui sillonnait les villes et les campagnes.

Caligula fit un geste à son échanson pour qu'il lui serve à boire.

– Continue, dit-il après avoir bu une bonne gorgée d'eau fraîche.

– Je me souviens, dit Pontius Pilatus, d'une histoire de semeur que mes informateurs m'avaient rapportée.

– Je t'écoute, dit l'empereur.

– Eh bien, il parlait d'un type qui répandait des grains à tour de bras dans un champ. Je pense que si je m'en rappelle encore, c'est à cause des portes ouvertes qu'il enfonçait. Jugez plutôt.

Il se mit alors à imiter un prêcheur en faisant des gestes, plus encore que cela se pratiquait à Rome et, en tout cas, de façon plus théâtrale, joignant les deux pouces aux deux doigts voisins immédiats, les paumes tournées vers le haut, tout en déplaçant de l'arrière vers l'avant les deux coudes en même temps.

– Les grains, je vous le dis, les grains, certains vont échouer sur le bord du chemin et d'autres, infortunés, d'autres vont se mêler aux cailloux ici et là.

Il montait et descendait la voix comme un tribun devant une assemblée nombreuse.

– Quand les uns serviront de nourriture aux oiseaux, leurs pareils, je vous le dis, pourriront entre les pierres ingrates jonchant le sol. De plus chanceux qui ne se seront pas mêlés aux ronces et aux mauvaises herbes lèveront, mais les rayons du soleil en auront vite raison faute de racines suffisamment plantées dans une terre de bonne qualité. Et puis, et puis, il y a les grains qui tomberont dans de la bonne terre et ceux-là, en vérité – il paraît qu'il utilisait souvent ces mots, « en vérité », commenta Pilatus. Ridicule, n'est-ce pas ? –, ceux-là, ces grains-là permettront une belle récolte abondante et nourricière.

L'empereur éternua bruyamment.

– Ensuite, après avoir semé, c'est le cas de le dire, de telles évidences, il partait, laissant l'assemblée réfléchir au sens qu'il convenait de donner à ses paroles somme toute plutôt anodines. Il ajoutait parfois, m'a-t-on dit, une formule du genre : « *Que celui qui a des oreilles entende !* » Comme si tout le monde n'en était pas doté !

– Voilà qui nous renseigne davantage sur l'individu, réagit Caligula. Tu l'as donc considéré comme inoffensif ?

– En effet. J'ai pensé que des péripéties aussi anodines ne pouvaient pas te faire de l'ombre, ô Cæsar.

– Et les choses se sont gâtées ? demanda le préfet du prétoire.

– On ne peut pas vraiment dire cela, répondit Pilatus.

Pas tout de suite, en tout cas. On m'a d'abord rapporté que l'individu accomplissait des miracles, mais des magiciens, des guérisseurs et autres thaumaturges, nous en avons toujours eu, que ce soit en Judée, à Rome, à Athènes ou à Alexandrie. Dès lors, même si je n'en pensais pas moins – imaginez de l'eau qui se change en vin, des pains qui se multiplient, un lépreux qui guérit, un aveugle qui voit –, j'ai considéré que c'étaient encore des combines juives et que tout cela n'avait rien de politique. Notre homme ne critiquait pas nos institutions, ne provoquait ni nos fonctionnaires ni nos soldats et n'appelait à aucun soulèvement.

– Et ensuite ? interrogea le préfet Macro.

– Ensuite, je n'ai quasiment plus entendu parler de lui jusqu'à son entrée triomphale à Jérusalem deux ou trois ans plus tard, son accueil par les Juifs qui proclamaient qu'il était leur roi et, conséquemment, son procès.

– Plus du tout ? demanda l'empereur.

– J'ai su qu'il faisait des adeptes, surtout, comme je l'ai dit, parmi la jeunesse juive toujours en quête d'idéal, toujours prête à se bercer d'illusions, à s'enflammer pour des concepts fumeux, toujours encline à la rébellion contre les générations précédentes. Il avait aussi, semble-t-il, des admirateurs parmi les plus âgés, mais d'une façon générale les vieux, nous le savons, sont plus conservateurs. Bref, en Galilée, en Judée, en Pérée, nombre de ses coreligionnaires, se référant à leurs textes sacrés, voyaient en lui un prophète, c'est-à-dire, si je peux le définir ainsi, un maître spirituel. J'ai persisté à considérer, à raison d'ailleurs, à cette époque, qu'il s'agissait de questions religieuses qui ne pouvaient porter atteinte à la *pax romana*. Toutes leurs bêtises ne m'ont pas empêché de dormir la nuit. Ce qui a commencé à me faire douter, c'est la révélation qui m'a été faite, un jour, de ce que contrairement à d'autres énergumènes du même genre il avait avec lui une équipe. On aurait même cru une… comment dire… une suite… Une cour, en quelque sorte !

– Une cour ! s'exclama Caligula.

– À la vérité, nul ne nommait ainsi le cercle d'une douzaine de garçons qui le suivaient partout, des frères, des cousins, des amis ou simplement de pauvres hères. Ni eux, ni ledit Yechoua, ni le peuple. C'est la façon dont je me suis, moi-même, figuré la situation parce que, à mon sens, c'est à cela que ça ressemblait.

– Et donc ? demanda l'empereur.

– J'ai commencé à penser que si cet homme était entouré ainsi, comme un grand personnage, il pouvait, peut-être, y avoir un danger de sédition.

– Que ne l'as-tu pas fait taire aussitôt ! Ne sais-tu pas, dit Macro, que c'est dans l'œuf qu'on tue une révolte et qu'une fois qu'elle est éclose il est souvent trop tard ?

Pilatus eut envie de protester. Non, il n'y avait pas lieu de tuer dans l'œuf une révolte qui n'existait pas. Non, il ne pouvait pas décemment avoir voulu faire taire un prédicateur qui parlait de grains semés dans un champ ! Non, il ne pouvait pas se reprocher, à ce stade de l'affaire du moins, de ne pas avoir trouvé à redire au fait qu'une femme, sans doute un peu folle, qui avait touché son manteau, se soit prétendue guérie de ses maux !

– Oui, bien sûr, je le sais, s'entendit-il répondre plus mollement qu'il ne l'aurait voulu. C'est juste que, à ce moment-là, cet homme n'était pour moi qu'un religieux fanatique, un illuminé comme il y en a beaucoup dans ces contrées. Généralement, leur extrême piété n'est pas de nature à faire du mal à une mouche.

– Il semble que tu te sois trompé. Mais poursuis, ordonna le préfet du prétoire en buvant, en même temps que l'empereur, une coupe d'eau d'autant plus désaltérante que la chaleur, à cette heure du jour, était devenue accablante.

– Il y a eu ensuite quelques incidents en différents endroits, répondit Pilatus, en particulier des réunions sur les places publiques et devant les synagogues où les échanges entre ses partisans et ceux qui criaient à l'imposture ont pris, quelquefois, un vilain tour. Mais les autorités juives ont toujours su y mettre de l'ordre et mes hommes n'ont jamais eu à intervenir.

– Et tu n'as pas imaginé que la situation puisse empirer et qu'il valait mieux ne serait-ce qu'éloigner le fauteur de troubles ?

Non, eut-il envie de répondre une nouvelle fois. Non, parce que des gens qui se battaient pour des idées, il y en avait toujours eu et peut-être plus en Judée que partout ailleurs. Non, parce que, la plupart du temps, les disputes avaient lieu quand le Galiléen n'était pas présent, et lorsque des contestataires venaient à ses réunions dans le but délibéré de le provoquer, celui-ci savait toujours trouver les mots pour apaiser les choses. Pourtant, ce n'est pas la réponse qu'il fit à Macro, choisissant de nouveau d'aller autant que possible dans le sens du poil.

– Je l'ai imaginé, bien sûr, convint-il avant de nuancer. Pouvait-on, cependant, lui faire grief des querelles entre les deux clans qui s'opposaient ? Il ne cherchait pas l'affrontement et il n'appelait pas ses soutiens à en découdre. À aucun moment il n'est apparu comme étant le chef d'une faction, si bien que je n'avais pas de charges contre lui. En tout cas, pour prévenir des incidents qui auraient pu être plus graves, j'ai demandé des rapports hebdomadaires sur ses faits et gestes.

– Il faut croire que cela n'a pas été suffisant si je me réfère à ce qu'on m'a rapporté à propos d'une émeute au Temple de Jérusalem, dit Macro.

Il fit signe à des esclaves de se rapprocher pour venir plus près de Caligula, à côté duquel il se tenait lui-même, afin de faire osciller leurs grands éventails pour leur permettre, à tous deux, de mieux supporter la canicule qui étouffait Rome. Privé de ce privilège, Pilatus, en sueur, s'efforça de ne rien montrer du manque d'air et d'eau dont il souffrait d'autant plus cruellement qu'il était à l'épreuve.

– Le Temple ! soupira-t-il, surpris que ses interlocuteurs en sachent autant. Oui, en effet, il y a eu, un jour, du grabuge parce que le *rabbi* de Nazareth est sorti de ses gonds en constatant que ce lieu sacré pour les siens était envahi de marchands et de changeurs de monnaie. Il s'est mis en colère et il a renversé leurs étals, provoquant leurs protestations les plus vives, certains, évidemment, cherchant à l'appréhender.

– On imagine la scène, commenta le préfet du prétoire. Et tu es intervenu ?

– Non, répondit Pilatus. Ce n'était pas dans ma juridiction et, en plus, les Juifs ont arrangé cela entre eux.

– Il y a pourtant eu trouble à l'ordre public.

– À peine. Tout compte fait, même si c'était impressionnant et que cela a marqué les esprits, il n'y a jamais eu que quelques étals jetés à terre, des marchandises à ramasser et des bêtes à rattraper. D'ailleurs l'individu en question a regretté de s'être emporté et a offert de dédommager les marchands et les changeurs de monnaie qui avaient subi un préjudice.

Macro soupira. À ce moment-là, Caligula, peut-être sollicité par sa vessie, annonça qu'une suspension de séance s'imposait. Il sortit aussitôt, suivi de son bras droit, de Seneca et du scribe qui notait ce qui se disait. Il ne prit pas la peine de se préoccuper de Pilatus ni pour lui proposer de s'asseoir ni pour envisager que lui aussi, peut-être, avait besoin de se soulager.

Lorsque l'empereur et sa suite pénétrèrent à nouveau dans la pièce, quelques instants plus tard, le préfet de Judée se crut sur le point de défaillir. Il y avait la chaleur insupportable mais sans doute aussi la pression que mettaient sur lui ses interlocuteurs, sans compter la station debout prolongée à laquelle il était contraint depuis si longtemps. Il vacilla, fit un pas de côté pour trouver le salutaire secours d'une colonne de marbre contre laquelle il s'appuya et il parvint à ne pas tomber.

– Après quoi en avait-il, le prédicateur galiléen ? demanda le préfet du prétoire.

Chapitre 16

Quelques années plus tôt, bar Nabi avait été invité à des noces à Kafr Cana, non loin de Nazareth, sur la route entre Séphoris et le lac de Génésareth. Il y était venu avec sa tante, son cousin Markos*, en charge de l'intendance des festivités, et un ami qui se nommait Barthélemy mais que tout le monde se plaisait à appeler Nathanaël, voulant marquer, tant il était pieux et généreux, qu'il était un véritable don de Dieu. Il était courant en ce temps-là que le Tout-Puissant, *El* en hébreu, se retrouve dans de nombreux prénoms : Raphaël, « médecin de Dieu », Daniel, « Dieu est mon juge », Emmanuel, « Dieu est avec nous », Michel, « qui est comme Dieu », Gabriel, « force de Dieu », Samuel, « nom de Dieu » et donc Nathanaël, « don de Dieu ».

C'est à l'occasion de ce mariage dans ce village fortifié de Galilée que, pour la première fois, Yosef avait non seulement rencontré, mais vu à l'œuvre le *rabbi* Yechoua bar Yosef. Ce qui l'avait impressionné chez celui-ci, c'était la foi profonde qui l'habitait. Des hommes qui croyaient en

Dieu ou qui se comportaient comme s'ils y croyaient profondément, il en connaissait beaucoup. Mais qui croyaient en Dieu comme celui-ci, de toute sa vie il n'en avait jamais croisé aucun, ni parmi les conteurs, ni parmi les rabbins, ni parmi les prêtres, ni parmi les anciens souvent présentés comme étant de grands sages.

Certes, tous étaient des Juifs observants qui enroulaient autour du bras gauche et du front des lanières de cuir noir auxquelles sont fixés deux petits boîtiers cubiques contenant quatre citations de la Torah. Certes, tous portaient, comme le Tout-Puissant l'avait ordonné aux enfants d'Israël, le châle de prière pourvu de franges servant de chapelet et constituant une invitation permanente à se souvenir des commandements divins. Tous fréquentaient assidûment la synagogue, ils y faisaient des dons selon leurs moyens, ils respectaient le shabbat, ne mangeaient pas d'aliments interdits, faisaient des offrandes, célébraient les fêtes, se pliaient aux jeûnes. Tous évidemment récitaient le *Chéma Israël* au lever, au coucher, sur le chemin, dans leur foyer, et tous enseignaient à leurs enfants cette profession de foi du judaïsme qui prescrit d'aimer Dieu, le Dieu Un, de tout son cœur, de toute son âme et de toute sa force. Tous, lorsqu'ils se rendaient au Temple, répétaient « *Béni soit Hachem dont la gloire du royaume est à jamais* » quand le souverain sacrificateur le disait deux fois par jour.

Mais aucun, absolument aucun, aux yeux du Chypriote, n'incarnait autant le judaïsme que ce *rabbi* galiléen qu'on lui avait présenté ce jour-là. Yechoua avait d'ailleurs dit à

Barthélemy, après l'avoir observé méditant sous un figuier, qu'il avait reconnu en lui *« un véritable fils d'Israël »*, mais c'était sans doute de lui-même que le Nazaréen parlait puisqu'on ne reconnaît jamais en l'autre que les qualités qui sont en soi.

Avant que Yosef ne soit introduit auprès de lui par son cousin, il avait entendu les uns et les autres s'ébahir de sa présence.

– Vous savez qui est là ? avait dit l'un avec l'air de qui se prépare à annoncer une nouvelle incroyable.

– Qui donc ? avait demandé un autre, curieux de savoir quelle sommité pourrait bien venir assister à un mariage campagnard dans un village perdu.

– C'est Yechoua, le fameux *rabbi* qui soulève l'enthousiasme partout où il passe ! avait révélé le premier.

Alors que le petit groupe qu'ils formaient avec une demi-douzaine d'autres invités s'extasiait et se réjouissait de l'honneur qui était fait aux mariés et à leurs convives, bar Nabi interrogea deux frères qui se trouvaient près de lui sur les raisons de cet engouement.

– Tu verras, lui dit le premier qui répondait au nom de Yehohānan, il est la sagesse faite homme.

– Comment cela ? demanda Yosef.

– En fait, poursuivit le second qu'on appelait Ya'acov, lorsque tu lui exposes un problème, ce que beaucoup font, ce n'est pas sa tête qui répond avec tout ce qu'elle sait de nos textes sacrés, c'est son cœur qui dit ce qu'il ressent avec tout l'amour qu'il contient.

– C'est pour ça qu'il a tellement de succès, ajouta Yehohānan. Les gens en ont assez d'entendre des rabbins – pas tous, mais beaucoup – qui leur enjoignent des « il faut ». Il faut que tu ailles à la synagogue plus souvent, il faut que tu mettes les tefillins tous les jours, il faut que tu respectes les quatre jeûnes du Livre de Zacharie, il faut que tu *scrutes les Écritures* pour y *trouver la vie éternelle*, il faut que tu fasses des dons…

– Ils ne se rendent pas compte, renchérit Ya'acov, que nul ne peut aimer ni *Hachem* ni son prochain par obligation.

Ces propos avaient interpellé Yosef, qui percevait depuis longtemps, sans pour autant l'avoir jamais formalisé jusque-là, que l'énergie joyeuse de l'envie – l'envie de s'élever spirituellement, l'envie de vivre en harmonie avec les autres, l'envie de faire le bien, l'envie de connaître le Saint, béni soit-Il – était infiniment plus puissante que l'énergie triste du devoir, et c'est ce qui l'avait poussé à oser demander à Markos de lui présenter ce personnage manifestement hors du commun.

Le rabbin qui officiait avait été lui aussi informé de la présence de ce prédicateur dont la renommée grandissait. Il lui avait donc proposé de l'associer à la cérémonie et à plusieurs reprises lui avait cédé sa place sous le dais nuptial dressé au cœur du village. Il s'était même effacé au point de lui laisser prononcer les sept bénédictions du mariage et toute l'assistance avait vu comme un immense privilège que l'union des jeunes fiancés soit célébrée par cet homme dont la seule présence imposait le respect. Celui-ci avait chanté lesdites *cheva berakhot** d'une voix aussi assurée que puissante et chacun des mots prononcés aurait pu aisément être entendu de toutes les collines avoisinantes.

Bientôt, la cérémonie religieuse laissa place à la fête. Myriam*, la mère de Yechoua, s'était beaucoup investie dans la préparation de la noce avec sa sœur qui mariait son fils. Elle s'était occupée avec elle du ravitaillement en légumes et en fruits, de la fabrication des beignets, des cheveux d'ange et autres gâteaux au miel, elle avait veillé à ce que suffisamment de bêtes soient égorgées de façon rituelle et découpées pour le festin et elle avait fait venir d'un vignoble qu'on lui avait recommandé un vin honorable. Alors qu'elle dansait avec d'autres femmes autour de la mariée dont la chevelure avait été colorée au henné d'or, Markos, qui surveillait que tout se passait bien et à qui le *chomer** qui servait le vin venait de chuchoter un mot à l'oreille, lui fit un signe qui dénotait une certaine urgence.

Quelques instants plus tard, Myriam, informée de la situation, se rapprocha de son fils et lui annonça, paniquée, qu'il n'y avait presque plus de vin. Elle était catastrophée et ne comprenait pas ce qui s'était passé. Elle se lamentait d'avoir mal calculé, elle supposait, contrariée, que sa sœur l'avait induite en erreur en sous-estimant le nombre des invités, elle songeait à un vol qui pouvait expliquer ce manque et elle envisageait avec effroi la honte qui résulterait de ce que, bientôt, il n'y aurait plus rien à boire.

– Est-ce ainsi que tu as la foi, *ima** ? lui demanda Yechoua.

– Comment veux-tu que j'aie la foi quand il n'y a pas de solution ! répondit-elle. Nazareth, où l'on pourrait se fournir, est à plus d'un jour de mulet. Comment ferons-nous ?

– *De toi à moi*, n'est-ce pas lorsqu'il n'y a pas de solution que la foi fait des miracles ?

Markos, qui les avait rejoints, était lui aussi atterré. Il ne se voyait pas demander à ceux des invités qui habitaient alentour de les dépanner car ce serait avouer une défaillance dans l'organisation de la fête et le bruit courrait dans toute la région qu'il n'y avait pas eu assez à boire pour tout le monde.

– Tu as une idée ? questionna Myriam à l'intention de son fils.

– Pas la moindre, *ima*, mais je te propose que nous demandions à *Hachem* de nous venir en aide.

Ayant dit cela, il avisa le figuier sous lequel Barthélemy était un peu plus tôt. Au grand étonnement de Markos, il alla s'asseoir tranquillement sous son ombre. Il ferma les yeux pour implorer le Tout-Puissant. Quand il les ouvrit, il croisa le regard d'un invité avec lequel, avant la cérémonie, il avait eu un brin de conversation, du genre de celles au cours desquelles, en de semblables occasions, un verre à la main, on dit ce que l'on fait pour tenter de définir qui l'on est. Il se leva d'un bond et alla rejoindre cet homme.

– Ne m'as-tu pas dit que tu étais vigneron, l'ami, et que tu étais venu avec ta citerne ?

– As-tu besoin de bon vin ? répondit celui-ci.

– Plus que tu ne crois. Il m'en faudrait six jarres, dit Yechoua.

– Six jarres ! C'est une belle quantité ! Si tu demeures dans les parages, je peux te livrer la semaine prochaine.

– Il me les faut tout de suite ! répliqua le Nazaréen. On n'en a plus pour la noce.

– Mais c'est impossible !

– Avec la foi en *Hakaddosh barokhou*, rien n'est impossible !

Le type fit une moue pour manifester son incrédulité.

– Après tout, *rabbi*, se ravisa-t-il en flairant la bonne affaire, je peux peut-être m'arranger. Je te vends à toi le contenu de ma citerne et je retournerai la remplir pour livrer un autre jour mon client dans la vallée de Beit Netofa. Je suis sûr qu'il a de la réserve et qu'il n'est pas à une semaine près.

– Où est ton chargement ?

– Il n'est pas loin d'ici mais je dois te dire, d'abord, que le vin que j'ai là tu n'en trouveras pas de meilleur dans tout ce pays et… enfin, comment dire… c'est ce qu'il y a de plus cher sur le marché.

– C'est-à-dire ? demanda Yechoua.

– Eh bien, disons que…

– Ne profite pas de la situation, l'interrompit le

Nazaréen. Si tu me voles, n'oublie pas que ce que tu me fais, c'est à toi que tu le fais car, tous, nous ne faisons qu'un.

– Hum..., fit le vigneron. Dix *shekalim* le baril, ça te va ?

– Si devant *Hachem* tu estimes que ce prix est celui qui te fait gagner ton pain sans léser ton prochain, alors c'est une affaire conclue.

– Bon, ajouta le vigneron avec une légère pointe de remords dans la voix, comme tu m'en prends six et que c'est la noce du fils d'un vieil ami à moi, ce sera cinquante pour le tout. Topons là !

– Où est donc ta citerne ? redemanda le fils de Myriam.

– Je l'ai laissée en lieu sûr à l'entrée du village. Le seul problème est que je n'ai pas de jarres...

– Il y a les jarres de vin qui sont vides ou presque vides...

– Aucune ne l'est totalement – il reste toujours un fond, si réduit soit-il – et je ne mélange pas mon vin avec d'autres, répliqua le vigneron. Ma réputation, tu comprends ?

– Alors prenons les jarres d'eau, proposa le *rabbi* de Nazareth.

– À condition de bien les rincer, on ne sait jamais !

Yechoua appela ses cousins, Yehohānan et Ya'acov, les fils de Zébédée, Shiemone le Cananéen*, Yehuda Thaddée*, et ses amis, André, Yohanan*, Simhon bar Yonah auxquels Barthélemy vint se joindre, ainsi que Markos qui accourut avec son propre cousin bar Nabi. Il leur demanda de remplir d'eau les grands récipients qu'il leur désigna, de les vider puis de les charger sur une charrette.

En moins de temps qu'il n'en fallut aux invités pour danser sur deux ou trois airs folkloriques, les jarres furent transportées jusqu'à la citerne, remplies de vin et ramenées à leur place sans que personne y voie quoi que ce soit. Le *chomer*, averti qu'il y avait de nouveau du vin dans les jarres, vint le goûter et dit au *rabbi* Yechoua :

– *Tout le monde sert d'abord le bon vin et, quand les gens sont ivres, le moins bon. Toi, tu as gardé le bon jusqu'à présent !*

Très vite, tout le monde sut que le fameux *rabbi* de Nazareth avait accompli un miracle. Il affirmait pourtant qu'il n'avait jamais fait que de s'en remettre à *Hachem*, mais plus il protestait et plus la rumeur enflait. Il objecta à sa propre mère que si jamais la volonté du Saint, béni soit-Il, était qu'il ait un destin, alors son *heure n'était pas encore venue*, mais elle n'en démordait pas, disant aux uns et aux autres : « *Quoi qu'il vous dise, faites-le !* » et remerciant le ciel de lui avoir donné un fils doté de pouvoirs aussi impressionnants.

Yechoua conjura ses cousins et ses amis de ne pas ébruiter ce qui venait de se passer et surtout de ne pas employer le mot « miracle », leur expliquant qu'autant sa foi immense et ce qu'elle permettait lui attiraient la sympathie de tous, autant l'accomplissement de prodiges pouvait lui causer de sérieux ennuis. Ils le comprirent bien, car ils savaient que les faiseurs de miracles étaient souvent assimilés aux magiciens, qui étaient vus comme des incarnations du démon. Yechoua leur demanda de transmettre ses consignes aux invités de la noce, mais beaucoup, trop fiers de pouvoir claironner un peu partout qu'ils avaient été témoins d'un événement surnaturel, firent en un rien de temps circuler la nouvelle dans toute la Galilée. Celle-ci se répandit en quelques jours en Judée et au-delà.

Chapitre 17

– Après quoi en avait-il ? redit Pontius Pilatus. Je ne sais pas trop. J'ai entendu des mots, ici et là, mais, pour moi, ils étaient à peu près vides de sens. Il était question de shabbat fait pour l'homme et non pas de l'homme fait pour le shabbat, va comprendre ! Il était aussi question d'amour l'emportant sur la loi, enfin, tu vois le genre, illustre Cæsar. Que des concepts abstraits fort loin d'être au même niveau intellectuel que celui de nos sciences et de nos arts !

– En effet ! confirma Macro.

– Tiens, il en avait, selon ce que j'ai compris, après l'accumulation d'interdits qu'il trouvait absurdes. Ainsi, si un Juif, au temps jadis, était abattu par un deuil au point de ne pas pouvoir se nourrir lui-même ou même de ne pas pouvoir offrir un verre de vin et un gâteau à ceux qui venaient le visiter pour le soutenir dans sa peine, au fil des ans et des siècles, cela s'est transformé en une interdiction pour les endeuillés de se faire à manger et de servir quoi que ce soit à leurs hôtes pendant sept jours. De même, s'il a pu arriver, en des temps immémoriaux, qu'un homme ayant perdu un être cher le vive si mal que, dans un mouvement de rage, il se déchire la chemise au cimetière, ce geste est devenu une obligation. Tout cela, pour bar Yosef, était proprement ridicule et n'avait rien à voir avec la religion.

– Grotesque, en effet ! approuva Macro.

– Un autre interdit poussé au-delà du raisonnable touchait au mot substitué au nom de leur Dieu. Pour autant que j'aie compris leurs élucubrations, par respect du commandement qui leur impose de ne pas prononcer ce mot en vain, ils disent *Ado-Naï*, ce qui veut dire « Seigneur », mais certains ont imaginé de ne pouvoir énoncer pas même ce mot-là et de le remplacer par *Hachem*, soit, littéralement, « le Nom ». De cette façon, tous les descendants d'Abraham perçoivent dès leur plus jeune âge comme un péché l'énonciation, en dehors des prières, de ce simple mot : *Ado-Naï*. Finalement, je crois que ce qui irritait beaucoup le Nazaréen, c'était d'ajouter des interdits aux interdits, comme si les hommes avaient un besoin irrépressible de se priver de liberté…

– Pour mieux enchaîner leurs pulsions, assurément, commenta Seneca.

– Pour ma part, confessa le préfet de Judée, je ne suis qu'un soldat et je ne saurais faire l'analyse de ces comportements bizarres.

– Certes, dit Macro. Y avait-il autre chose ?

– Le prédicateur en avait aussi après le divorce, répondit Pilatus.

– Le divorce ? s'étonna l'empereur.

– Oui, ce fils de charpentier s'était mis en tête de le supprimer.

– Supprimer le divorce ! Aberrant ! s'exclama Caligula qui avait rompu les liens du mariage avec Junia Claudilla trois ans plus tôt et qui envisageait de plus en plus sérieusement de mettre fin à son union avec Livia Orestilla, qu'il avait épousée en secondes noces. Quel insensé !

– Pour lui, poursuivit Pilatus, ce que Dieu avait uni ne pouvait être désuni. Évidemment, ceux qui avaient répudié leur femme n'appréciaient pas cette prise de position, pas plus, bien sûr, que ceux qui voulaient s'en réserver la possibilité !

– C'est vraiment ridicule et il ne faudrait pas qu'un jour de telles idées arrivent à Rome, qu'en penses-tu, Seneca ?

– Ce serait, sans doute, répondit le philosophe, régresser à des temps archaïques. Si j'en crois Plutarque, Romulus n'envisageait la répudiation qu'en faveur des hommes, et seulement pour les cas graves d'empoisonnement d'enfants et d'adultère.

– Évidemment, dit Macro, ce sont là des idées rétrogrades et, si par malheur elles parvenaient un jour à traverser la Méditerranée, elles sonneraient l'heure du déclin de notre civilisation. Une idée aussi sotte a dû faire grincer des dents ! ricana-t-il.

– Il y en a eu une autre, ajouta Pontius Pilatus.

– Ah ! laquelle ? demanda l'empereur.

– C'est que le Nazaréen faisait grief aux siens, qui

pourtant pratiquaient la religion souvent avec une ferveur très ostentatoire, de ne pas avoir vraiment la foi.

– Veux-tu être plus clair ? suggéra Caligula qui ne comprenait pas qu'on puisse suivre un culte sans croire.

– Je ne suis pas le mieux placé pour expliquer cela. Comme je te l'ai déjà dit, ce sont des excentricités juives que nous avons, toi et moi, du mal à entendre. Nos cultures sont tellement différentes !

L'empereur lui jeta un regard sévère. Pilatus sentit immédiatement qu'il valait mieux poursuivre.

– Ah, comment dire ? Eh bien, par exemple, il fustigeait ceux qui se détournaient de Dieu dès qu'ils étaient malades ou qu'ils subissaient une épreuve dans leur vie, une mauvaise récolte, un deuil, une infirmité. Il fulminait de rage contre ceux qui refusaient l'adversité au point, lorsqu'ils y étaient confrontés, de maudire la divinité. Autant que j'aie pu le saisir, pour le Galiléen, il était inconcevable d'aimer Dieu pendant les jours fastes et de ne pas l'aimer les jours néfastes.

– C'est absolument stupide ! réagit Macro. Il y a évidemment des situations où il est légitime d'être fâché contre les dieux !

– Je comprends qu'il se soit fait des ennemis, ton *rabbi* ! dit l'empereur.

– D'autant qu'il reprochait aux chefs de sa communauté et à leurs suites de dire ce qu'il fallait faire sans le faire eux-mêmes. Il les tançait dans ses prêches en dénonçant le fait qu'ils accomplissaient des bonnes actions, beaucoup plus pour *être vus* que par charité. Il disait qu'ils mettaient *sur les épaules des hommes des fardeaux pesants* tout en s'abstenant de *les porter eux-mêmes*, qu'ils pratiquaient bien plus le culte de l'argent que celui du Temple et qu'ils recherchaient *les premières places*, les titres et les honneurs plutôt que la paix de Dieu. Il s'en prenait aux plus riches, à ceux qui annonçaient au Temple et dans les synagogues les montants souvent outrageants de leurs dons, ce qui leur assurait les faveurs des prêtres et des rabbins tout en mettant mal à l'aise les plus pauvres.

– Voilà qui explique bien comment il a réussi à se mettre à dos certains des siens, dit Macro. Et, dis-moi, encore une question justement : il semblerait qu'il était devenu un peu – comment dirais-je – antijuif ?

– Mais non, pas le moins du monde ! répondit Pontius Pilatus. Il était profondément attaché au judaïsme. Un de ses « apôtres », comme ils disent, un certain Saül de Tarse, un illuminé lui aussi, annonce partout qu'il est *« juif, circoncis le huitième jour, de la race d'Israël, Hébreu né d'Hébreux »*. Sans nul doute, Yechoua bar Yosef aurait dit la même chose, car il est né dans une famille juive, il a été circoncis selon la loi juive, il a été instruit de la Torah, il a fait sa bar-mitsvah, il est devenu un *rabbi* et, quand il est mort, il a été enterré rituellement. Il était bien dans ses racines ! À l'inverse de certains qui s'étaient hellénisés – et cela faisait partie de ce qui l'irritait grandement –, lui était resté certainement fidèle à sa Nation. On ne pouvait pas plus ! Son visage, sa coiffure, son port, son allure, son discours, tout en faisait un Juif. Et il aimait son fichu peuple ! C'est sans doute, d'ailleurs, parce qu'il avait le souci de ce peuple de crétins qu'il s'emportait envers ceux des pharisiens et des scribes qui, selon lui, ne se comportaient pas en vrais croyants. Donc, non, il n'avait rien contre les Juifs. Partout où il passait, les foules l'acclamaient et les foules, tu peux me croire, ô Cæsar, c'étaient des Juifs, rien que des Juifs !

– Finalement, le problème, ça a été le risque de proclamation d'un roi d'Israël..., commenta Macro. Sans cela, cette histoire serait demeurée une affaire de courants opposés dans leur religion. N'est-ce pas ton avis, Seneca ?

– Il me semble, répondit le philosophe, qu'au-delà de tous ces éléments le problème majeur était celui d'une dimension universelle de leur religion à laquelle les Juifs n'étaient pas préparés.

– N'est pas hégémonique qui veut ! commenta Caligula. Bien, ajouta-t-il, parle-nous donc du procès lui-même, Pilatus.

Chapitre 18

Lorsque Yosef Caïphe se rendit au Temple ce jour-là, il n'était plus grand prêtre et son cœur était animé d'un profond sentiment d'aigreur. Cela faisait dix-huit ans – pas moins ! – qu'il sacrifiait sa vie aux problèmes de tous et de chacun. Et qu'y avait-il gagné ? Rien, sinon toujours davantage d'inimitiés ! « Va donc essayer de rendre service aux autres, trouve des solutions à leurs problèmes et ils auront des raisons supplémentaires de te détester en te rendant coupable de tous leurs maux. La haine qu'ils ont de leurs adversaires, ils la reportent sur toi qui as essayé de les aider ! Qu'ils aillent tous au diable, ces ingrats ! » ronchonna-t-il en revêtant ses habits de prêtre-parmi-les-autres-prêtres, sans plus avoir droit à la couronne désormais portée par son successeur.

« Quand je pense, songea-t-il, que j'ai bataillé pendant des années pour que les vêtements du grand pontife ne soient plus conservés dans l'Antonia mais, comme au temps jadis, de nouveau placés dans le Temple et gardés par les prêtres, selon nos coutumes ! Et au moment où je remporte cette victoire, je suis démis ! Quelle injustice ! »

S'il y avait, pourtant, un motif de trouver du positif dans la situation, c'était de ne plus être l'arbitre de chicanes entre voisins, de conflits d'héritages et surtout de disputes théologiques comme il y en avait encore plus depuis que ce *rabbi* Yechoua de Nazareth avait été crucifié. Le pire, pour Caïphe, était la radicalisation, plus prononcée que jamais, des religieux. Non seulement ils s'étaient mis à en faire davantage en pratiquant leur culte de façon exagérément stricte, mais ils exigeaient sans cesse de la grande prêtrise des réactions, des prises de position et des sanctions contre les blasphémateurs en se plaignant à longueur de temps que ce ne soit pas assez. À la vérité, il ne portait pas plus dans son cœur ces imbéciles prêts à tous les zèles que ce maudit prédicateur à qui il devait sa destitution.

En passant la porte de Nicanor, il croisa un escadron de gardes du Temple qui encadrait un groupe de jeunes hommes.

– Que se passe-t-il ? demanda-t-il au collègue qui avançait avec eux.

– Ce sont des jeunes dissidents qu'on a arrêtés hier soir, lui répondit celui-ci. Je suis chargé de les interroger avant une éventuelle procédure contre eux. Viens donc avec moi, on ne sera pas trop de deux !

Yosef Caïphe hésita, mais l'occasion était trop belle d'avoir sous la main des individus sur qui il pourrait faire passer sa rage.

Les deux *cohanim** qu'on disait au service de Dieu se trouvèrent bientôt face à une demi-douzaine de jeunes gens qui réclamaient qu'on les remette aussitôt en liberté. Ils expliquèrent aux deux prêtres qu'après l'office du soir ils s'étaient réunis, comme ils le faisaient chaque troisième jour de la semaine, pour favoriser en eux l'Esprit Saint et pour grandir en amour, autant de mots qui firent bien rire l'ancien grand pontife.

Ils expliquèrent encore que s'il était juste de respecter toutes les règles et tous les préceptes imposés par la loi, ou d'envoyer dans le désert un bouc chargé des fautes d'Israël le jour du Grand Pardon, cela ne servait à rien si une fois les offices terminés, certains gardaient de la haine dans leur cœur, du ressentiment envers l'autre, médisaient sur leurs voisins ou maudissaient leurs concurrents.

Il s'agissait pour eux, dirent-ils, de mettre en pratique ce que le Sauveur, comme ils appelaient le prédicateur crucifié, considérait comme essentiel et qui était d'aimer mais aussi de se surpasser, à chaque instant, dans cet amour. « C'est notre défi, avaient-ils souligné. C'est le sens de l'existence de tout homme. » Leur meneur, en tout cas, celui qui parlait au nom de leur petit groupe, s'exprimait d'une voix grave, douce et posée. À aucun moment il ne parut être déstabilisé par les haussements d'épaules de plus en plus répétés de Caïphe. Il semblait qu'il ne les voyait pas.

– Et qu'entendez-vous donc par « se surpasser dans cet amour » ? demanda, narquois, l'ancien grand prêtre.

– Il s'agit d'être dans l'amour d'*Hachem*, mais aussi dans l'amour d'autrui, au-delà de l'imaginable.

Caïphe se souvint de Yohanan, ce *cohen* comme lui, qui était un strict observant de la Loi mosaïque et qui avait totalement dérapé en se nourrissant dans le désert de sauterelles et de miel sauvage et en prônant le pardon des péchés par le baptême et non plus par les rites et sacrifices du Temple. Yohanan lui avait expliqué un jour qu'il s'agissait de « changer de paradigme ». Il lui avait dit que, pour rendre *droit le chemin du Seigneur*, pour qu'il n'y ait même plus besoin de rémission des péchés faute de péchés, il fallait voir les choses de façon totalement différentes. Il lui avait annoncé la venue d'un personnage énigmatique. Sans doute parlait-il de ce Yechoua, qui, lui, avait-il dit, baptiserait *dans l'Esprit Saint et le feu*.

Lorsqu'il lui avait demandé ce que signifiait ce charabia, l'ascète lui avait répondu que le feu était l'énergie spirituelle qui faisait que les cœurs brûlent d'amour. Il avait développé son propos en essayant de démontrer que depuis l'origine des temps la violence comme réponse au problème de la violence avait fait la preuve de son inefficacité et que la solution était de la remplacer par l'amour. Quand Caïphe avait ricané en lui disant qu'avec de tels raisonnements on courait à la catastrophe, au chaos, on risquait l'anarchie, il avait répliqué qu'après une nécessaire période de transition l'adversité ne pourrait plus résister à l'amour qui lui serait opposé tel le bouclier de David devant Goliath et que, peu à peu, elle céderait la place à la concorde et à la cordialité.

– Aimer au-delà de l'imaginable ! Vous ne semblez même pas vous rendre compte de l'énormité de ce que vous dites ! s'esclaffa-t-il. Comment peut-on aimer *Hachem* au-delà de l'imaginable ? demanda-t-il en tentant d'afficher un air moins désinvolte.

Face aux jeunes gens gagnés par les idées nouvelles, il constata que son rire n'en entraînait aucun autre et résonnait dans la pièce comme un bol creux dont la matière ne fait écho qu'à un vide décourageant.

– Aimer le Seigneur de façon « inimaginable », c'est L'aimer sans poser jamais aucune condition à cet amour, c'est vivre sans la crainte qu'Il nous abandonne un jour. C'est L'aimer quoi qu'il arrive et croire en Lui en toutes circonstances comme Abraham l'a fait en acceptant d'aller jusqu'à Lui sacrifier Isaac son fils unique. C'est être rempli de gratitude à Son égard pour ce qui a été, quoi qu'il ait été, pour ce qui est, quoi que ce soit qui est, et pour ce qui sera, quoi qu'il advienne. C'est être certain de Sa protection qui nous rend invulnérables, et c'est cette certitude elle-même qui nous garantit de ne jamais nous trouver en situation de nous sentir abandonnés, blessés ou trahis.

– Voilà qui est placer la barre très haut, commenta le prêtre.

– Le Saint, béni soit-Il, n'est-Il pas le Très-Haut ?

– Êtes-vous assez stupides pour ne pas voir que, dans

le monde dans lequel nous vivons, c'est totalement irréalisable ?

– C'est dans ce monde que le Saint, béni soit-Il, nous a placés et c'est dans ce monde qu'Il nous a ordonné de l'aimer de tout notre...

– Oui, oui, je sais, je sais..., coupa l'ancien grand pontife comme s'il était tout seul à les interroger.

– Et pour ce qui est de notre prochain, demanda le collègue de Caïphe, manifestement intéressé, que veut dire, à son égard, un amour au-delà de l'imaginable ?

Son interlocuteur n'hésita pas une seconde pour répondre :

– C'est l'aimer d'un amour qui abolit toute condition à l'amour. C'est l'aimer d'un amour affranchi de toute attente. C'est l'aimer d'un amour que n'altèrent ni la peur d'aimer ni celle d'être aimé. D'un amour libéré de l'illusion de toute-puissance pour laisser place à toute la puissance de chacun. Un amour qui bannit la possessivité puisque nul ne peut jamais posséder que soi. Un amour qui ne dépend de personne car nul ne peut jamais faire le bonheur de l'autre. Un amour qui n'a pas besoin de chercher un coupable parce qu'en amour l'innocence est la règle. Un amour insensible à ce qui brille d'un éclat trompeur. Un amour tel qu'il n'y a nul besoin d'être aimé. Un amour qui est toute bienveillance, qui ne laisse pas de place au jugement. Un amour sans rancune ni rancœur, qui n'a pas de leçon d'exigence à recevoir d'une inefficace intransigeance. Un amour qui donne à l'homme tout l'éclat de sa splendeur et qui le hisse au niveau de sa dimension divine.

Le prêtre qui menait de nouveau l'interrogatoire et qui n'avait rien raté de ce qui venait d'être exposé interrogea Caïphe d'un regard qui semblait lui dire : « Ça a l'air sensé, tout cela, non ? »

– Tu ne vas pas, toi aussi, te laisser berner par ces beaux parleurs ! tempêta l'ancien grand prêtre sans pouvoir maîtriser le mouvement incessant de ses narines. Tu te vois remercier *Hakaddosh barokhou* si tes fils sont égorgés par des brigands ou si ta fille est violée par des soldats ennemis ? Tu t'imagines Le louer encore à genoux s'Il te fait te contorsionner de douleur ? Tu te vois ne pas juger l'autre s'il te vole ou te mène à la ruine ? Tu te vois n'avoir pas de rancune envers celui qui séduit ta femme ? Réagis donc un peu ! dit-il à son collègue, comme si les jeunes gens n'étaient pas là. Tu ne réalises pas qu'on est en pleine folie ! Tu n'entends pas qu'ils t'invitent à tendre l'autre joue à celui qui te frappe ! Non mais, tu t'imagines en train de dire : « Merci, *Hachem*, pour cette rossée ! Allez, mon gars, vas-y, mets-m'en une autre de l'autre côté, pour faire équilibre ! » Franchement ?

– Tendre l'autre joue, intervint posément toujours le même porte-parole, ne veut pas dire accepter de recevoir d'autres coups. Cela signifie que lorsqu'un homme nous montre le visage de la violence, nous lui montrons celui de la paix et de l'amour.

– C'est absurde ! s'exclama Caïphe. Non seulement vous êtes des utopistes mais vous êtes dangereux.

– Pourquoi dangereux ? demanda son collègue.

– Mais, diable, parce que, avec de tels raisonnements, on court au désastre ! Si, demain, nous autres Juifs sommes attaqués, comme cela fut le cas à de nombreuses reprises dans l'histoire, et que nous raisonnons comme ces fous, nous sommes perdus !

– Pourtant..., tenta le collègue.

– Pourtant, rien du tout. Réfléchis ! Tu connais notre Torah aussi bien que moi ; que serait le monde si *Hachem* n'avait pas condamné Caïn à l'errance après le meurtre de son frère ? Que serait-il si les Amalécites n'avaient pas été exterminés après qu'Amalek se fut opposé au passage d'Israël ? Et ne serions-nous pas toujours esclaves de Pharaon si le Saint, béni soit-Il, n'avait pas infligé à son peuple les dix plaies d'Égypte ?

– Si les hommes aimaient *Hakaddosh barokhou*, reprit le plus loquace des insurgés, et s'ils s'aimaient les uns les autres, il n'y aurait pas de meurtre, pas de vol, pas de viol et pas de guerre.

À ce moment-là, un garçon de la bande fit un signe aux autres et ils se mirent à chanter en hébreu puis en araméen, leur langue vernaculaire, un passage qui se dit dans de nombreuses prières et actions de grâce après le repas : « *Ossé shalom bim romav, Hou yaassé shalom aléinou Vé al kol Israël, Im rou im rou amen.* Celui qui réalise la paix dans Ses hauteurs, puisse-t-Il faire la paix sur nous et tout

Israël. Et dites : amen ! » Le chant se fit de plus en plus intense à mesure que les mains claquaient pour donner la mesure et que le rythme de la seule phrase qui le composait, reprise plusieurs fois, se faisait plus rapide.

Un silence de plomb suivit la dernière note entonnée par les jeunes gens, tous aussi fiers les uns que les autres de leur réponse.

Finalement Caïphe se leva.

– Je te laisse envoyer au diable cette racaille ou en faire ce que tu voudras !

– Et pourquoi vous battiez-vous ? demanda le prêtre après que l'ancien grand pontife eut tourné les talons.

– Nous ne nous battions pas, nous discutions, répondit le leader.

– Au point que nos hommes ont dû intervenir pour vous séparer ?...

– Pas du tout, répliqua le jeune homme, ce sont des ivrognes qui se disputaient ; nous, nous avons voulu nous interposer et c'est là que vos gardes sont arrivés. Ils nous ont embarqués !

– Et les ivrognes ? demanda le *cohen*.

– Ils les ont renvoyés chez eux avec un coup de pied dans le derrière. Ils étaient peut-être plus lourds que nous à mener jusqu'ici et nous étions pour vos hommes une meilleure prise, j'imagine.

Le prêtre se tourna alors vers un scribe et lui demanda si l'on avait bien les noms de ces jeunes gens. Celui-ci répondit en les énonçant. Il donna le prénom de chacun suivi, à chaque fois, de l'indication de sa filiation. Il termina en donnant l'identité du leader.

C'était Yosef bar Nabi, plus connu sous le nom de Barnabé.

Chapitre 19

Le préfet de Judée avait souvent songé à ce qui s'était passé ce jour-là.

Quelques mois après la crucifixion du *rabbi* nazaréen, il avait eu l'occasion d'en parler avec un haut gradé qui commandait une garnison chargée, notamment, de contrôler la Via Maris allant de Akko à Damas. Le dénommé Yechoua avait, d'après ce qui se disait, sauvé la vie de son serviteur qui était paralysé et qui souffrait terriblement.

– Vraiment, qu'est-ce qui nous prouve, s'était emporté Pilatus, que ton factotum n'aurait pas guéri sans son intervention ? Moi, je me souviens que mon fils a eu une fois de la fièvre pendant trois jours, et les médecins impuissants à la faire tomber le donnaient pour mort. Au matin du quatrième jour, plus rien. Imagine que ton magicien ait dîné chez nous la veille et qu'il ait vu l'enfant. On aurait dit que la guérison de mon gamin était de son fait !

– Je ne peux pas te contredire. La succession de deux événements dans le temps ne signifie pas nécessairement que le premier est cause du second.

– Donc, tu es accord, rien ne prouve que ce prédicateur soit le thaumaturge que l'on dit.

– S'il n'avait guéri que mon serviteur, j'admettrais la simple coïncidence mais, à ce qu'il paraît, il y en a eu beaucoup d'autres.

– À ce qu'il paraît ! Avec des « à ce qu'il paraît », toutes les inepties deviennent possibles !

– Je suis de ceux, rassure-toi, qui ont besoin de voir pour croire.

– On ne le dirait pas ! Le fait est, avait repris Pilatus, qu'il est de toutes les conversations, ce satané Messie, et que tout crucifié qu'il a été, il continue de bien m'empoisonner l'existence.

– S'il est ce qu'on dit qu'il est, il est probable qu'on parlera encore de lui dans mille ans, deux mille peut-être !

– Ah oui, ce qu'il est ! Prophète par-ci, Messie par-là, Fils de Dieu encore par-là, Fils de l'Homme par-ci par-là, et pour couronner le tout, c'est le cas de le dire, roi des Juifs ! Roi des Juifs ! avait-il répété en se moquant. C'est d'ailleurs pour cela que j'ai décidé d'en finir avec lui. Et lui, quand je lui demandais si c'était ce qu'il était, il me répondait que son royaume n'était pas de ce monde. Un royaume qui n'est pas d'ici, et puis quoi encore ?

– Il voulait dire, je pense, avait tenté d'expliquer le centurion, qu'il y a peut-être d'un côté le monde des affaires, le monde des petits soucis quotidiens, et d'un autre côté un monde, celui dans lequel il évoluait, libéré des préoccupations futiles du monde matériel.

– Je… je ne comprends pas ! avait dit le préfet de Judée. Nous vivons tous dans le même monde, que je sache ! Qu'est-ce que tu me racontes ! Nos géographes ont établi la carte du monde qui va de l'Ibérie à l'ouest jusqu'à l'Indus à l'est et de l'Arabie au sud jusqu'à la terre des Androphages au nord. Il n'y a pas d'autre monde, si ce n'est celui des Enfers mais Hadès y règne déjà !

À ce moment-là, le fils du militaire, qui devait avoir six ou sept ans et qui, accroupi, jouait silencieusement dans un coin de la pièce, s'était fait remarquer en poussant des petits cris pour marquer la victoire des cailloux gris sur les cailloux noirs qu'il venait, sans doute, d'opposer sur un champ de bataille délimité au sol par des mosaïques formant une frise alternant le bleu et le blanc.

– Vois cet enfant, lui avait dit le gradé, tu es d'accord qu'il est dans son monde ? Il y règne en roi. Eh bien, de la même façon, chaque homme se crée un univers dont il est le souverain. Même le miséreux qui mendie sur les routes règne sur son pré carré, ne serait-ce que parce qu'il ne laisserait pas un autre gueux empiéter sur le tissu pouilleux lui servant de paillasse.

– Mais… pourquoi, avait demandé Pilatus en revoyant comme dans un songe ledit Yechoua bar Yosef face à lui lors de son interrogatoire, pourquoi ne pas avoir répondu à mes questions, pourquoi les avoir esquivées ? Pourquoi cet idiot ne s'est-il pas expliqué au lieu de demeurer sottement énigmatique avec son royaume hors de ce monde ? Je ne suis pas stupide ! J'aurais compris ! Et pourquoi, quand je lui ai demandé s'il était le roi des Juifs, il m'a répondu : *« Si tu le dis »* ?

– Précisément parce qu'accuser, se défendre, juger, condamner, tout cela n'était pas de son monde, lui avait répondu le soldat.

– C'est n'importe quoi ! Vraiment n'importe quoi ! Comment un homme qui risque la mort peut-il ne pas se…

– C'est la preuve qu'il ne vivait pas dans le même monde que nous.

– Ça me dépasse !

– Peux-tu concevoir que ce qui t'intéresse n'intéresse pas ton prochain ?

– Ah, j'ai du mal ! J'ai du mal !

– Voyons, avait insisté l'autre, si tu aimes les combats de coqs, un autre peut ne pas s'y trouver à l'aise, si tu aimes les massages sur ton corps huilé, un autre peut ne pas apprécier qu'on le touche et le malaxe, si tu aimes contempler un beau corps d'Apollon sculpté dans le marbre par un artiste renommé, un autre peut bien n'y prendre aucun plaisir.

– Sauf à être juif et à faire tout différemment, je ne vois pas comment on peut ne pas se délecter des combats de coqs, ne pas goûter de bons petits massages et ne pas être sensible à la représentation d'un beau corps nu !

– Eh bien, justement, Yechoua était juif, profondément juif, et il n'avait que faire de tout cela. Tu es un homme de pouvoir, il ne l'était pas. Tu apprécies l'argent, il s'en moquait.

– Pourtant j'en connais, comme toute la clique de l'aristocratie sacerdotale, qui ne dédaignent ni le pouvoir ni les richesses.

– Peut-être sont-ils seulement juifs par la naissance et par fidélité à leurs pères, alors que le Nazaréen était juif dans l'âme.

– Donc, encore plus crétin que tous les autres, au point de ne pas se défendre, l'imbécile !

– Ce que j'ai compris, c'est que le combat ne l'intéressait pas, lui avait rétorqué le haut gradé. Il pensait sans doute que les gens passaient leur vie à batailler et que c'est cela qui leur donnait, de façon illusoire, le sentiment d'exister. Il refusait que la vie soit une lutte sans fin et qu'on ait donc toujours un ennemi à vaincre, sans cesse remplacé par un autre, puis encore un autre. Il considérait que Dieu le Père…

– *Abba** ! *Abba !* s'était mis à crier le petit garçon, *abba*, tu viens jouer avec moi !

– J'arrive, fiston ! Je finis avec le monsieur. Pardon… Euh… Qu'est-ce que je disais ? Ah oui, il considérait que Dieu, qu'il appelait *Abba*, son Père, ne pouvait pas avoir donné la vie aux hommes pour qu'ils en fassent un usage aussi vain.

– Mais qu'y pouvons-nous si la vie est un combat ? avait encore protesté Pilatus. Regarde ce gosse, à quoi joue-t-il ?

– Hélas ! Il nous imite déjà ! Le prédicateur de Galilée estimait que cela n'avait aucun sens de passer le temps d'une vie, à côté de menus plaisirs, à se faire la guerre les uns les autres, entre voisins, entre frères et sœurs, entre commerçants, entre amis, entre peuples.

– Admets que c'est invraisemblable ! Comment ne pas débouler sur un voisin qui te vole les fruits de tes arbres ? Comment ne pas tabasser l'ami qui abuse de ta confiance ? Comment ne pas donner une bonne leçon au marchand qui te compte un setier quand il ne t'a emballé qu'une hémine ? Comment ne pas prendre les armes, toi qui es un soldat, quand les troupes bien alignées d'un roi ennemi aiguisent leurs flèches à moins d'un mille de tes murailles ?

– Tu raisonnes avec ta tête, Pilatus.

– Et toi avec tes pieds, commandant ! Heureusement pour l'Empire que tu n'es pas sur un champ de bataille !

– Si c'est là que les dieux ou le Dieu m'avaient placé, ne t'inquiète pas, j'aurais fait mon devoir !

– Montre-moi donc tes hommes. Je vais les passer en revue. j'espère pour toi qu'il n'y aura pas un aklys qui dépassera, avait dit le préfet de Rome. Bon sang, avait-il ajouté comme s'il se parlait à lui-même, ne pas se battre au point de se laisser périr !

– Yechoua était homme à ne pas lésiner sur les principes, avait osé poursuivre le commandant. Y déroger au moment d'être mis à l'épreuve aurait été se trahir.

– Pourtant, tout homme tient à la vie plus qu'à des principes !

– Les hommes de ce monde. Pas ceux du sien. Dans son monde, c'est la volonté de Dieu qui l'emporte sur tout.

– Même si c'est un dieu qui veut votre mort !

– S'Il la veut, c'est qu'elle a un sens !

– Quel sens la mort peut-elle avoir, que diable ?

– Le *rabbi* de Nazareth pensait sans doute qu'en le faisant mourir, Dieu montrait aux hommes que les principes essentiels survivent au trépas. D'où la résurrection.

– La résurrection, ce leurre auquel croient les demeurés ?

– Évidemment, une fois crucifié, Yechoua – enfin c'est mon avis – n'est pas ressuscité en chair et os ! Ce sont les principes auxquels il était profondément attaché qui lui ont survécu.

– C'est déjà un peu moins ridicule comme point de vue, avait reconnu le préfet de Judée. Avec toutes les bêtises que tu m'as donné à entendre, j'étais sûr que toi aussi tu adhérais à cette fantaisie de la résurrection d'un homme crucifié !

– Le fait est que sans crucifixion il n'y aurait pas eu de résurrection.

– En somme, si je te suis, non seulement j'aurais fait crucifier un homme dont la royauté ne pouvait en rien concurrencer celle de l'empereur, mais en plus, ce faisant, je lui aurais rendu un fier service ?

– C'est toi qui le dis, lui avait répondu subtilement le commandant.

Chapitre 20

Cela faisait plusieurs mois que le mariage de sa cousine Déborah était annoncé et que Myriam et toute sa famille s'y préparaient. Avec ses parents, la charrette débordante de cadeaux, ils avaient fait la route de Jérusalem à Bethléem, beaucoup plus praticable depuis que les Romains l'avaient rénovée. Malgré la courte distance qui aurait correspondu à cinq mille pas s'ils l'avaient faite à pied, ils mirent plus de deux heures tant le trafic était important entre les deux localités et arrivèrent juste à temps pour rejoindre les sièges qui leur avaient été réservés dans le carré des femmes. Caïphe, compte tenu de son rang, prit place sous la *huppa**, auprès du futur marié.

Tous les invités s'installèrent. Le *katan**, également sous le dais nuptial, guettait l'arrivée de sa fiancée. Elle se faisait attendre. Enfin, une musique rendue solennelle finit par retentir pour annoncer sa venue au bras de son père.

Mais, à la stupeur de tous, celui-ci apparut seul, manifestement hors de lui, dans l'allée qui menait à l'autel.

– Le mariage est annulé ! Le mariage est annulé ! Et toi,

fiche le camp ! ordonna Isaac Caïphe à celui qui aurait dû devenir son gendre et qui, abasourdi, recula d'un bond.

– Que se passe-t-il ? demanda le rabbin. Explique-nous !

– Oui, explique-nous, reprirent des voix dans l'assistance médusée.

– Je viens d'apprendre que cet abruti est un adepte de ce maudit faux prophète soi-disant ressuscité ! Béni soit le Très-Haut de m'avoir permis de le découvrir avant qu'il ne soit trop tard ! Je… je suis désolé que vous soyez venus pour rien !

– Mais, intervint un homme qui devait être le père du marié, on ne va pas rompre les fiançailles pour si peu ?

– Pour si peu ! cria l'oncle de Myriam. Tu oses dire pour si peu ! Ton fils est un blasphémateur ! Un ignoble hérétique et jamais ma fille ne…

– Tu sais à quel point David est attaché au judaïsme, à ses traditions et à ses valeurs !

– S'il l'était vraiment, ton fils ne ferait pas partie de ces Juifs honteux qui croient en ce *Machiah* de malheur !

– Moi aussi, je crois en Yechoua, osa une voix dans les rangs des hommes.

– Faux *Machiah* ! cria un autre qui fut imité par plusieurs participants, chacun répétant : Faux *Machiah* ! Faux *Machiah* !

– Je crois en lui ! clama un troisième.

– Pareil, dit encore un autre.

– Malédiction, dit une vieille dame, au moins octogénaire mais que la méchanceté avait dû conserver en vie jusque-là, malédiction ! s'égosilla-t-elle en nasillant furieusement et en donnant avec sa canne des coups sur le pavé.

– *Hamachiah* nous est venu ! proclama encore, en réponse, un témoin du marié.

– Allez au diable ! fulmina le père de Déborah qui, se tournant vers sa femme en larmes, lui dit : Allez, viens, toi, on s'en va !

– Le judaïsme est pluriel, protesta un invité qui se leva dans le public, pourquoi ne pas accepter une nouvelle variante ?

– Oui, dit un autre, qui sommes-nous pour dire que le Nazaréen n'est pas le vrai *Machiah* ?

– Ne soyez pas ridicules, intervint un sexagénaire à la voix puissante, le Sauveur véritable aurait fait l'unanimité !

– Tu n'as rien compris, objecta un autre d'une voix encore plus forte, il s'est sacrifié pour nous…

– Viens, on s'en va, je t'ai dit ! cria de nouveau Isaac Caïphe à sa femme qui, effondrée, n'avait pas bougé.

– Ne serait-il pas possible, osa-t-elle en sanglots, de…

– De rien du tout, répondit son mari.

– Demandons au moins à ton frère Yosef et à son beau-père Hannan ce qu'ils en pensent, réussit-elle à dire. Ils ont été grands prêtres tous les deux.

– Même si *rabbi* Hillel, de mémoire bénie, ou le Prophète Élie étaient en vie et présents parmi nous, je me ficherais de savoir ce qu'ils pensent. Pour mon foyer, c'est moi qui décide et personne d'autre. Allez, on s'en va ! répéta-t-il.

Il vint tirer sa femme de son siège en lui prenant le bras. Comme elle résistait encore, il s'écria :

– Si tu ne te lèves pas tout de suite, non seulement ta fille ne se sera pas mariée aujourd'hui, mais toi je te répudierai !

Alors qu'il avançait dans l'allée avec derrière lui son épouse éplorée, beaucoup, consternés, baissèrent les yeux. D'autres protestèrent dans un sens ou dans un autre. Un groupe de jeunes gens assis dans une même rangée entonna un chant à la gloire du Messie ressuscité que quelques-uns, dans l'assistance, reprirent en chœur. D'autres, pour faire contrepoids, se mirent à chanter l'*Adon Olam*, excluant la possibilité pour le Dieu Un d'avoir un Fils et glorifiant le règne à jamais du Seigneur de l'Univers, lequel, « *quand tout sera achevé, sera seul* – ils insistèrent sur ce mot – *à y régner encore* ». Alors que les deux chants se combattaient, un homme de grande taille qui avait en mains un gros sac de riz, dont les grains étaient destinés à être distribués à la fin de la cérémonie aux invités qui les lanceraient par poignées sur les mariés, en projeta tout le contenu au visage du père de Déborah. Celui-ci, fou de rage, se précipita sur le gaillard, le prit par la tunique et après lui avoir arraché son sac de toile vide tenta de le lui faire avaler. Une rixe s'ensuivit qui dégénéra aussitôt en bagarre générale. Même les femmes, dans le carré où elles étaient limitées, s'invectivèrent, se tirèrent le chignon et se donnèrent des coups de griffe.

Voyant cela, Caïphe se précipita vers son épouse et sa fille pour les entraîner loin de cette échauffourée.

En s'éloignant, Myriam aperçut derrière un arbre sa cousine qui priait, des larmes plein les yeux. Sans doute demandait-elle à Dieu de l'aider à traverser cette épreuve et de mettre fin à ce pugilat.

Chapitre 21

C'était l'avant-veille du Seder, le fameux dîner de *Pessah* qui inaugure huit jours sans levain afin de commémorer la sortie d'Égypte et le séjour des Hébreux dans le désert qu'ils avaient dû quitter précipitamment sans que le pain ait eu le temps de lever.

Ce jour-là, Yosef Caïphe avait demandé quelle était cette agitation dans les rues de Jérusalem qui se faisait entendre jusque dans son palais, et on lui avait répondu que la foule enthousiaste accueillait l'arrivée du Messie. Il avait pesté autant qu'il est possible à un homme en colère et, lorsqu'il s'était un peu calmé, il avait voulu, toutes affaires cessantes et les préparatifs de la Pâque mis entre parenthèses, aller se rendre compte par lui-même de la situation.

Guidé par la clameur, il était parvenu sur la place des Foulons, où une foule considérable était amassée pour acclamer, en agitant des palmes, ce qui ressemblait fort à une procession. Escorté par trois gardes du Temple affectés à sa sécurité, il avait eu le plus grand mal, tant il y avait de monde, à se frayer un chemin pour voir de ses yeux ce dont il s'agissait. Ses sbires, qui criaient des « Laissez passer, laissez passer », avaient dû jouer des coudes pour lui permettre d'atteindre les premières rangées des admirateurs du *rabbi* Yechoua bar Yosef qui clamaient : « Hosanna ! Hosanna ! » C'étaient des Juifs qui étaient venus souvent par familles entières. Exubérants, les hommes qui, parfois, avaient hissé leurs jeunes enfants sur leurs épaules, dansaient frénétiquement, faisant virevolter leurs châles de prière. Certains portaient encore autour du front et du bras gauche les lanières de cuir de leurs tefillins qu'ils n'avaient pas pris le temps de retirer à la synagogue. Ils chantaient à s'égosiller : *« Machiah ! Machiah ! »* et ils exultaient.

Caïphe avait alors été le témoin d'une situation des plus grotesques et, évidemment, à son sens, indigne du Sauveur annoncé par les Prophètes et tant attendu depuis des siècles par la nation d'Israël.

En effet, celui dont on chantait la gloire ne s'était pas présenté à ses adorateurs sur un char royal ni même sur une *lectica*, cette sorte de palanquin utilisé habituellement par les hauts dignitaires pour se déplacer, mais sur un âne ! Même pas un âne, d'ailleurs, à bien y regarder, non, mais un ânon ! « Un ânon, pour *Hamachiah* ! avait ragé Caïphe, un ânon ! » Un ânon avec de ridicules manteaux jetés dessus – ceux de ses disciples, lui dira-t-on ensuite – en guise à la fois de selle et de tapis de selle ! C'était aussi absurde que les grandes oreilles de l'ânon étaient grotesques ! Un court instant, il lui avait semblé que cela lui rappelait quelque chose, mais il n'avait pas eu le temps de rechercher dans ses souvenirs.

Bousculé par la cohue, obligé de se boucher les tympans pour ne pas subir les cris de joie, les hourras, les vivats et les chants, il avait décidé de mettre fin à ce supplice en quittant la place.

Alors que la foule se faisait un peu moins dense, il avait croisé un mendiant qui criait fort les paroles du Prophète Zacharie, en faisant de ses mains un porte-voix : « *Tressaille d'allégresse, fille de Sion ! Tressaille, pousse des exclamations, fille de Jérusalem ! Voici que ton roi s'avance vers toi ! Il est juste et victorieux, monté sur un âne, sur un ânon tout jeune !* »

Ah oui, bien sûr, avait songé Caïphe, le Nazaréen était un sacré malin. Il n'avait pas choisi un ânon par hasard ! Son intention était donc bien de se faire sacrer roi d'Israël. Un Galiléen, autant dire un moins que rien, roi d'Israël ! Les gens étaient devenus fous ! Et pourquoi pas un crapaud, roi des lions !

Que faire ? s'était-il demandé. Vers qui se tourner ? Vers le préfet de Judée qui, précisément, venait d'arriver dans la Ville Sainte, ou vers son beau-père Hannan, le patriarche, lui-même ancien grand prêtre ? Les deux, probablement. De l'endroit où il se trouvait, il était plus logique de commencer par le premier.

– Je sais ce que tu vas m'annoncer, lui avait dit Pontius Pilatus après qu'il eut forcé sa porte. Mes hommes m'ont tenu au courant de ce qui est en train de se passer dans les rues de cette cité.

– Et que comptes-tu faire ? avait demandé le grand prêtre.

– Il me semble que nous n'avons pas d'autre choix que de mettre cet individu hors d'état de nuire.

– C'est-à-dire ?

– L'arrêter et le confier à votre justice. La *lex Iulia de vi publica et privata** m'octroie les pouvoirs de police pour procéder à son arrestation. Ensuite, cela devrait être de votre compétence.

– De notre compétence ! s'était exclamé Caïphe. Mais tu sais bien que vous les Romains avez réduit nos pouvoirs et que nous ne pouvons pas grand-chose…

– On verra, avait répondu Pilatus, on verra…

– Je n'ai pas encore relaté la situation à Hannan et à ses fils mais ils sont déjà très remontés contre cet hérétique qui bafoue nos lois ! Il se prétend *Hamachiah*, mais quel Sauveur violerait le shabbat ? Quel Sauveur foulerait aux pieds nos traditions ? Quel est le Sauveur qui… ?

– C'est bon, c'est bon, j'ai compris, l'avait coupé le préfet de Judée, je ne veux pas rentrer dans vos histoires. Il faut que je voie avec mes hommes comment procéder à son arrestation sans causer de troubles. Laisse-moi, maintenant.

À peine rassuré, Yosef Caïphe s'était rendu chez son beau-père, auquel il avait relaté cet entretien.

– Le confier à notre justice ! s'était emporté Hannan

ben Seth qui, informé des événements en cours, avait convoqué ses fils en urgence. C'est une plaisanterie !

Réunis autour de leur père, les Hannan tenaient un véritable conseil de défense : Éléazar, le fils cadet, lui-même ancien grand prêtre ; Théophile, le troisième ; Matthiah, le quatrième ; et Hannan, le petit dernier – tous ayant vocation à occuper un jour ou l'autre la plus haute fonction sacerdotale. Il manquait l'aîné, Yonathan, que son poste de commandant des gardes du Temple contraignait à rester en ville.

– C'est une plaisanterie ! avait répété le patriarche. Il sait très bien, ce goujat, que notre justice n'a que peu de possibilités, puisque leur damné empereur s'est réservé l'*imperium** et le *ius gladii** !

– Le pouvoir et le droit de vie et de mort, avait précisé le tout jeune Hannan, fier d'être capable de traduire du latin en araméen.

– Qu'est-ce que va faire le sanhédrin ? avait poursuivi le vieil homme. Lui donner un avertissement, l'interdire de prêche dans les synagogues ? Tu parles d'une solution !

– Nous ne pouvons même pas le condamner à l'exil ! avait regretté Caïphe.

– L'exil ? Mais tu n'y penses pas ! s'était exclamé Théophile. Il n'y a rien de mieux pour que ses partisans s'organisent et qu'ils n'aient de cesse de réclamer son retour. Un simple exil n'arrangera rien, au contraire !

– Mais alors, que pouvons-nous faire, père ? avait demandé, très inquiet, le second des garçons dans l'ordre des naissances, alors que son géniteur se caressait la barbe comme pour réfléchir intensément.

– Je crains vraiment le pire, avait dit l'ancien grand pontife. Jusqu'à présent, on entendait parler d'un prédicateur hérétique proférant d'horribles blasphèmes, mais ça, je dirais, nous en avons l'habitude. Il n'est pas le premier et il ne sera pas le dernier, hélas ! Aujourd'hui, ce crétin excite la foule et la foule est assez stupide pour voir en lui un roi. Elle ne réfléchit pas.

– Père, avait poursuivi son fils puîné, si ces imbéciles proclament pour de bon ce Galiléen roi d'Israël, alors nous sommes perdus ! Ils vont s'en prendre à nos biens, à nos maisons…

– Il y a plus grave ! avait dit Hannan tout à la fois furieux et consterné. Beaucoup plus grave !

Comme le plus jeune de la fratrie, qui s'appelait Hannan comme lui, semblait ne pas comprendre le degré ultime de la gravité de la situation, le patriarche avait précisé :

– Si la foule devenue incontrôlable envahit le palais d'Hérode et y installe ce Yechoua, proclamant partout qu'avec lui Israël a un nouveau roi, alors ce n'est pas seulement nous qui sommes en danger, c'est toute la Nation !

– Ces imbéciles sont inconscients, avait renchéri Théophile. Ils se comportent comme si nous ne subissions pas l'occupation romaine.

– Ils ne mesurent pas, avait enchaîné Caïphe, que Pilatus ne laissera pas installer un roi d'Israël : il fera venir des troupes de Césarée et de Syrie et il donnera l'assaut.

Ils n'imaginent pas, ces insensés, que ce sont leurs propres familles qui font la fête aujourd'hui qui seront détruites et que le malheur s'abattra sur eux !

– Eh bien, voilà ! C'est ce qui nous attend ! Un carnage ! Tu l'as bien décrit ! s'était exclamé le sexagénaire. Les Romains attaqueront et les Juifs se défendront. Si nous sommes encore de ce monde, nous autres, les grands prêtres, essaierons de négocier mais, à n'en pas douter, il y aura des irréductibles, des zélotes et d'autres irresponsables qui voudront, dans un rapport de force évidemment inégal, se battre jusqu'au dernier. On aura alors une ville à feu et à sang. Le palais incendié. Nos maisons aussi probablement. Le Temple en péril. Le Trésor du Temple envolé. Et des centaines, voire des milliers de morts et de blessés et, pour ceux qui survivront au massacre, l'exil ou l'esclavage !

– Il faut absolument empêcher cela ! avait conclu Théophile.

– Allons leur parler, avait proposé Éléazar, ils ne se rendent pas compte… Il faut leur expliquer. Ils ne voient pas qu'ils mettent en danger leurs femmes et leurs enfants. Allons-y !

– Ils sont survoltés, avait réagi Caïphe. Ils ne voudront rien entendre ! Ils sont tellement convaincus que leur maudit Galiléen est *Hamachiah* que si l'un de nous les provoque en prétendant le contraire, il va se faire lyncher ! C'est sûr !

– Que faire d'autre, alors ? avait demandé Matthiah qui ne s'était pas encore vraiment exprimé.

– Je crois que nous n'avons pas le choix, avait dit Hannan, et je ne vois comme solution que de nous débarrasser de ce Yechoua !

– Comment cela, nous en débarrasser ? avait questionné le jeune Hannan.

– Eh bien, je ne sais pas, avait rétorqué l'ancien grand sacrificateur, on peut imaginer qu'il soit enlevé par quelques-uns de nos hommes qui l'expédieraient à fond de cale au fin fond de la Gaule, de la Britannie ou de la Numidie. Sans un sou en terre étrangère et sans connaître la langue, il lui faudra des années pour refaire surface s'il survit à l'épreuve.

– On ne peut faire cela, avait protesté Théophile, il faut au moins un procès équitable… et ce sont les juges qui devront…

Il n'avait pu terminer sa phrase car à ce moment-là avait surgi, enragé, Yonathan, qui revenait du quartier où Yechoua était porté en triomphe.

– Vous savez ce qui se passe en ville ? avait-il demandé.

Il était surexcité.

– Nous savons, avait répondu son père.

– Et vous restez là, à discuter sans rien faire ! avait-il protesté.

– Tu as une solution ? avait répliqué son cadet.

– Je vais arrêter ce damné prédicateur au plus vite avec

mes hommes. Je l'aurais bien fait sur place mais j'avais besoin de tes ordres, Caïphe. C'est toi qui commandes !

– Pilatus s'en charge, avait rétorqué le grand prêtre. Il m'a dit qu'il attendait le meilleur moment pour envoyer un détachement.

– Nous pouvons nous en charger nous-mêmes, avait répliqué le *sagan*.

– Peu importe qui l'arrête, pourvu qu'il le soit, avait réagi Hannan père. Mais s'il est jugé par le sanhédrin, ça n'ira pas bien loin.

– À mon avis, avec le trouble à l'ordre public et la tentative de sédition, le préfet a largement de quoi le faire comparaître devant lui, avait dit Théophile.

– Le problème est qu'il a l'air de considérer que c'est une histoire entre nous, avait fait valoir son beau-frère.

– Il changera d'avis quand il considérera la tentative de prise de pouvoir, avait dit Éléazar.

– En tout cas, et dans l'hypothèse où le sanhédrin serait de la partie, il faudrait le réunir d'urgence, au moins pour qu'il se saisisse de l'affaire et ouvre une instruction, avait proposé Caïphe.

– Je ne suis pas sûr que cela suffira pour éviter le désastre, mais on n'a pas le choix ! avait déploré le vieillard. Le but principal, quoi qu'il en coûte, est d'éviter que Jérusalem ne soit mise à feu et à sang. Je ne sais pas comment mais ce doit être notre objectif. Nous sommes tous d'accord là-dessus ? avait-il demandé.

Tous avaient hoché la tête pour le lui confirmer.

– Alors, voici le *modus operandi*. Théophile, tu rameutes du monde autour de toi pour aller chercher ces empotés du sanhédrin et les réunir sans tarder – il faut que la décision d'ouverture d'une procédure soit prise d'ici demain, en espérant qu'il ne sera pas trop tard. Toi, Yonathan, tu places tes hommes autour du palais d'Hérode pour empêcher qu'il ne soit pris d'assaut, si jamais le Nazaréen n'était pas arrêté à temps ; toi, Caïphe, tu vas trouver Pilatus, tu le cuisines et tu le convaincs, s'il ne l'est pas déjà, du danger que ce soi-disant roi des Juifs représente pour l'empereur et, même si cela l'indiffère, pour nous tous ; les autres, vous restez auprès de moi pour parer à tout imprévu. Des questions ? avait demandé Hannan en chef de guerre.

Il n'y en avait pas eu.

– C'est ainsi, Naevius Sutorius Macro, que les choses se sont passées, dit le préfet de Judée au préfet du prétoire en l'absence, ce jour-là, de Caligula. Je tiens tout cela d'un serviteur de Hannan que j'avais, depuis longtemps, soudoyé pour me rapporter ce qu'il voyait et ce qu'il entendait. D'ailleurs, c'est l'argent que le vieux et son gendre me passaient sous la table qui me permettait de les faire espionner.

– Le moins qu'on puisse dire est que leur patriarche voyait juste, dit le bras droit de l'empereur. Tu aurais certainement donné l'assaut si jamais ce roi d'Israël avait été proclamé.

– Et comme ces entêtés se seraient battus jusqu'au dernier, le carnage, en effet, aurait été inévitable, confirma Pilatus.

– À quelle heure sont les jeux du cirque ? demanda soudainement Macro à l'un de ses deux licteurs. Je dois y rejoindre notre astre.

– À la neuvième heure, lui répondit l'un d'eux.

Alors qu'il avait atteint la porte que les gardes avaient grande ouverte, il se retourna et demanda :

– Si je comprends bien ce que tu viens de m'exposer, il n'y a pas eu de procès juif de ce Yechoua bar Yosef ?

– En effet, répliqua l'ancien préfet de Judée, il n'y a pas eu de procès juif contre lui.

Chapitre 22

Depuis qu'elle avait posé le pied à terre au port de Rome, le *portus* dont le bassin s'étendait à perte de vue sur le delta du Tibre, Claudia Procula ne se sentait pas bien du tout, et ces derniers jours son état de santé s'était encore dégradé.

Au début, elle avait attribué ses rougeurs à la traversée mais depuis près d'un mois qu'ils avaient débarqué et que rien ne s'était arrangé, elle était de plus en plus convaincue d'avoir été contaminée sur le bateau par un esclave, un va-nu-pieds ou un étranger.

Elle aurait pu envisager que ses maux soient en lien avec son angoisse, née pendant le voyage de la sombre perspective que son mari soit détenu au *carcer*, un épouvantable cachot nommé *Tullianum*. Un passager qui avait contribué à sa construction le lui avait décrit avec fierté. Son seul nom inspirait, d'après lui, l'effroi aux brigands les plus impudents. Situé tout près du Forum, il était enfoncé de quelque douze pieds sous terre, fermé par des murs de tous côtés, et couvert d'une voûte en pierre de taille. D'après un habitant de Rome avec qui elle en avait également parlé, la saleté immonde, l'obscurité permanente et l'odeur intenable rendaient ce lieu aussi sinistre que terrifiant. Imaginer son époux croupir dans un endroit aussi infâme avait sans doute de quoi la rendre malade, d'autant qu'un autre passager avait pris un malin plaisir à lui décrire en détail les escaliers voisins des Gémonies où étaient exposés les cadavres des condamnés. Elle qui adorait les spectacles morbides, les supplices horribles et l'explosion du sang jaillissant des gorges tranchées, des viscères éclatés ou des membres cloués au pilori, avait, ce jour-là, fait pâle figure.

Elle aurait pu aussi rendre responsable de sa santé chancelante la perspective plus inquiétante encore de la condamnation de Pilatus à l'une des peines en vigueur à Rome, telles que la relégation ou la déportation sur une île, assortie de la mort civique et de la saisie de la moitié de leurs biens. Et encore, lui avait-on dit, il avait de la chance d'appartenir à la classe des *honestiores*, infiniment privilégiés par rapport aux plus humbles, les *humiliores*, qui eux, simples plébéiens, risquaient d'être envoyés dans les carrières ou dans les mines quand ils n'étaient pas affectés au curetage des égouts ou à l'entretien des routes ou, pire encore, destinés aux bêtes, aux jeux de gladiateurs ou aux chasses de l'amphithéâtre. À moins, avait témérairement envisagé un inconnu, qu'il ne vienne à la fantaisie du prince de ne pas respecter ces privilèges de classe.

Elle aurait pu voir là, dans l'inquiétude de ce qui attendait son mari, brusquement déchu, les causes des dérèglements qu'elle ressentait dans son corps mais le fait que celui-ci, aussitôt après leur arrivée à Rome, fut conduit dans la caserne de la garnison affectée à la sécurité du mont Palatin, où était le palais impérial, avait apaisé ses craintes. Il avait été installé dans une cellule au confort sommaire mais au moins pouvait-il entrevoir la lumière du jour et ne souffrait-il d'aucune promiscuité malsaine.

Les raisons de son mal, si tant est qu'il faille en chercher ailleurs que dans une contamination ou dans un dysfonctionnement organique, étaient donc autres.

Elle avait trouvé à se loger au palais d'Hérode Agrippa, petit-fils d'Hérode le Grand. D'abord choyé par Tiberius, qui avait fait de lui le tuteur de son petit-fils promis au trône, il avait été jeté en prison par le vieil empereur peu avant sa mort et il venait d'être libéré par Caligula. Une aile confortable de la somptueuse villa patricienne avait été mise à la disposition de Claudia et elle espérait beaucoup des liens entre son hôte et celui-ci pour voir son mari libéré au plus tôt.

Le futur roi de Batanée mit ses médecins à la disposition de Claudia Procula, ainsi qu'un *iatralipice* pour l'application des onguents, un *aromatarius* pour la préparation de produits médicinaux, un *capsarius* pour les bandages appelés *fasce* que cet homme de l'art détenait dans sa besace. Malgré tous les efforts déployés, elle ne parvenait pas à recouvrer la santé.

Passant la plus grande partie de ses journées alitée à maudire la terre entière, elle ne cessait de rager contre les dieux, contre Tiberius et son larbin Lucius Vitellius qui avaient fait arrêter son mari, contre ce satané *rabbi* de malheur qui semblait bien être à l'origine de leur infortune et contre les Juifs, peuple indiscipliné aux mœurs incompréhensibles auquel celui-ci appartenait, contre Caligula et son préfet du prétoire dont le comportement manifestement perfide ne laissait pas deviner les intentions.

Toujours pleine de rougeurs sur la peau, et depuis quelques jours souffrant d'horribles douleurs dans le dos mais aussi dans les jambes, au point que certains matins elle ne parvenait pas à se baisser pour ajuster ses sandales, elle arrivait à peine à se redresser lorsqu'elle recevait la visite d'un serviteur de Caligula auquel elle glissait la pièce pour qu'il lui fasse périodiquement des comptes rendus précis des interrogatoires de son mari.

Dans le dernier, il était question de la comparution du soi-disant Messie devant l'ancien grand prêtre Hannan ben Seth.

Chapitre 23

– Pas de procès juif ! Pas de procès juif ! répéta l'empereur, les yeux furibonds. Macro me rapporte qu'il n'y a pas eu de procès juif ! C'est bien ce que tu lui as dit ?

– Euh… ! oui, répondit timidement Pilatus, surpris par la fureur de Caligula.

– Est-ce que tu te rends compte de ce que cela signifie ? Est-ce que tu réalises que si ce ne sont pas les Juifs qui ont condamné ce type qui est en passe de devenir un vrai Dieu partout dans l'Empire, cela veut dire que ce sont les Romains ? Est-ce que tu mesures que, par ta faute, nous sommes les persécuteurs d'une idole de plus en plus adulée tout autour de la Méditerranée ? Est-ce que tu peux comprendre que si nos soldats et nos fonctionnaires sont pris à partie, détestés et même attaqués, c'est bien parce que nous sommes coupables d'un crime abominable et parce que, précisément, il n'y a pas eu de procès juif ! Voilà pourquoi Tiberius t'a fait arrêter, espèce d'incapable !

– Mais… mais, protesta le préfet de Judée, mais…

– Quatre de nos hommes ont été tués aux ides de mars

sur la route de Jéricho par des scélérats qui se sont jetés sur eux au cri de « Assassins de Dieu ! ». Deux autres l'ont été le mois précédent.

Alors que jusque-là, malgré le comportement détestable de l'empereur et tout prisonnier qu'il était, le préfet de Judée avait eu le sentiment de participer à des séances d'interrogatoire plutôt policées, il prit soudainement conscience qu'on n'en était plus à lui demander des explications sur ce qui s'était passé quatre ans plus tôt. On n'en était ni plus ni moins à l'accuser, lui, d'avoir gravement compromis la sécurité des Romains dans sa province.

– Mais…, tenta-t-il, une nouvelle fois, dans un réflexe désespéré de défense.

– Espèce de crétin fini, ne me dis pas que, de toute façon, même s'il y avait eu un procès juif, c'est toi qui, finalement, aurais prononcé la mort. C'est ce que tu allais objecter, n'est-ce pas ? demanda Caligula, toujours aussi furieux.

Pilatus fit vaguement signe qu'en effet c'étaient les mots qu'il avait sur le bout de sa langue.

– Imbécile ! Tu ne fais même pas la différence entre une peine de mort prononcée par les Juifs et à laquelle tu aurais seulement, contraint et forcé, donné ton exequatur et une crucifixion que tu es seul à avoir décidée ! Abruti !

Caius Germanicus se tut et un silence pesant s'engouffra jusqu'aux recoins les plus reculés de la salle du trône. Il le fit durer très longtemps cependant que tous, esclaves compris, retenaient leur souffle.

– Tu ne dis rien ! s'emporta l'empereur.

– Euh… euh…, fit piteusement Pontius Pilatus qui ne savait plus où se mettre, en fait…, en fait, enchaîna-t-il très vite comme si un torrent de mots pouvait le protéger des foudres impériales, tout s'est précipité. Comme je l'ai dit à ton préfet du prétoire, illustre Cæsar, il y a eu la convocation, en urgence, du sanhédrin. Ce ne fut pas sans mal que la décision fut acquise. Théophile, le troisième fils de Hannan, avait réussi à rassembler les vingt-trois membres qui composent cette assemblée dans sa formation juridictionnelle – car autrement ils sont soixante et onze – et c'est le patriarche, lui-même, qui est allé soutenir la demande d'ouverture d'une instruction. Il a dû mettre tout son poids dans la balance pour l'emporter et il n'a obtenu l'aval de ses collègues qu'à une très courte majorité. Le *Av Beth Din* s'est ouvertement opposé à lui en avançant qu'il fallait faire confiance à la volonté de Dieu, car c'est lui seul qui déciderait si le *rabbi* de Nazareth s'imposait au monde comme le Messie ou s'il était voué à l'oubli. Le grand pontife a alors prétendu qu'il n'avait le souci que du bien commun, que de l'intérêt de la Nation tout entière, que de la survie d'Israël et il les a exhortés à voter « pour » en clamant qu'il s'agissait de choisir entre le sort d'un seul homme et le sacrifice de tout un peuple.

– S'il l'a dit comme tu le rapportes, commenta Macro, ce doit être un meilleur tribun que nombre de nos sénateurs qui nous pourrissent la vie et ne savent pas aligner trois mots !

– Le fait est qu'il a de l'expérience, reprit Pilatus toujours aussi rapidement. Il a dressé un tableau apocalyptique de ce qui pourrait arriver si, une fois un roi d'Israël proclamé, nos légions donnaient l'assaut. Il y est allé avec force détails au point que chacun, c'était le but qu'il poursuivait, pouvait être saisi d'effroi à imaginer ces scènes d'horreur. Il interpella plusieurs fois l'assemblée du sanhédrin sur le point de savoir à quoi servirait un roi sans nation et qui, lui-même ne survivrait pas au carnage.

– Ne craignait-il pas plus pour sa personne et pour ses richesses que pour les siens ? interrogea le préfet du prétoire.

– Les deux sans doute même si, jusqu'à cet épisode, tu as raison, il se moquait bien du peuple sans lequel, pourtant, il n'était rien…

– C'est bien le drame ! s'exclama l'empereur. Nul ne règne jamais sur des terres mais sur des peuples et les peuples sont la pire des engeances, n'est-il pas vrai, Seneca ?

– *Le peuple,* répondit le philosophe, *paraît souvent mû par des élans instinctifs et non par une volonté propre, si bien que ses colères sont, alors, soudaines et injustes.*

– Je ne te le fais pas dire, approuva Caligula. Peste soit du peuple et peste soit des bons à rien qui ne savent pas gérer les affaires publiques. Par leur faute, l'image de Rome est ternie !

Enragé, il fit quelques pas les lèvres pincées et les poings serrés, se saisit d'un vase posé sur un piédestal hérité sans doute de l'époque étrusque et le jeta furieusement sur le préfet de Judée qui eut à peine le temps de l'esquiver. En haussant plusieurs fois les épaules comme pour regretter d'avoir manqué sa cible et manifester qu'elle ne perdait rien pour attendre, il vint s'asseoir sur son trône et, comme si de rien n'était, il fit à Macro un geste désinvolte lui signifiant de poursuivre l'interrogatoire.

– Nous écoutons la suite, dit celui-ci en direction de Pilatus.

– Eh bien, ensuite, Caïphe est revenu me voir après avoir fait le point avec son beau-père et ses beaux-frères et j'ai considéré que le risque insurrectionnel était très sérieux. Ni lui ni moi n'avions suffisamment d'hommes pour empêcher une prise de pouvoir. Il aurait fallu, pour ce qui me concerne, faire venir des troupes de Césarée et de Syrie, mais nous n'avions pas le temps. Si le Nazaréen était arrêté et qu'il se passait plusieurs jours avant son jugement, d'abord devant le sanhédrin puis devant moi, nous laissions à ses partisans tout le loisir de s'organiser, de s'armer et de se révolter. Si nous l'arrêtions et le jugions aussitôt, nous démontrions qu'il n'était pas le Messie et tout le monde rentrait chez soi.

– Mais dans un premier temps, observa le préfet du prétoire, tu as considéré, c'est ce que tu nous avais dit, qu'il s'agissait d'une affaire de Juifs entre eux.

– Certes, et j'aurais maintenu ce point de vue s'il ne s'était agi que de shabbat ou de charité, mais il m'a semblé qu'avec l'entrée triomphale à Jérusalem et la foule en liesse qui acclamait un roi d'Israël, un cap avait été franchi.

– Et le grand prêtre a été d'accord avec cela ? demanda encore Macro.

– Il était comme paralysé par la peur ! À chaque option qu'on envisageait, il opposait la crainte d'un péril toujours plus redoutable. C'était la deuxième fois qu'il forçait ma porte en l'espace de deux heures, il fallait faire vite, mais il ne voyait aucune solution.

– Alors, c'est toi qui as imposé tes vues ? demanda le préfet du prétoire.

À cet instant, un serviteur vint chuchoter un mot à l'oreille de Caligula.

– Maudit esclave ! s'exclama-t-il. Qu'on le jette dans une rivière pieds et poings liés, ordonna-t-il sans que nul ne puisse savoir les raisons de cette condamnation sans procès.

– Ne crains-tu pas, ô grand Cæsar, se permit Seneca avec une certaine obséquiosité, que les siens te haïssent ?

– *Qu'ils me haïssent,* répondit l'empereur, *pourvu qu'ils me craignent !*

Une fois le messager parti pour transmettre les ordres de l'empereur, ce dernier poursuivit après s'être aspergé le visage et la nuque d'une eau fraîche qu'on lui tendait dans une vasque :

– Bon, la suite, cette histoire de crucifixion me contrarie au plus haut point. Si seulement on ne nous interrompait pas pour des bêtises ! Continue !

– Eh bien, d'après ce que je sais, lorsqu'un détachement est allé arrêter le prédicateur, qui avait dîné avec toute sa cour chez un de ses amis – le fameux Yohanan dont je t'ai parlé, ô Cæsar, celui qui baptisait dans le Jourdain –, il est venu lui-même au-devant de mes hommes pour leur demander ce qu'ils cherchaient. Mon commandant, qui parle araméen, lui a répondu : « Yechoua, le Nazaréen », et il a dit : « C'est moi, je le suis. »

– Nous avons une autre version, objecta Macro.

– Ah ! Laquelle ? s'étonna Pilatus.

– Tu ne sais donc pas ? demanda le préfet du prétoire.

– À vrai dire, je me doute un peu de ce que tu vas me dire car j'ai entendu parler d'une histoire de trahison, c'est ça ?

– En effet, confirma le bras droit de l'empereur.

– Je n'y crois pas du tout. Si le *rabbi* a spontanément répondu : « C'est moi », sauf à vouloir en rajouter, où est l'intérêt d'un prétendu traître qui l'aurait désigné à mes hommes ? Ça ne tient pas debout.

– Dommage ! dit Macro. J'aime bien les histoires de trahison, c'est excitant ! Terriblement excitant ! De toute façon, poursuivit-il, vraie ou pas, cette circonstance ne fait que rajouter des couleurs à des péripéties déjà bien palpitantes. On croirait une de ces pièces du théâtre grec, mais sans les masques hideux des acteurs et sans leurs interminables logorrhées à vous faire bâiller d'ennui ! Alors donc, une fois arrêté, c'est devant toi que comparaît le Galiléen ?

– Pas tout de suite, répondit le préfet de Judée.

– Quoi encore ! s'énerva l'empereur à qui un de ses serviteurs venait de faire signe qu'il avait quelque chose d'important à lui dire.

L'homme se rapprocha et chuchota quelques mots à l'oreille impériale.

– Ah, mais voilà qui est fort bien ! s'écria-t-il. Je dois vous quitter sur-le-champ car nos chers sénateurs, sans doute pour m'amadouer, les séducteurs – comme si j'allais être dupe ! mais peu importe ! –, nos sénateurs, magnanimes, viennent à l'instant de décider de me remettre un bouclier honorifique pour – comment m'as-tu dit ? demanda-t-il à celui qui était venu lui annoncer la bonne nouvelle. Ah oui, reprit-il après que ce dernier lui eut rappelé à voix basse ce qu'il en était, donc un bouclier honorifique pour, écoutez cela, c'est d'un drôle, ma vaillance, ma clémence, mon sens de la justice, mon sens du devoir envers les dieux et envers la Patrie. J'y vais donc de ce pas.

À entendre des paroles aussi hypocrites, Pontius Pilatus sentit que ses joues devenaient rouges de colère. S'il avait pu, il aurait étranglé de ses mains cet empereur maudit. En faisant glisser ses doigts sur l'os de son nez jadis cassé par plus fort que lui, il se contenta de baisser les yeux, en se répétant, rageur, les mots pharisaïques que celui-ci venait d'énoncer : « Sa vaillance, sa clémence, son sens de la justice, son sens du devoir ! » Il fulminait intérieurement.

Chapitre 24

C'est chez Rachel que, quelques jours après le mariage raté de sa cousine, Myriam put revoir bar Nabi.

Toute la nuit elle l'avait passée à se remémorer les dernières paroles que son prétendant avait prononcées le jour où il s'était déguisé en fille pour l'aborder dans les vignes. Qu'avait-il voulu dire par « Tu es des nôtres » ? Sur le moment, elle n'avait pas vraiment prêté attention à cette phrase mais elle lui était revenue à l'heure de chercher le sommeil. Plus elle se l'était répétée en la replaçant dans le contexte et plus elle était devenue anxieuse. Il avait énoncé cela après qu'elle lui avait dit croire en *Hachem* autrement et même qu'*Hachem* et elle ne faisaient qu'un. « Tu es des nôtres », mais qui étaient les « nôtres », s'était-elle demandé, et se pourrait-il que, comme le malheureux *katan* privé de pouvoir épouser Déborah, il appartienne à cette nouvelle mouvance du judaïsme ? Si c'était cela, alors, ce serait la catastrophe. Son père, qui avait insisté pour qu'elle se méfie des idées nouvelles et qui défendait farouchement le respect des traditions, allait fatalement demander à Yosef où il se situait et alors tout serait perdu !

Hélas pour elle, lorsqu'elle l'interrogea, il reconnut aussitôt qu'en effet il en était et elle s'effondra en larmes.

Lorsqu'elle parvint à contenir ses sanglots, il lui raconta son arrestation et sa comparution deux jours plus tôt, devant Caïphe et un autre magistrat.

– C'est de pire en pire, bredouilla-t-elle en pleurant.

– Nous allons trouver une solution, dit-il.

– Trouver une solution ! s'exclama-t-elle surprise en relevant la tête. Mon père ne voudra jamais d'un mariage avec un adepte de ce Yechoua dont tu me parles.

Elle se leva du siège sur lequel elle s'était effondrée et se dirigea vers la porte.

– Attends ! dit-il.

– Que veux-tu que j'attende ? Notre histoire est finie avant d'avoir commencé, car même si tu voulais le lui cacher, tu ne pourrais pas, puisque, maintenant, il connaît ton visage.

– Tu ne veux pas faire confiance à *Hachem* ?

Elle haussa les épaules et fit un pas de plus vers la sortie. Il se précipita vers elle comme pour l'empêcher d'avancer encore et lui reposa la question :

– Tu ne veux pas faire confiance à *Hachem* ?

– Je souhaite que Sa volonté soit faite sur la terre comme au ciel.

– Alors, soyons ensemble et remettons-nous-en à Lui. Si notre union s'inscrit dans le plan divin, Il nous aidera.

À ces mots, Myriam fondit une nouvelle fois en larmes. Un moment plus tôt, elle avait pleuré par désespoir ; désormais, c'était de joie. Elle était sûre d'avoir rencontré l'âme sœur ! Yosef suivait le même chemin spirituel. Il croyait vraiment en *Hachem*. Il y croyait comme elle en L'aimant au-delà du possible. Un instant, elle songea à se reprocher d'avoir douté mais elle y renonça. Elle savait que croire en la toute-puissance de l'Éternel était un engagement à reprendre dix fois, cent fois par jour et que si, précisément, il était à souscrire de plus belle, c'était parce que l'option opposée cherchait toujours à s'imposer. Elle faillit aussi se tenir rigueur d'avoir déploré le sort de sa cousine mais elle avait conscience d'avoir surtout pleuré par tristesse des clivages dont elle avait été le témoin et qui étaient loin d'être en phase avec le commandement d'aimer le Seigneur et celui d'aimer son prochain comme soi-même. Tout bien considéré, s'agissant de Déborah, elle savait au fond d'elle-même que *Hakaddosh barokhou* voulait le meilleur pour elle et que si ce mariage n'avait pas eu lieu, c'est qu'un autre futur l'attendait. Avec *Hachem,* elle en était convaincue, quand une porte se ferme par l'action des hommes, une autre s'ouvre par Sa volonté.

– Que proposes-tu ? demanda-t-elle à Yosef.

– Rien, sinon de nous mettre en prière et remercier le Saint, béni soit-Il, pour tout ce qui est.

– Oui, dit-elle. Tu as remarqué combien notre rituel était construit autour de la pratique de la gratitude ? À chaque occasion, nous louons le Tout-Puissant pour le fruit de la terre, pour le fruit de la vigne, pour les commandements qui nous sanctifient, pour…

– En effet, répliqua-t-il, il n'y a pas prière plus puissante que celle qui remercie pour tout ce qui a été, est et sera. Alors, soyons reconnaissants envers le Très-Haut pour la solution la plus juste à venir.

– D'accord.

– Et retrouvons-nous ici dans trois jours. Rachel organisera notre rencontre. Qu'*Hachem* la bénisse.

Chapitre 25

– À peine Caïphe avait-il tourné les talons, reprit Pontius Pilatus, que son adjoint, Rabban Gamaliel – le *Av Beth Din* dont je t'ai déjà parlé, ô Cæsar, je te rappelle qu'il est le président du tribunal des Juifs –, a fait irruption dans mon palais à Jérusalem. J'ignore comment il avait été mis au courant de tout, mais il était outré que j'aie décidé de me passer du sanhédrin et furieux que le souverain sacrificateur ne se soit pas opposé à cette procédure d'exception. J'ai dû lui en expliquer tous les avantages pour tenter de le persuader de ne pas faire d'histoires. Comme il s'est montré menaçant et que je n'arrivais pas à m'en dépêtrer, je lui ai proposé un compromis.

– Un compromis ? s'étonna Macro.

– Oui, je lui ai suggéré que, faute de temps pour une comparution devant le sanhédrin, l'accusé passerait devant le grand prêtre avant de m'être présenté.

– Et il a accepté ? demanda le préfet du prétoire.

– Il a surenchéri et exigé qu'il passe aussi devant l'ancien grand pontife, auprès duquel il avait bien l'intention de se tenir pour tempérer ses ardeurs.

– Raconte-nous donc cet épisode.

– Eh bien, poursuivit Pilatus, grâce au *Av Beth Din*, Hannan allait enfin pouvoir mettre un visage sur un nom dont on ne cessait de lui rebattre les oreilles depuis trois ou quatre ans. Il allait pouvoir comprendre comment un individu dont les origines parlaient d'elles-mêmes – un petit Galiléen, un simple fils de charpentier –, comment donc un tel individu pouvait oser se situer au-dessus de lui, le chef du clan pontifical, le plus haut dignitaire de la nation d'Israël, son véritable guide spirituel.

– J'imagine assez bien, commenta Macro.

– Oui, disons que c'est un peu comme si un druide du fin fond des Gaules voulait, sous prétexte d'accomplir des prodiges, prendre la place de ton gouverneur à Lugdunum, illustre Cæsar, et s'y faire poser une couronne sur la tête ! En tout cas, Hannan a découvert, comme je le ferai moi-même un peu plus tard, un homme d'une trentaine d'années au visage allongé et au teint mat, avec des cheveux longs jusqu'aux épaules, la raie au milieu comme c'est la mode chez les Juifs, une *kippa* posée perpétuellement sur son crâne, une barbe abondante bien arrondie, les pommettes et les arcades sourcilières plutôt proéminentes.

– On en voit de plus en plus, à Rome, qui ont cette allure, dit le préfet du prétoire.

– Et cette curieuse manie de se couvrir la tête, ajouta l'empereur.

– J'ai entendu dire, poursuivit Macro, que c'est *« par égard envers la présence divine »*.

– Mais le plus important, reprit le préfet de Judée, était ce que cet homme dégageait. Nous autres savons bien distinguer au premier regard un patricien d'un plébéien, et je peux t'assurer pour l'avoir eu face à moi que, par son port, ses gestes, sa distinction, sa voix, il avait tout d'un prince. Des personnes comme lui, hormis évidemment d'illustres Cæsars comme notre regretté Tiberius et comme toi-même, divin Augustus, il ne nous est pas donné d'en rencontrer tous les jours.

– Donc il était dangereux ? demanda le préfet du prétoire.

– Évidemment, confirma Pilatus. Même si, une fois qu'il a été condamné, des soldats se sont moqués de sa prétendue royauté et même si, par dérision, j'ai moi-même fait inscrire sur sa croix « Yechoua de Nazareth, roi des Juifs », je peux te dire qu'il avait sans doute du sang royal dans les veines, celui-là ! Et en effet, comme tu dis, il en était d'autant plus dangereux.

– Et donc, la suite ? dit l'empereur.

– I' y a eu son entretien avec Hannan. Il a commencé, d'après ce que j'en sais, de façon plutôt civile, ne serait-ce que parce que le *rabbi* de Nazareth est resté serein. Le patriarche, qui était entouré de ses fils, de quelques hiérarques hiérosolymitains et de docteurs pharisiens dont

Rabban Gamaliel, bien sûr, sans compter les gardes, les serviteurs et les esclaves, a commencé à le questionner en lui demandant s'il contestait les lois de Moïse. Il lui a répondu que ses intentions étaient claires puisqu'il les avait fait connaître publiquement partout où il était passé, que, sur toutes les places publiques et dans toutes les synagogues qu'il avait visitées et où il avait prêché, il n'avait eu de cesse de dire et de répéter que, loin de vouloir bouleverser quoi que ce soit, ce à quoi il aspirait, c'était, au contraire, de parfaire la Loi et les Prophètes. Comme le pontife insistait, Yechoua lui a demandé s'il pensait sérieusement que des milliers de Juifs l'auraient écouté s'il avait tenté de les détourner de la Torah.

Caligula interrompit le propos du préfet de Judée en éternuant bruyamment trois fois de suite.

– Hannan lui a répondu que ce n'était pas une preuve car de nombreux faux messies, par le passé, avaient réussi à tromper des honnêtes gens.

– Pas stupide, commenta Macro.

– Le Nazaréen a protesté que s'il devait s'expliquer, ce ne pouvait être que dans le cadre d'un procès équitable. Il a été soutenu en cela par le *Av Beth Din* et quelques autres, notamment Nicodème et Yosef d'Arimathie qui dénonçaient des procédés arbitraires.

– Ils n'avaient pas tort, commenta le préfet du prétoire. Et Hannan s'en est sorti ?

– Il s'est montré assez rusé. Il a dit que, de toute façon, en tant qu'ancien grand prêtre il n'avait aucun pouvoir et que Yechoua bar Yosef allait pouvoir s'entretenir de tout cela avec le souverain sacrificateur en exercice.

– Bien sûr ! s'exclama Macro. Illustre Cæsar, demanda-t-il, veux-tu aller te détendre aux thermes ?

– Il est temps, en effet, dit Caligula.

Chapitre 26

L'épouse du préfet de Judée suivait donc le fil des événements quasiment au jour le jour. Ni les rougeurs sur sa peau ni la paralysie de ses membres et de son dos ne l'empêchaient de penser. Au contraire, puisqu'elle n'avait que cela à faire. Penser. Penser à ce maudit clan des Hannan cherchant à manœuvrer au mieux de ses intérêts, penser à ce fourbe de Macro qui aurait tué non pas seulement ses père et mère mais ses propres enfants pour une once de pouvoir, penser à cet empereur démoniaque qui devait être capable de bien pire que le pire. Tout cela encombrait sa tête sans soulager son corps.

Au palais, dans une aile duquel elle passait ses jours et ses nuits à attendre de connaître le sort qui serait réservé à son mari, Claudia Procula avait fait la connaissance d'une cousine d'Hérode Agrippa.

Sarah, c'était son nom, devait avoir le même âge qu'elle. Elle venait de perdre son mari quelques mois plus tôt. Celui-ci se trouvait du côté de l'Aventin, aux abords du cirque Maxime, le plus grand édifice de Rome, lorsqu'un feu s'y était déclaré. Tout à coup, alors qu'il semblait que seules les pierres flambaient, il avait entendu une femme appeler à l'aide en criant : « Mon fils ! mon fils ! » Il n'avait pas hésité une seconde et il s'était précipité dans le brasier pour tenter d'en retirer l'enfant. Il l'en avait ressorti, quelques instants plus tard, sain et sauf, mais il n'avait pu lui-même se dégager des flammes qui consumaient ses vêtements et qui, en un rien de temps, bien qu'il se soit roulé désespérément à terre pour les éteindre, lui avaient brûlé les pieds d'abord, puis les jambes, puis le bassin et le dos et avaient ensuite transformé sa longue chevelure à la juive en une torche inextinguible qui avait eu raison de lui.

Quand le récit de cette mort tragique avait été fait à Claudia Procula, elle n'avait pu s'empêcher d'incriminer cette façon qu'ont les Juifs de laisser leur chevelure hirsute. Elle s'était dit que s'il avait été coiffé de manière sobre et élégante comme l'étaient les Romains qui gardaient leurs cheveux courts et soignés, ce drame ne serait pas arrivé. De là à considérer que c'était tant pis pour lui, il n'y aurait eu qu'un pas.

– Il s'est sacrifié ! lui avait dit Sarah la première fois qu'elles en avaient parlé.

Bien que celle-ci soit juive – il n'y avait eu jusque-là, à Césarée, aucune femme juive dans l'entourage de l'épouse du préfet de Judée, à l'exception de ses servantes –, Claudia ne trouvait pas sa compagnie désagréable. Comme la compassion n'était pas son fort, il est probable que seule la présence d'une personne un tant soit peu éduquée avec laquelle elle pourrait parler d'elle avait causé ce rapprochement.

– Je m'interroge sur le mot « sacrifice », lui confia Sarah un autre jour, alors qu'elle venait de recevoir la visite de la mère de l'enfant sauvé par son mari, accompagnée de son petit garçon, qui étaient venus les bras chargés de cadeaux pour atténuer sa peine.

– Eh bien quoi ? s'étonna Claudia Procula. On sacrifie des animaux aux dieux et on se sacrifie pour sauver la vie de quelqu'un, c'est tout !

– Et d'où vient donc cette idée de faire aux dieux des offrandes d'animaux pour avoir leurs faveurs ? Tu ne trouves pas ça curieux ?

– Je ne me suis jamais posé la question, répondit Claudia. C'est comme ça, ça a toujours été comme ça et ça se fait partout, que je sache ! Tu vois, qu'il y ait un seul Dieu comme chez vous, ou qu'il y en ait plusieurs comme à Rome ou à Athènes, c'est pareil. Partout, on sacrifie des bêtes. Pourquoi tu te tracasses avec des questions pareilles ?

– Je ne me tracasse pas, j'essaie de comprendre.

– Et qu'est-ce que tu comprends ? demanda Claudia en rejetant derrière ses oreilles les longues mèches de sa chevelure blonde.

– Je ne sais pas... Je me demande si ces folies sanguinaires ne sont pas en rapport avec la violence qui gît en toute société... Surtout cette pratique du bouc émissaire...

– Qu'est-ce que c'est que ça ? fit Claudia.

– C'est un rituel supposé être de purification à la fois du sanctuaire et de toute la communauté. Deux boucs sont tirés au sort. Un pour purifier le Temple, sur l'autel duquel il est sacrifié, et un autre, chargé des péchés du peuple, jadis abandonné dans le désert. De nos jours, on le jette du haut d'un ravin à l'extérieur de Jérusalem.

– J'adore ! dit l'épouse du préfet de Judée.

– Tu ne trouves pas cela cruel ?

– Si, bien sûr, mais en même temps, moi, je...

La veuve ne laissa pas à son interlocutrice le loisir de dire combien elle se délectait à la seule évocation de choses horribles.

– Je me demande, coupa-t-elle, si nous autres, Hébreux, nous ne sommes pas les boucs émissaires des autres nations parce que nous-mêmes nous faisons porter à un animal innocent toutes...

– Et qu'est-ce que ça peut bien t'apporter de tenir des raisonnements aussi compliqués ? l'interrompit à son tour Claudia. Moi, j'ai trop à penser à ce qui m'arrive, alors, le reste...

– Si *Hakaddosh barokhou* n'avait pas voulu que je raisonne, Il m'aurait faite chèvre ou ânesse, répondit Sarah.

Ne pouvant reconnaître que la cousine d'Hérode Agrippa, au moins sur ce point, avait raison, Claudia se contenta d'un haussement d'épaules.

– Vous me faites bien rire avec votre *kaddosh barokhou* à tout bout de champ ! ajouta-t-elle cependant. Est-ce que je dis « par Jupiter » toute la journée, moi ?

Elle réalisa soudain que sa mère, qui disait non à tout, jurait continuellement par ce dieu romain qui gouverne la terre et le ciel ainsi que tous les êtres vivants s'y trouvant, et que cela avait toujours eu le don de l'agacer.

– L'une des plus grandes difficultés de l'être humain, poursuivit Sarah sans relever la réflexion de son interlocutrice, c'est d'admettre qu'il est lui-même pour quelque chose dans ce qui lui arrive. Tiens, prends la violence, par exemple. Ce n'est jamais lui. Comme l'enfant qui s'est disputé avec un autre et qui pleure parce qu'il a pris des coups : ce n'est jamais lui qui a commencé, c'est l'autre.

– C'est comme moi avec Pontius Pilatus, ne put s'empêcher d'ajouter Claudia, ramenant comme à son habitude tout à elle. Il veut toujours que tout soit ma faute… En même temps, on ne peut rien changer à cela ! J'ai essayé, mais…

– Pas si sûr ! répondit Sarah. Il me semble que si chacun prend conscience de la violence qui est en lui, alors il n'y aura plus besoin d'aucun bouc émissaire pour en être soulagé. Et si chacun de nous fait de même, à commencer par moi d'ailleurs, alors…

– Tu rêves, ma pauvre, dit avec dédain la Césaréenne.

– Qu'ai-je à perdre ? Surtout maintenant que mon mari n'est plus.

– Tu m'as dit qu'il est mort pour sauver un enfant, n'est-ce pas ?

– Oui, en effet, confirma Sarah, manifestement au bord des larmes. Il avait une dette à payer. Une lourde dette.

Tu vois, je pense que mon époux se sentait coupable et il vivait dans le passé. Il n'a pas compris que le seul sacrifice qui ait du sens, quelles que soient les épreuves traversées, c'est de rendre sa propre vie sacrée. Il ne goûtait pas chaque instant comme étant sacré. Pour essayer d'oublier le…, le… – la gorge nouée, elle ne put dire quoi. Il avait une vie de travail et de dévotion à *Hachem*, mais il râlait sans cesse, il pestait contre tout, il jurait à longueur de journée. Il remerciait *Hakaddosh barokhou* en portant une coupe de vin à ses lèvres, il Le louait en rompant le pain, il Lui rendait grâce à la fin des repas, mais sincèrement et profondément il n'était pas dans la gratitude d'avoir vécu l'instant écoulé comme un instant sacré.

– Tu me fais vraiment rire avec tes raisonnements ! Tu es vraiment juive, toi, pour couper ainsi les cheveux en quatre. Ah, ça me fatigue !

La veuve n'en poursuivit pas moins l'exposé de sa pensée, sans sembler le moins du monde se soucier du désintérêt qui lui était manifesté.

– En fait, même ce moment que nous partageons ensemble, il est sacré, lui aussi. Il est sacré parce qu'il fait partie de la vie. Il est sacré parce que la vie est sacrée pour cette raison que le Saint, béni soit-Il, nous l'a donnée. Et ce serait Lui faire injure que de ne pas le vivre comme tel.

– J'ai mal au dos, dit l'épouse du préfet de Judée qui en était plutôt à maudire l'instant présent. J'ai terriblement mal au dos et à la tête.

Chapitre 27

Le passage de Yechoua bar Yosef devant Caïphe avait été une formalité. Il avait été conduit jusqu'au Temple où se trouvait le grand prêtre en exercice par les gardes du *sagan* auxquels les hommes de Pilatus avaient passé le relais. Hannan et les siens ainsi qu'une partie des hiérarques hiérosolymitains et des docteurs pharisiens qui avaient assisté à l'épisode précédent avaient suivi en cortège et parcouru la courte distance entre le palais de l'ancien grand pontife et la porte d'Or. Bien que Caïphe ne s'y rendît qu'à shabbat et pour les fêtes, le culte quotidien, appelé *Tamid*, étant confié, par rotations, à vingt-quatre prêtres ordinaires, il avait été convenu que ce serait là que serait interrogé le prédicateur nazaréen.

Le Temple, à proprement parler, consistait en ce qu'on appelait le sanctuaire, le Saint des Saints et le vestibule au-devant duquel était, comme dans les temples grecs, l'autel des holocaustes. Mais à la différence de ces derniers, l'ensemble monumental comprenait également, par-delà un parvis des Gentils, accueillant en réalité indistinctement Juifs et non-Juifs, une cour des Femmes, une cour dite d'Israël et une cour des Prêtres. Des galeries couvertes tout autour conduisaient à des appartements pour le logement des prêtres et à diverses pièces servant notamment à conserver les provisions de nourriture. C'est dans l'un des appartements réservés au clergé que Yechoua fut mené pour être présenté à Caïphe.

Le *rabbi* de Nazareth avait souvent entendu parler des richesses impressionnantes qu'on trouvait dans le Temple. Il ne les avait jamais vues jusqu'alors, car celles-ci n'étaient pas exposées au regard des simples fidèles. Il avait toujours pensé que les descriptions qui en étaient faites étaient exagérées, mais la réalité était qu'en effet elles surpassaient, et de loin, ce qu'un Juif de la plèbe pouvait imaginer. Les chandeliers en or se comptaient par centaines, peut-être par milliers, les bassins en or et en argent n'étaient pas moins nombreux, les tasses, en or elles aussi, pour les libations, les plats en or et en argent servant à présenter sur l'autel la farine pétrie, les gobelets en or pour les liqueurs, les encensoirs en or étaient en nombre suffisant pour qu'il y en ait au moins un de chaque dans tous les foyers de Judée, de Galilée et de Pérée.

À qui et à quoi tout cet étalage d'or et d'argent était-il utile ? Cela avait-il été conçu pour impressionner le peuple afin de montrer la toute-puissance de Dieu, ou l'ensemble était-il destiné au reste du monde qui ne pourrait que marquer du respect envers une Nation capable non seulement d'édifier un bâtiment aussi gigantesque à la gloire de Dieu

– le Temple occupait une superficie trois fois supérieure à celle de l'Acropole d'Athènes – mais aussi de le décorer et de le garnir d'objets infiniment précieux ? Autant de questions que le Galiléen avait dû se poser, alors qu'au milieu d'un détachement de la garde commandée par Yonathan ben Hannan il déambulait au plus proche du Saint des Saints pour gagner la pièce où Caïphe l'attendait.

L'audition devant le grand prêtre avait été vite expédiée. Hannan s'était contenté de raconter à son gendre ce qui s'était dit chez lui et de marquer sa profonde indignation par rapport aux prétentions divines de l'accusé. Ne pas contester être le Fils de Dieu quand tout le judaïsme repose sur l'idée fondamentale et essentielle d'un seul Dieu, et donc pas de deux, était éminemment blasphématoire. Yechoua, à qui l'on avait demandé s'il avait quelque chose à dire, avait exigé de nouveau un procès en bonne et due forme avec audition de témoins et du temps pour préparer sa défense. Gamaliel et ses amis, plus remontés que jamais, avaient crié au scandale et exigé le respect du droit.

– Vous vous plaignez, avait soutenu le *Av Beth Din*, de ce qu'Augustus a retiré à notre sanhédrin la possibilité de prononcer les peines les plus lourdes. Vous vous lamentez de ses prérogatives limitées par l'occupant. Et aujourd'hui que faites-vous ? En acceptant de renoncer à la comparution d'un accusé devant le sanhédrin, vous rendez-vous compte que vous réduisez davantage encore son rôle à néant ? Le peu d'autonomie qu'il nous reste, vous en faites cadeau aux Romains ! Croyez-vous vraiment que l'urgence justifie un renoncement aussi important ?

Hannan avait écarté l'argument.

– Que vaut-il mieux d'après vous ? Se dispenser de quelques règles de procédure ou sacrifier tout un peuple ? avait-il demandé sur un tel ton d'indignation que même les protestataires les plus véhéments avaient gardé le silence.

En excellent stratège politique, d'ailleurs, l'ancien grand pontife n'avait pas proposé un vote, pas même à main levée.

– Et puis, avait-il ajouté, furieux, de quels témoins pourrions-nous encore avoir besoin puisque, au regard de notre religion, le blasphème est évident ? Souvenons-nous juste, tous autant que nous sommes, des paroles prononcées chez moi il y a moins d'une heure : *« Il siégera à la droite du Seigneur »*, rien que cela ! Et il viendra *« sur les nuées du ciel »*, on s'y croirait ! Pour moi, avait-il conclu, la cause est entendue.

Caïphe, à qui il revenait de trancher, avait seulement prononcé quelques mots pour dire que, de toute façon, indépendamment du blasphème, les faits incriminés, en ce qu'ils consistaient à se prétendre roi d'Israël, participaient d'une véritable sédition et dépassaient le domaine théologique. Ils relevaient donc de la compétence du préfet.

– C'est ainsi, dit Pontius Pilatus à Caligula auquel il relatait les événements qui s'étaient déroulés quatre ans plus tôt, c'est ainsi que le grand prêtre n'a pas fait obstacle à la comparution…

– Et c'est ainsi, tête de truffe, le coupa l'empereur en contemplant ses ongles, que par malheur pour toi il n'y a pas eu de procès juif dans cette affaire !

Chapitre 28

Trois jours après s'être quittés chez Rachel, à l'heure convenue, Yosef et Myriam s'y rendirent de nouveau. Ils arrivèrent en même temps par des chemins différents. Avant qu'ils ne franchissent ensemble le seuil de la demeure de la cousine du Salamitain, des hurlements attirèrent leur attention. Juste en face d'eux, sur la chaussée, un enfant était à terre, essayant de se protéger des coups que lui assenait son père. Celui-ci le frappait avec son pied et avec ses poings partout où il pouvait, dans le ventre, dans les hanches, dans les jambes et au visage. Il vociférait des insultes et des malédictions sur son fils qui devait avoir quatre ou cinq ans. Des passants ralentissaient leurs pas puis poursuivaient leur chemin la tête baissée. La mère, se tenant à deux pas avec le reste de sa progéniture terrorisée, ne bougeait pas, et un légionnaire qui stationnait au carrefour d'où l'on pouvait voir toute la scène ne bronchait pas. Myriam haletait au rythme des coups portés au garçonnet. Si elle avait pu, elle aurait crié : « Arrête, laisse-le, tu vas le tuer ! », mais elle demeurait interdite. Nul ne pouvait empêcher un père de battre son fils. Nul ne pouvait ni s'interposer, ni protester, ni dénoncer. Un chef de famille avait tout pouvoir sur les siens. La fille de l'ancien grand prêtre se contenta de trembler de tout son corps et d'essuyer ses larmes, le cœur meurtri.

Par des gestes délicats, Yosef la poussa vers l'intérieur de la maison où vivait Rachel. Il l'installa, lui fit servir à boire et lui prit la main en attendant qu'elle retrouve un peu de sérénité, cependant qu'elle ne cessait de murmurer : « Ce n'est pas juste, ce n'est pas juste… ! »

– Ça va ? lui demanda-t-il après qu'elle eut marqué un long silence.

Elle fit signe que oui tout en haussant les épaules.

– Tu vois toute cette violence, dit-elle. Que va-t-elle provoquer lorsque cet enfant sera grand ? Aujourd'hui, il ne peut pas se défendre contre plus grand que lui, alors il emmagasine sa rage tout au fond de son cœur, et un jour, forcément, fatalement, elle explosera et ce sera de nouveau de la violence, sur sa femme, sur ses enfants, sur d'autres encore, sur des innocents. As-tu remarqué que les zélotes et les sicaires, qui veulent chasser les Romains de Judée, faute de pouvoir s'en prendre aux autorités païennes elles-mêmes, attaquent des innocents ? Celui dont l'innocence a été humiliée, comme cet enfant martyrisé sous nos yeux tout à l'heure, ne cherche-t-il pas toujours à s'en prendre à des innocents ? Non parce que c'est plus facile, mais parce que s'attaquer à des innocents, c'est venger sa propre innocence jadis bafouée.

Yosef approuva par des hochements de tête répétés.

Pour lui manifester qu'il était temps de passer à autre chose, Myriam se leva, fit quelques pas, jeta un œil à l'extérieur, comme pour vérifier que tout était rentré dans l'ordre, puis elle se rassit à sa place.

Au cours des trois jours et des trois nuits qui venaient de s'écouler, bien qu'elle y ait pensé sans cesse, elle n'avait eu aucune idée de la façon dont ils pourraient, elle et Yosef, surmonter leur épreuve. Ainsi avait-elle été partagée entre le découragement et l'espoir qu'il saurait, lui, les sortir de là.

C'est donc avec une impatience fébrile qu'elle attendait maintenant qu'il lui dise par quel miracle il allait pouvoir lui passer au doigt un anneau d'or, quand tout donnait à penser que c'était impossible. Il n'en fit rien. À sa grande surprise, il lui demanda si elle voulait se convertir.

– Me convertir ? Mais qu'est-ce que ça veut dire ? Seuls les païens se convertissent au judaïsme et je suis déjà juive.

– Te convertir à l'amour, lui répondit-il.

– Explique-moi.

– Volontiers. *Hakaddosh barokhou* nous aime d'un amour sans limite, un amour qu'Il nous garde quoi qu'il arrive et quoi que nous fassions. Tu te souviens de ce qu'Il a dit à Noé quand les eaux se sont retirées ?

– Oui, dit-elle, Il l'a béni, lui et sa famille et… il y a une histoire d'arc-en-ciel…

– En effet, mais avant que le ciel ne se colore du rouge au violet, Il a fait une promesse…

– Ah oui ! Il a dit qu'il n'y aurait plus jamais de déluge.

– C'est-à-dire que, désormais, Son amour était acquis à l'homme et que, jamais, sous aucun prétexte, Il ne le lui retirerait.

– C'est drôle, dit Myriam, ma mère m'a souvent dit cela : « Je t'aimerai toujours, ma fille. Même éloignée, même si tu n'agis pas comme je le voudrais, même si tu devais ne plus croire en *Hachem*. Je t'aimerai toujours et tu pourras compter sur moi aussi longtemps que le Saint, béni soit-Il, me prêtera vie et même après, d'où je serai ! » Elle m'a répété cette rengaine tant de fois que je la connais par cœur !

– Et cela fait du bien, n'est-ce pas, de savoir que son amour, elle ne le reprendra pas ?

– Bien sûr, convint-elle.

– Eh bien voilà, dit-il, se convertir à l'amour, c'est aimer de cette façon, comme le Tout-Puissant l'a promis à Noé et à toute sa descendance. C'est aimer l'autre d'un amour qu'on lui donne et qu'on ne le menace pas de lui reprendre s'il ne se comporte pas comme on voudrait. C'est l'aimer pour lui et pas pour soi, pour qu'il s'épanouisse en fonction de ses critères à lui et non des siens propres. C'est aimer l'autre, son père, sa mère, son mari, sa femme, son fils, sa fille, son frère, sa sœur, et son prochain en général, même s'il en venait à prétendre ne plus nous aimer. Finalement, c'est aimer, non pas en tant que l'amour serait quelque chose que l'on donne et que l'on pourrait reprendre, mais en tant que l'amour c'est ce que nous sommes vraiment. C'est notre essence.

– N'est-il pas difficile d'être amour en toutes circonstances ? demanda Myriam.

– A priori, oui, évidemment, car nous n'avons pas été éduqués en ce sens. Tu vois, le père de cet enfant, tout à l'heure, c'est un homme que j'ai déjà vu à la synagogue. Il respecte les commandements, il prie, il fait shabbat mais il n'a pas appris l'amour. L'amour vrai. Il n'a pas compris qu'il n'y a que deux commandements qui vaillent : celui d'aimer l'Éternel de toute notre âme, de tout notre cœur et de toute notre volonté, et cet autre qui est d'aimer notre prochain comme nous-même. « *Et le second est pareil au premier.* » Il n'y a que cela qui compte et rien d'autre. Tout le reste dans la religion n'est que secondaire et, souvent, nous fait oublier l'essentiel. Et l'essentiel est que, faits à l'image et à la ressemblance d'*Hachem*, nous sommes amour comme *Hakaddosh barokhou* Lui-même est amour.

– Ça reste difficile d'être amour, comme tu dis, au quotidien, répondit Myriam, vu notre environnement souvent hostile !

– Il suffit, à chaque instant, et surtout lorsque la situation est délicate, de prendre une seconde de recul et de se demander ce que l'amour ferait s'il était à notre place.

– Ce que l'amour ferait à notre place ?

– Oui, confirma-t-il. Et le plus important est ce recul que tu prends, car alors tu t'abstiens de réagir. Tu ne réponds pas avec méchanceté, tu ne laisses pas la colère te déborder, tu ne fais pas un geste déplacé, tu ne pestes pas, tu ne jures pas, tu t'accordes un temps et tu te demandes ce que ferait l'amour…

– Et que ferait-il ? l'interrompit-elle.

Yosef fit une moue qui était invitation à ce qu'elle trouve elle-même.

– Ah ! j'ai compris, dit-elle aussitôt. Ce n'est pas la réponse qui compte. C'est la question, n'est-ce pas ?

– Évidemment, parce qu'en te la posant tu te souviens de ta véritable nature. Lorsque tu te rappelles que tu es amour, la réponse s'impose d'elle-même.

– Et alors, tu pardonnes. Tu pardonnes de la même façon qu'*Hachem* nous pardonne ?

– Tu pardonnes, approuva Yosef, parce que tu comprends que celui qui t'a causé du tort, même le plus terrible des torts, n'a rien fait d'autre, ayant oublié sa vraie nature qui est amour, que de tenter, en agissant comme il l'a fait, de guérir d'anciennes blessures qui, sans qu'il le sache, meurtrissent son cœur.

Myriam se tut. Bientôt Yosef vit perler des larmes sur ses jolies joues que le soleil du printemps avait rendues plus roses. Elle songea à tous ces gens qu'elle connaissait, pourtant croyants, qui étaient dans ce cas, cherchant désespérément à panser les blessures de leur enfance en s'en prenant à des proies innocentes. Elle pensa à son père, Yosef Caïphe, au sommet de la noblesse sacerdotale, qu'elle savait capable du meilleur mais aussi du pire, elle pensa à son oncle Isaac qui avait empêché le mariage de sa cousine Déborah, elle pensa à ce père qui avait battu son fils tout à l'heure. Elle fut alors envahie de sanglots et elle se précipita dans les bras de Yosef bar Nabi.

– Je me convertis, lui dit-elle. Je me convertis !

Chapitre 29

Caligula ne décolérait pas depuis que Pilatus lui avait révélé qu'il n'y avait pas eu de procès devant le sanhédrin pour ce fils de charpentier qu'on disait ressuscité et que les gens vénéraient de plus en plus.

– Comme je te l'ai précédemment expliqué, ô Cæsar, essaya encore de se justifier le préfet de Judée, il fallait faire vite, ne serait-ce que parce que nous étions au soir du jour de Jupiter* et que je devais repartir pour Césarée le matin du jour de Sol*, étant observé que là-bas, pendant le shabbat, Jérusalem est une ville morte.

– Et donc ? interrogea l'empereur.

– Et donc, le 14 Nisan du calendrier local, j'ai pris place avec mes deux assesseurs dans le tribunal qu'ils appellent la *béma.* Pour te planter le décor, divin Cæsar, le prétoire est édifié sur une plate-forme en bois dressée sur le pavement devant le palais d'Hérode, à laquelle on accède en gravissant sept marches. Y sont disposés une table, deux fauteuils et, pour ton serviteur, la chaise curule. Le public qui assiste aux audiences se place devant et sur les côtés.

Toutefois, ce jour-là, quand on est venu me dire que les grands prêtres étaient là, ce qui ne se produisait pas fréquemment, on m'a aussi annoncé que, comme c'était Pâque le soir même, les Juifs qui étaient sur le parvis ne voulaient pas s'avancer davantage, au risque de devenir impurs.

– Tu veux dire que la présence des Romains les aurait souillés ? demanda Macro.

– J'aurais pu m'en offusquer, en effet, mais je savais depuis longtemps qu'à l'occasion de cette fête essentielle dans le judaïsme, ils fuyaient les maisons et les palais des non-Juifs parce qu'il pouvait s'y trouver du levain et que le contact avec celui-ci les mettrait en faute par rapport à leurs interdits religieux. C'est aussi stupide qu'incontournable, là-bas !

– Tu es en train de me dire que tu t'es soumis à leurs stupides exigences ? protesta l'empereur.

– J'ai appris que lorsqu'on gouverne une province occupée, et sauf à vouloir se mettre tout le monde à dos, il faut savoir ménager, un tant soit peu, ceux qui collaborent avec nous.

– Admettons, concéda Caligula.

Après s'être raidi jusqu'à sembler s'être augmenté de plusieurs centimètres, il déploya lentement ses longs doigts prolongés par des ongles incroyablement pointus et fit mine, en rapprochant ses mains l'une de l'autre, d'étrangler une proie.

– Eh bien, qu'est-ce que tu attends pour poursuivre ?

lança-t-il soudain en foudroyant Pilatus d'un regard farouche.

– Oui… Bien sûr. Compte tenu de ces… comment dirais-je ? – il chercha les mots qui pourraient le mieux être acceptés –, ces impératifs locaux, c'est moi qui suis allé vers eux. Je leur ai demandé, pour respecter la procédure, quelle accusation ils portaient contre le prisonnier. Ils m'ont fait une réponse du genre : « S'il n'avait rien fait, il ne serait pas là ! » J'aurais pu leur répliquer que tous les plaignants de la terre raisonnaient ainsi et que tous ne gagnaient pas leur cause mais j'ai pensé que ce n'était pas utile.

– Tu as donc interrogé l'accusé ? demanda Macro.

– En effet, j'ai d'abord vérifié qu'il entendait le grec, puisque c'est dans cette langue que nous communiquons avec les autochtones, et comme il m'a fait signe qu'il le comprenait à peu près, je l'ai questionné pour savoir s'il était effectivement le roi des Juifs.

– Et alors ?

– Alors, il n'a rien trouvé de mieux que de me répondre en me demandant, l'insolent, si je disais cela de moi-même ou si d'autres me l'avaient rapporté. Inutile de te dire, ô Cæsar, que je me suis emporté ! Je lui ai ordonné de ne pas chercher d'esquives et il m'a dit : *« Ma royauté n'est pas de ce monde. »* Il a même ajouté : *« Si ma royauté était de ce monde, les miens se seraient battus pour que je ne te sois pas livré. Mais ma royauté n'est pas d'ici. »*

– Surprenant, en effet ! convint le préfet du prétoire.

– N'est-ce pas ? Moi, en tout cas, je n'ai rien compris à ce qu'il disait. « *Pas de ce monde* » et en même temps : sa « *royauté* ». J'ai pensé qu'il avouait. Je lui ai dit : « *Tu es donc roi ?* » et il ne l'a pas contesté. Il m'a juste répondu : « *C'est toi qui le dis* », ce qui n'avait aucun sens ! Oui, par Jupiter, c'est moi qui le disais, en fonction de ce que lui-même venait de reconnaître en parlant de son royaume ! À partir de ce moment-là, pour moi, la cause était entendue. D'inoffensif qu'il était au début, cet individu était devenu un indéniable danger pour la paix romaine. Il a alors essayé un moyen de défense que n'aurait pas osé utiliser le plus mauvais de tous les avocats : l'incohérence. Il m'a dit : « *Je suis né et je suis venu dans le monde pour rendre témoignage à la vérité. Quiconque est de la vérité écoute ma voix.* » Vois-tu le ridicule, illustre Cæsar ? Qui parle ainsi à son juge ? J'étais en face d'un insensé. Il était accusé de sédition et il me parlait de la vérité ! C'était à croire qu'il faisait tout pour être condamné !

– Et tu as donc prononcé la peine de mort ? questionna l'empereur.

– Tu connais notre loi : les fauteurs de sédition ou de troubles en excitant le peuple sont portés en croix ou jetés aux bêtes.

– Et tu as condamné à mort, dit Caligula en haussant le ton, un illuminé qui aurait dû être jugé par les siens ! Et qu'est-ce donc que cette histoire d'un brigand que tu as gracié ? J'espère pour toi que ta réponse ne va pas aggraver ton cas.

– Eh bien, bredouilla le préfet de Judée, j'avais l'habitude chaque année à Pâque, pour plaire au peuple, d'amnistier un prisonnier et j'ai eu le choix, ce matin-là, entre un voleur, un dénommé Barabbas, et Yechoua bar Yosef.

– Et tu as choisi de libérer le premier ? dit Caius Germanicus, perplexe.

– J'ai pensé qu'il était celui des deux qui menaçait le moins l'ordre public.

– Quelle erreur ! s'exclama Caligula. Tu avais une chance de t'en sortir et tu ne l'as pas saisie ! Quel ver de terre tu es ! Crois-tu qu'il y aurait eu autant de remous qu'il y en a à présent si tu avais crucifié un brigand de grand chemin dont tout le monde se moquait éperdument au lieu de mettre à mort un homme adulé par la foule ? Toi qui es si sensible au respect des particularités locales, cela t'a échappé ?

– Mais, objecta Pilatus, Barabbas n'était pas un danger pour l'Empire !

L'empereur haussa les épaules et eut l'air de désespérer de ce qu'on pourrait bien faire d'un préfet qui ne comprenait rien à rien.

– Depuis quand un roi sans armée peut-il être un danger pour Rome ? Il ne l'était que pour les siens, imbécile ! Ah ! souffla-t-il. Ensuite ?

– Ensuite..., ajouta Pilatus, beaucoup parmi les Juifs qui étaient là semblaient désolés, voire catastrophés, mais Hannan leur a tenu le même propos, si je puis dire, que celui qu'avait soutenu le *Av Beth Din* devant le sanhédrin dans l'affaire Stefanos, tu te souviens, Cæsar ?

– Imagines-tu que mon cerveau fonctionne au ralenti comme celui du dégénéré que tu es ?

– Non, illustre Augustus, ce n'est pas ce que j'ai voulu…

– Bon, alors, trêve de commentaire, continue !

– Eh bien, comme en écho à cela, l'ancien grand prêtre a dit à ceux qui l'entouraient : « Ne vous inquiétez pas car s'il est vraiment *Hamachiah*, alors *Hachem* se manifestera et Il empêchera sa crucifixion ! Au moins serons-nous fixés ! »

– Et leur Dieu ne s'est pas manifesté ! observa Macro. Yechoua bar Yosef a été cloué sur une croix par tes hommes.

– Et après ? interrogea Caligula manifestement impatient d'en finir. Tu ne nous dis rien de cette soi-disant résurrection trois jours plus tard ?

– La résurrection ? s'étonna Pilatus. La résurrection ! Voilà bien une question qui échappe totalement à mes compétences.

– C'est en effet une question qui t'a échappé et c'est fort regrettable, hurla l'empereur. Non seulement, espèce d'idiot, il n'y a pas eu procès juif qui aurait disculpé Rome mais en plus, ton condamné à mort a ressuscité ! Ma colère gronde de plus en plus et je crains qu'en explosant elle soit foudroyante !

– Mais… mais que pouvais-je… ? se risqua encore à dire le préfet de Judée.

– Que pouvais-tu faire ? reprit Caius Germanicus. Que pouvais-tu faire ? répéta-t-il en ricanant très fort. Voyons, réfléchis ! Imagine qu'un imbécile fasse circuler une folle rumeur à ton sujet. Je ne sais pas, moi, que tu t'es transformé en femme, que tu violes des fillettes de six ans ou que tu parcours l'Empire pour prendre tous les lépreux dans tes bras, que ferais-tu ?

– Je… je chercherais à le faire taire !

– Eh oui, Pontius Pilatus, voilà une réponse qui ne te ressemble pas, car elle est intelligente ! Il fallait donc empêcher que se répande une nouvelle aussi stupide que celle d'un condamné qui aurait ressuscité. Primo, parce que, en soi, c'était un pied de nez à la sentence que tu avais prononcée et que cela mettait sérieusement en échec ton autorité, et donc la mienne. Secundo, parce que cette nouvelle faisait de ton condamné bien plus qu'un martyr, bien plus qu'un héros : un dieu ! Tu comprends ?

Caligula s'était approché de son prisonnier et lorsqu'il fut nez à nez avec lui, il répéta en hurlant :

– Est-ce que tu comprends, vil faquin, que sa résurrection a fait de sa défaite humiliante une victoire étincelante ?

Terrorisé, le préfet de Judée eut un mouvement de recul auquel l'empereur répliqua par un nouveau pas en avant. Comme pour empêcher Pilatus de battre en retraite, il le retint par les manches de sa tunique et, après l'avoir traité de détestable fécalome, il le projeta violemment vers l'arrière et le fit chuter sur la dalle.

– Tu vois ce sablier, vociféra l'empereur. Tu as

jusqu'au dernier grain de sable qui aura basculé dans l'autre compartiment pour me dire ce que tu aurais dû faire, si tu ne veux pas être jeté aux fauves !

Pilatus demeura comme paralysé un instant avant de balbutier :

– Je… je… j'aurais dû proclamer que la propagation de cette fable ridicule était un crime et j'aurais dû faire couper la langue à tous ceux qui auraient osé la raconter.

– Évidemment ! Quelques dizaines de langues coupées sur les places publiques pendant deux ou trois semaines et plus personne n'aurait continué à colporter des boniments aussi grotesques !

Le préfet de Judée était consterné. Il n'avait pas le moindre argument à faire valoir pour sa défense. Caligula avait raison. Il avait failli. Non seulement il s'était substitué au sanhédrin pour prononcer la culpabilité du Nazaréen, non seulement il avait fait crucifier un roi inoffensif, non seulement il avait fait le mauvais choix en libérant Barabbas mais, pour comble de tout, le prestige de Rome était bafoué parce qu'il avait laissé dire qu'un individu condamné au nom de l'empereur avait ressuscité !

– Tu ne dis rien ? feignit de s'étonner Caligula avant d'ajouter : C'est toi qui as la langue coupée !

Pilatus fit un geste qui signifiait qu'en effet il ne voyait pas quoi dire de plus.

– Ce n'est pas bien grave. Tu ne vas pas avoir besoin de ta langue pour réfléchir au mode de suicide que tu vas devoir choisir puisque, hélas, à cause de ton rang, je ne peux pas te livrer aux bêtes. Alors, préféreras-tu te jeter du haut d'une falaise, te noyer dans les eaux du Tibre ou avaler un poison mortel ? D'ici trois jours, tu le feras savoir à Macro.

Caius Germanicus conserva un long silence pendant lequel, tout en se délectant du spectacle de cet homme au désespoir, il tourna ses pouces ostensiblement et théâtralement. Tout à coup, d'un mouvement brusque de la main droite, il fit signe à deux gardes d'avancer :

– Saisissez cette charogne et retirez-la de ma vue !

Chapitre 30

– Qu'en penses-tu ? demanda Yosef bar Nabi à son cousin, que tout le monde appelait Markos mais que ses parents avaient nommé Yohanan lorsqu'il avait été circoncis à Cyrène quelque trente ans plus tôt. Que ferais-tu à ma place maintenant que Caïphe connaît mon nom ?

– La question est délicate, répliqua le jeune homme.

Au détour d'une ruelle du côté de l'Ophel, où ils déambulaient, ils se retrouvèrent face à un groupe de lépreux entassés dans un renfoncement formé par deux bâtisses délabrées et qui paraissaient tous être des enfants mort-nés aux visages spectraux tuméfiés. Leurs yeux étaient affreusement dilatés, leurs lèvres hideuses exposaient des boursouflures monstrueusement crevassées et leurs cloisons nasales étaient biscornues. La plupart avaient perdu leurs dents, ce qui augmentait l'aspect répugnant de leurs corps décrépits.

– Pourquoi tant de souffrances ? soupira Yosef en s'asseyant sur un muret. Seigneur, pourquoi ?

– Tu sais ce que dit la Torah ? fit Markos.

– Oui, je sais : « *L'Éternel parla à Moshe et à Aaron, et dit : "Lorsqu'un homme aura sur la peau de son corps une tumeur, une dartre, ou une tache blanche, on l'amènera au sacrificateur. Il examinera la plaie et déclarera cet homme impur."* »

– Et Aaron dit à Moshe : « *De grâce, Seigneur, ne nous fais pas porter la peine du péché que nous avons commis en insensés, et dont nous nous sommes rendus coupables !* »

– Et tu crois vraiment que les gamins qu'on vient de voir parmi ces infortunés se sont rendus impurs en ayant péché ? Tu crois ça, toi ?

– C'est ce qu'*Hachem*…

– Il a bon dos, *Hachem,* quelquefois, protesta le Chypriote. Et d'ailleurs, admettons que ces malheureux aient été punis par *Hakaddosh barokhou*, qu'en est-il de ceux qui souffrent d'autres maux moins spectaculaires ? Je songe à ma mère qui n'arrive plus à se tenir debout et à ma sœur qui, après avoir failli mourir en couches, a mis au monde un enfant invalide. Se sont-elles à ce point détournées du Très-Haut que le prix à payer soit tellement énorme ? Est-ce que l'infirme qui mendie là-bas s'est rendu coupable d'une faute si terrible qu'il a été amputé de sa jambe ? Et je ne parle pas, s'agissant des souffrances que nous éprouvons tous, des blessures d'humiliation, d'abandon, de trahison, ni de toutes les rancunes et de toutes les haines qui, invisibles mais bien présentes, logent dans la plupart de nos foyers et qui font de nos vies, sans même que nous soyons mutilés ni même malades, des parcours douloureux. Avons-nous péché ? Et sommes-nous punis d'avoir péché ?

– J'en ai bien peur, dit Markos.

– Je ne crois pas, dit le Salamitain. À mon avis, si péché il y a, c'est de nous maltraiter nous-mêmes ?

– Comment cela ?

– Je crois que lorsqu'on s'est vu infliger de mauvais traitements – tu sais, de simples humiliations suffisent souvent à un enfant pour qu'il se sente maltraité – et que, dans ce contexte, on n'a plus personne sous la main pour continuer à nous en faire subir, alors, parce qu'on connaît les émotions que cela provoque et que le connu même douloureux vaut toujours mieux que l'inconnu qui nous effraie, alors on se maltraite soi-même.

– Je n'avais jamais vu les choses ainsi ! En même temps, je suis surpris et, en même temps, je ressens profondément que tu dis vrai.

– Eh oui, surenchérit bar Nabi, sans compter que cela fait tellement de bien de se faire du mal ?

– Là, tu exagères quand même un peu !

– Crois-tu vraiment ? Quand tu vas mal, Markos, tu es fidèle aux tiens qui ont souffert et qui souffrent encore et ce sentiment de fidélité, malgré la souffrance, fait tellement de bien !

– Je ne suis pas sûr de te suivre…

– Lorsque la souffrance est la règle dans une famille, chez un peuple, celui qui en est épargné est – comment dire ? – différent. Or, on sait bien que celui qui est différent est mal aimé, rejeté, exclu de parmi les siens…

– Ça pourrait aller si loin ? Vraiment ? questionna le Cyrénéen. Comment s'en sortir, si les choses fonctionnent ainsi ?

– Certains disent que Yechoua *Hamachiah*, de mémoire bénie, a souffert pour nous sur la croix.

– La souffrance n'a pas disparu pour autant.

– Parce que c'est à nous, me semble-t-il, qu'il revient de renoncer à la souffrance par fidélité. S'il doit y avoir fidélité, ce n'est pas en souffrant comme nos pères mais en rayonnant comme notre Père, dit Yosef.

Ils allaient se séparer lorsque Markos se souvint que son cousin lui avait demandé conseil.

– Donc, en fonction de ce que tu me dis, si je résume la situation à ma façon, Caïphe connaît ton visage mais d'un autre côté, il n'a aucune idée de qui est le Yosef dont ton père lui a parlé. C'est bien cela ?

– C'est tout à fait cela.

– Alors, la solution à ton problème est peut-être dans la façon dont j'ai reformulé la question, ne crois-tu pas ?

Chapitre 31

Aussitôt qu'elle connut la terrible nouvelle, Claudia Procula, malgré les douleurs qui paralysaient son corps, se précipita auprès d'Hérode Agrippa qui alors était à Rome. Elle le supplia d'intervenir au plus tôt, criant à l'injustice et insistant sur le fait que son mari était un *honestior* et qu'une condamnation à mort déguisée en suicide ne pouvait être prononcée que contre un *humilior.* Son hôte lui assura qu'il entendait son désarroi et qu'il aurait tellement aimé pouvoir l'aider, mais que, malheureusement, les réactions de Caligula étant imprévisibles, il ne voyait pas comment… il allait réfléchir… en même temps, il ne pouvait pas prendre le risque d'indisposer l'empereur qui l'avait tout récemment libéré de la prison où Tiberius l'avait jeté… il était désolé… elle comprenait, n'est-ce pas ?

Non, elle ne comprenait pas que le petit-fils d'Hérode le Grand n'ait pas assez de courage pour tenter de sauver la vie de son mari et elle ragea en songeant que la chaîne en or qu'il arborait autour du cou et que le maître de Rome lui avait offerte, chaîne qui était, disait-on, du même poids que celle de sa captivité, n'était que l'emblème d'une illusion de liberté. Ah, si elle avait pu, elle s'en serait servie pour l'étrangler, ce fils de Bérénice qui ne valait pas plus qu'un tas d'immondices !

De son côté, quand il entendit, à l'aube du troisième jour suivant le verdict de mort prononcé contre lui, qu'on venait le chercher, Pontius Pilatus, qui était au désespoir, fut pris d'une irrésistible crise de folie.

Au début de la nuit, pourtant, il s'était cru assez fort pour affronter l'épreuve ultime qui l'attendait. Pendant toutes ces années où il avait envoyé à la potence ou aux fauves des dizaines de criminels, il avait observé toutes sortes de comportements de la part des suppliciés. Il s'était souvent moqué de ceux qui faisaient sur eux tant ils avaient peur et il avait admiré plus d'une fois ceux qui, moins nombreux, allaient la tête haute au-devant de la mort. Parmi ceux qui l'avaient le plus impressionné à cet égard figurait sans doute ce *rabbi* de Nazareth qui n'avait pas protesté et qui, étant resté digne jusqu'à la dernière seconde, avait porté sa croix jusqu'au sommet du Golgotha sans exprimer ni rage ni désespoir. Il se souvenait de son expression lorsque au tribunal, le regardant droit dans les yeux, il lui avait annoncé sa sentence. Le prédicateur galiléen était resté impassible avec l'air de considérer que c'était peut-être ce qui pouvait lui arriver de mieux. Il donnait même le sentiment d'être dans ses prières, en communion avec son Dieu invisible et innommé. Peut-être savait-il que c'était par le fait même de sa crucifixion et de la résurrection qui s'ensuivrait qu'il deviendrait Christ.

Curieusement – il le réalisa alors –, Pontius Pilatus n'avait jamais songé qu'il puisse lui arriver un jour de se retrouver dans une situation aussi dramatique. Depuis toujours, en tout cas depuis le coup de tête qui jadis lui avait cassé le nez jusqu'à ce jour funeste où des soldats étaient venus l'arrêter chez lui à Césarée sur ordre de Tiberius, il avait été du côté des puissants, et rien n'avait jamais pu lui faire présager que la force changerait de camp.

Cette nuit-là, l'angoisse au ventre, il dormit très peu et il passa son temps à tenter de se convaincre qu'à l'heure d'avaler la potion qui le ferait mourir, puisque c'est cette option qui s'était imposée, il serait courageux. Pourtant, quand au chant du coq une grosse clé tourna dans la serrure, il se mit à hurler, à gémir et même à délirer.

– Laissez-moi ! Non, non, je ne veux pas, laissez-moi ! criait-il en se roulant par terre et en tapant sur le sol. Laissez-moi ! Non, non, non !

Comme un animal en cage sur lequel on aurait lancé une pluie de grosses pierres assassines, il courait d'un coin de sa cellule à un autre, se cognant contre les murs, grattant la terre, se déchirant les joues avec ses ongles, se frappant le front contre les parois, répétant sans cesse qu'on ne le touche pas, qu'on ne s'approche pas.

Après que deux fantassins eurent pénétré dans son cachot et qu'ils se furent postés devant la porte, imperturbables malgré le combat désespéré de l'ancien préfet de Judée contre le spectre de la mort, Macro y entra à son tour. Comme s'il prenait conscience du spectacle pitoyable qu'il offrait, le malheureux condamné à mort se figea, les yeux exorbités en même temps que terrifiés.

– C'est toi qui vas... ? commença-t-il avec l'idée de lui demander s'il était celui qui allait lui fournir le poison mortel et l'obliger à l'avaler.

– C'est moi qui vais..., répondit le préfet du prétoire en marquant une pause à cet endroit tout en se rapprochant du prisonnier. C'est moi qui vais t'annoncer une bonne nouvelle.

– Une bonne nouvelle ? répéta incrédule Pilatus.

– L'empereur a changé d'avis, poursuivit Macro. Suis-moi !

Chapitre 32

Markos et Yosef avaient connu Saül de Tarse à la synagogue quelques années auparavant. C'était avant que la route des deux cousins ne croise celle de Yechoua bar Yosef et que les liens qu'ils nouèrent avec lui n'aient raison de ceux qu'ils avaient avec leur compagnon de prière.

À l'époque, le Tarsien, qui pourtant était versé dans la culture grecque, ne cessait de clamer sa judéité à qui voulait l'entendre. Il se présentait comme *« israélite, de la postérité d'Abraham, de la tribu de Benjamin »*, et pour lui rien de ce qui était écrit dans la Torah, rien de ce qui composait le rituel, rien de ce qui se pratiquait au Temple n'était critiquable. Il faisait partie de ces familles descendant de Juifs de la diaspora qui, récemment revenues en Judée, pratiquaient un judaïsme des plus rigoureux. Aussi, lorsque ses amis commencèrent à lui parler d'un prédicateur qui privilégiait l'amour par rapport à la Loi, il s'était fâché avec eux et il avait changé de synagogue afin de ne plus les voir. Il s'était aussi disputé avec son maître, Rabban Gamaliel, celui-là même qui maintenant était *Av*

Beth Din et qui autrefois l'avait instruit. Saül ne comprenait pas comment un docteur de la Loi aussi brillant, aussi savant, aussi respectable pouvait se laisser séduire par un faux prophète.

Un soir, alors qu'ils ne l'avaient pas revu depuis plusieurs années, Yosef et Markos eurent la désagréable surprise de voir Saül réapparaître dans leur vie. Ils avaient pris l'habitude, chaque fois qu'ils le pouvaient, de conjuguer leurs talents pour conter ensemble aux Hiérosolymitains les prodiges accomplis par le ressuscité. Markos s'était amusé, une fois, alors qu'il était présent en simple spectateur, à compléter, en surenchérissant, le récit extraordinaire que faisait son cousin, et comme les applaudissements avaient été plus nourris que jamais, ils avaient décidé de former un duo. Cette complicité était d'autant plus appréciée que la voix plus aiguë du premier s'harmonisait parfaitement avec la voix grave du second. En cette veillée-là, à la lumière d'une lune pleine et d'un brasero aux flammes vives, tous deux venaient à peine de commencer à parler, quand leur ancien camarade bondit comme un fou furieux, leur arracha les parchemins sur lesquels ils avaient écrit quelques notes et prit leur place pour haranguer la foule.

– Peuple de Jérusalem, clama-t-il tel un prophète, as-tu perdu la raison ? Pourquoi écoutes-tu ces menteurs qui sont habités par le démon ? Retourne au Temple, fille de Sion, et ne te détourne pas des commandements de *Hakaddosh barokhou* ! Éloigne-toi de ces bonimenteurs qui ne représentent qu'une idole. Car souviens-toi, ô glorieuse descendance d'Abraham, d'Isaac et de Jacob, souviens-toi que l'Éternel est Un et que s'Il est Un, Il ne peut pas avoir un soi-disant Fils qui siégerait à Ses côtés. Israël, je te le dis, il n'y a qu'un seul roi, et c'est le Saint, béni soit-Il !

Ayant dit cela, il se précipita sur les premiers dans la foule et les poussa pour les forcer à s'en aller.

– Allez, fichez le camp, je vous dis, fichez le camp !

Tous regardèrent en direction des conteurs qui, jusqu'à présent, n'avaient pas dit un mot. Tous attendaient sans doute leur réaction et, maintenant, la réclamaient. C'est Yosef qui prit la parole :

– « *L'amour prend patience* », dit-il aussi posément que possible tout en faisant porter sa voix pour couvrir celle de Saül qui continuait à exhorter le public à s'en aller. « *L'amour ne fait rien d'inconvenant ; l'amour ne s'emporte pas ; l'amour trouve sa joie dans ce qui est vrai ; l'amour supporte tout, il fait confiance en tout, il espère tout, il endure tout.* »

Il y eut comme un vent d'hésitation soufflant sur l'auditoire, qui semblait se demander quel parti prendre. Markos le sentit et décida d'intervenir.

– Que chacun, dit-il en ponctuant son propos de silences impressionnants, que chacun d'entre vous se souvienne des commandements d'amour que l'Éternel a édictés et que chacun, maintenant, fasse selon sa conscience.

– Rentrez chez vous, vous dis-je, rentrez chez vous ! vociférait le Tarsien encore et encore.

À son grand désespoir, ils ne furent que deux ou trois à lui obéir, tous les autres auditeurs des deux conteurs leur demandant maintenant de poursuivre.

Saül partit, plus furieux qu'il ne l'était lorsqu'il avait surgi dans l'assistance, sans se douter qu'il ferait siennes, un jour prochain, les paroles que son camarade avait prononcées ce soir-là, ni qu'il serait celui qui les ferait passer à la postérité.

Chapitre 33

Précédés de Macro, les gardes conduisirent le prisonnier qu'ils avaient extrait de sa cellule dans une salle des cartes où ils le laissèrent seul jusqu'à ce que Caligula l'y rejoigne.

– Eh bien, Pilatus, je vois que tu as triomphé de la mort ! Aurais-tu ressuscité, toi aussi ? demanda-t-il malicieusement. Mes compliments !

Le préfet de Judée se força à contenir une grimace qui hésitait entre reconnaissance et ressentiment.

– Dis-moi donc quelles réflexions t'inspirent ces dessins, lui dit Caius Germanicus en lui montrant les deux grandes feuilles de parchemin déroulées qui avaient été posées, l'une à côté de l'autre, sur deux grandes tables.

– Je... je ne sais pas. Disons que l'une représente l'Empire romain avec toutes ses provinces et rien au-delà, et l'autre, le monde jusqu'à la mer septentrionale et jusqu'au delta du Gange au plus loin à l'est.

– Parfait ! dit Macro à qui l'empereur avait fait signe de prendre la suite. Peux-tu me dire sur chacune quel est le centre du monde ?

Pilatus ne comprenait rien à ces façons de maître d'école vicieux. Sans même s'en rendre compte, il fit glisser son pouce et son index sur son nez cassé comme pour aller chercher dans son passé la force de surmonter cette nouvelle épreuve qui lui était imposée.

– Ici, réussit-il à dire, c'est Rome. Sur cette autre carte, ce serait plutôt, disons, Byzance ou Alexandrie.

– Fort bien ! Et si nous avions une carte à distribuer au peuple, laquelle d'après toi lui donnerions-nous ? demanda le bras droit de l'empereur.

– Celle-ci, répondit l'ancien préfet de Judée en mettant le doigt sur celle dont Rome était le centre.

– Évidemment. Il y a, vois-tu, deux façons de présenter le monde et l'empereur décide de celle qui lui est la plus avantageuse. Comprends-tu ?

– Je crois que oui.

– Mais tu ne vois pas où nous voulons en venir, n'est-ce pas ?

Pontius Pilatus fit un mouvement de la tête pour le confirmer.

– Pour un soldat, tu n'es pas bon stratège, intervint Caligula. Heureusement pour Rome, les dieux ne t'ont pas envoyé commander sur un champ de bataille.

Cette réflexion lui disait quelque chose et il se souvint que c'était à peu près ce qu'il avait dit lui-même au commandant de la centurie qui croyait que le prédicateur nazaréen avait sauvé son serviteur.

– Il me revient donc de t'expliquer, poursuivit Macro.

Toutes nos administrations, que ce soit à Rome ou dans les provinces de l'Empire, toutes nous font part de ce que la mort et surtout la prétendue résurrection de ce Yechoua provoquent d'inquiétantes ferveurs populaires. C'est le cas à Antioche, à Éphèse, à Salamine, à Corinthe et j'en passe. Ce qui pose problème, ajouta-t-il, c'est que nul ne sait jusqu'où cela ira. Dans un an ou deux, la mode sera-t-elle passée ou tout l'Empire sera-t-il touché ? Nul ne le sait. Et dans cette seconde hypothèse fort probable au train où vont les choses, il est hors de question, m'entends-tu, Pontius Pilatus ? cria-t-il beaucoup plus fort, il est hors de question qu'on dise que ce sont les Romains qui l'ont tué, ce satané Juif ! Hors de question ! répéta-t-il.

– Je comprends, dit le préfet d'une voix aussi faible que celle du préfet du prétoire s'était voulue forte, je comprends…

– Il est donc grand temps d'agir, sans perdre davantage de temps ! Qu'en penses-tu, Seneca ? demanda Caligula au philosophe qui était toujours dans sa suite.

– J'en pense, répondit celui-ci, que *nous perdons la plus grande partie de notre vie à différer*.

– Pilatus, reprit l'empereur, les mauvais rois sont ceux qui laissent l'histoire être écrite par les autres ; les bons rois sont ceux qui l'écrivent eux-mêmes. Je vais donc en écrire, ou plutôt en réécrire un chapitre qui pourrait se révéler capital pour les temps futurs.

Le préfet de Judée maudit alors ses parents de ne l'avoir doté que d'une intelligence moyenne. Suffisante, certes, pour avoir gravi les échelons et avoir été promu à la haute fonction qu'il occupait à Césarée, mais insuffisante pour être au niveau d'un souverain ou même seulement d'un préfet du prétoire. Pourquoi diable ne lui avaient-ils pas fait un cerveau capable de comprendre ce que ces derniers mijotaient ? Pourquoi avaient-ils durant toute son enfance inscrit dans ses cellules que sa réussite ne pourrait être que partielle ? Pourquoi son père, particulièrement, n'avait-il eu de cesse de lui répéter qu'il grimperait dans l'échelle sociale, mais pas trop ? Se plaçait-il en concurrence avec lui et, tout en étant fier de son fils – à moins qu'il ne le soit que de lui-même, pour avoir engendré sa progéniture –, craignait-il qu'il soit plus brillant que lui ? Était-il jaloux de l'admiration qu'il susciterait et qui se verrait dans les yeux de la femme qui était épouse de l'un et mère de l'autre ?

– Et j'ai pensé, poursuivit l'empereur, même si ta cervelle aurait fait les délices de nos lions, je crois qu'ils se délectent particulièrement des petites cervelles comme la tienne – ah ! j'oubliais que ton statut m'a fait renoncer à te livrer aux fauves et m'a contraint à envisager ton suicide –, bref, j'ai pensé que tu pourrais te racheter en accomplissant pour moi cette tâche indispensable.

– Si je peux… bien sûr…, bredouilla Pilatus qui n'avait pas la moindre idée de ce que, concrètement, Caligula allait lui demander.

– D'ici trois jours, dit celui-ci de façon plus solennelle, tu partiras parcourir le monde pour y faire connaître partout que ce ne sont pas les Romains qui ont tué Yechoua bar Yosef. Tu iras voir tous ceux qui, sur les forums et les places publiques, autour d'un feu de bois ou à la synagogue, se plaisent à raconter son histoire. Tu leur feras connaître ta qualité, qui donnera du crédit à ton propos, et tu leur diras que tu parles pour rétablir la vérité. Compris ?

– Euh… oui, oui, répondit le préfet de Judée. Oui, je partirai.

– Bien, reprit Caligula. Tu n'en es pas moins destitué et, conformément à notre droit romain, la moitié de tes biens est confisquée, bien sûr. As-tu des questions ?

– Des questions… ah, des questions. Si… si je dis que les Romains n'ont pas tué le Galiléen, alors… qui d'autre… ?

– Et nous voilà au cœur de notre affaire, Pilatus, dit l'empereur. Qu'en dis-tu toi-même ? Si ce ne sont pas les Romains qui sont coupables d'avoir occis le soi-disant Messie d'Israël, puisque telle est à compter de ce jour la seule vérité, à qui donc d'après toi incombera sa crucifixion ?

Chapitre 34

Les disputes et les déchirements de plus en plus fréquents, à cause de ces Juifs qui ne juraient plus que par celui qu'ils appelaient Yechoua *Hamachiah*, prenaient un tour parfois dramatique. Des parents reniaient leurs enfants, des enfants rejetaient leurs parents, des frères ne se parlaient plus entre eux, on interdisait à des gamins de fréquenter leurs cousins, des beaux-parents d'un époux ne voulaient plus célébrer le shabbat à la même table que les beaux-parents de l'autre, des amis ne se voyaient plus et des rabbins se bagarraient au point quelquefois de se taper dessus. Il n'y avait pas une seule institution qui ne connaissait pas de graves remous et le sanhédrin lui-même n'était pas épargné.

Certes, Yosef Caïphe pouvait se féliciter que, faute de la proclamation d'un roi des Juifs, le carnage qu'il avait tant redouté ne s'était pas produit. Cependant la prétendue résurrection du prédicateur nazaréen était manifestement en train de créer des dissensions telles que la perspective d'un schisme aux conséquences catastrophiques semblait se rapprocher à grands pas.

Il y avait, d'ailleurs, cet après-midi-là, au Temple, une réunion de crise, et on allait l'entendre.

Avant même que les débats aient commencé sous la présidence du grand prêtre Yonathan ben Hannan, l'ambiance était houleuse. Nombreux étaient ceux qui se répandaient en invectives, proférant des injures et des menaces contre leurs collègues. Dans un coin de la grande salle du sanhédrin, un petit groupe d'une demi-douzaine de prêtres s'échangeaient les malédictions les plus féroces et des gesticulations véhémentes accompagnaient les propos cuisants que les uns jetaient à la face des autres.

Rabban Gamaliel, les sourcils encore plus froncés que d'habitude, l'inquiétude marquant son front plissé, dut personnellement aller séparer les protagonistes afin que la réunion puisse commencer dans la sérénité. Tout en étant chahuté par une partie de l'auditoire, il osa répéter encore, quand la parole lui fut donnée, sa conviction qu'il fallait laisser la volonté de Dieu s'accomplir.

– Qui sommes-nous, nous, dit-il, pour décider à la place de *Hakaddosh barokhou* ? Qui ? S'il est dans le plan divin que le Galiléen est *Hamachiah* que notre peuple attend, nous le saurons assez tôt !

– Et où vois-tu, lui rétorqua Caïphe furieux, que depuis sa prétendue résurrection il y a quatre ans, les temps messianiques soient advenus ?

– Quatre années ne sont rien pour *Hachem*, dit Nicodème pour soutenir le *Av Beth Din*. Il faut sans doute laisser du temps au temps.

– Du temps au temps ! s'emporta de nouveau Yosef Caïphe. Lis bien nos Prophètes. Ce qui permet de reconnaître le vrai *Machiah*, c'est justement que les événements qu'il a annoncés surviennent. Or, force est de constater que rien, absolument rien ne s'est produit de ce qui était prédit. C'est même plutôt le contraire. La nation d'Israël, loin d'être reconstruite, est plus divisée que jamais ! Le rassemblement annoncé des exilés, tu parles ! On voit plutôt des Juifs qui n'en peuvent plus de nos luttes intestines s'embarquer à Césarée avec leur famille vers d'autres horizons ! Quant à la paix et à la félicité qu'il devait apporter dans le monde, d'une part l'occupation romaine n'a pas cessé, mais en outre Aretas IV a défait Hérode Antipas et l'empereur a fait envoyer les troupes de Vitellius en représailles dans le royaume nabatéen ! Enfin, Nicodème, pour ce qui est de la destruction prophétisée des méchants, laisse-moi rire…

Pendant les deux heures qui suivirent, nombreux furent ceux parmi les soixante et onze membres du sanhédrin réuni en session plénière qui prirent la parole, les uns pour faire des reproches à leurs collègues, les autres pour tenter l'impossible conciliation des contraires. Bientôt le chaos fut tel que Yonathan ben Hannan dut lever la séance sans que rien soit décidé.

Chapitre 35

– Si ce n'étaient pas les Romains qui avaient tué Yechoua bar Yosef, c'étaient forcément les Juifs. C'est ce que j'ai bien été obligé de répondre à l'empereur, dit Pilatus à sa femme qu'il venait enfin de retrouver après deux mois de séparation.

Claudia Procula allait un peu mieux. Si son mari avait été libéré la veille ou l'avant-veille, il l'aurait trouvée au lit, rouge de partout, et incapable de faire un mouvement sans hurler de douleur. Mais, par chance, ce jour-là, elle était debout. Au cours des semaines où Pontius Pilatus avait été retenu par Caligula, il était arrivé à plusieurs reprises qu'elle ait l'impression de recouvrer la santé mais c'était chaque fois pour rechuter le jour d'après ou le suivant. Le fait est que, ce soir-là, sans être à même cependant de lever un seau d'eau pour le renverser dans une bassine, elle put accueillir son époux à peu près normalement.

– Les Juifs ! s'emporta-t-il. C'est insensé ! Totalement insensé ! Ça ne tient pas la route un instant !

– Insensé ? répéta-t-elle.

– Macro a dit qu'il n'y avait pas de meilleurs coupables. Il s'est amusé de ce que ce peuple est bien connu pour le mépris qu'il affiche envers nos divinités et il a cité Diodore de Sicile selon lequel la haine du genre humain est, pour Israël, un véritable dogme.

Claudia fit une moue qui signifiait que même si elle n'aimait pas ces hommes et femmes qui ne croyaient qu'en un Dieu invisible, leur imputer la mort du fils du charpentier de Nazareth était un peu exagéré.

– Même Seneca s'y est mis, ajouta son mari. Il a parlé de leur nation comme de la plus criminelle de toutes. Je me demande comment ils font pour attirer tant de haine.

– Quand on y pense, si l'on observe nos modes de vie, on voit que chez nous les Romains, ce qui compte ce sont les plaisirs, les jeux, les bains et… à peu près rien d'autre, alors que chez eux, il semble bien qu'il n'y ait que leur Dieu qui importe et le culte qu'ils Lui vouent.

– Et ça expliquerait, d'après toi, qu'ils soient autant mal-aimés ? dit Pilatus.

– Je ne sais pas, mais leurs habitudes à l'opposé des nôtres dérangent ! Du moins, c'est comme ça que je le vois ! Par exemple, celui qui ne vit que pour les jeux et les paris n'a pas envie d'entendre qu'il ferait mieux de chercher à cultiver un cœur pur et d'élever son esprit pour être dans l'amour de ses semblables et dans l'amour d'un Dieu ! Dans la mesure où les Juifs peuvent représenter tout ce qu'on ne fait pas, tout ce dont on ne veut pas pour soi, alors, forcément, on n'aime pas !

– En tout cas, Caligula a conclu que leur réputation était déjà si détestable que le monde n'aurait aucun mal à croire qu'ils soient les véritables responsables de la mort du *rabbi* de Nazareth.

– Il me semble bien optimiste, fit Claudia Procula.

– Franchement, tu nous vois aller à Jérusalem, à Bethléem ou à Capharnaüm et dire aux conteurs juifs qui ne cessent de raconter à un public juif cette histoire extraordinaire et fantastique de l'un des leurs crucifié et ressuscité que ce sont les Juifs qui l'ont tué ? Nous allons nous faire étriper !

– Nous faire étriper, redit-elle.

– C'est ce que j'ai objecté à l'empereur, et sais-tu ce que m'a répondu son préfet du prétoire en me parlant comme à un demeuré qui ne sait pas réfléchir ?

– Dis-moi.

– Il m'a confirmé qu'en effet, en allant parler aux Juifs, je me ferais jeter. Moralité ? m'a-t-il lancé d'un air moqueur, c'est tout simple, il faudra surtout aller parler aux non-Juifs.

– Ah oui ?

– Ce larbin qui lécherait les savates de Caligula s'il le lui demandait, et même s'il ne le lui demandait pas, m'a expliqué que, selon ses informations, on trouvait aussi maintenant des adeptes du soi-disant ressuscité dans de nombreuses contrées en dehors du Proche-Orient. On en avait signalé en Asie Mineure, en Grèce, à Chypre, en Afrique et même à Rome. Il a précisé que je pourrais peut-être tenter ma chance avec certains Juifs qui sont remontés contre ceux qui ont rejeté la messianité du Nazaréen.

– Tu penses qu'ils vont t'écouter ?

– Macro m'a pris à part après que Caligula est allé vaquer à d'autres occupations. Il m'a convoqué cet après-midi pour discuter du mode opératoire. Mais quoi qu'il me dise, ça ne va pas être facile !

– Je le crains, en effet !

– Je ne me suis pas privé de le lui dire mais leur philosophe de service a énoncé doctement que les choses ne sont pas difficiles en elles-mêmes. Elles le sont parce qu'on les voit comme telles et parce qu'on n'ose pas.

– J'ai déjà entendu une ânerie de ce genre… Que la difficulté est souvent une croyance. Qu'il y a des certitudes auxquelles on tient à tout prix. On se réjouirait, paraît-il, de pouvoir vérifier qu'elles sont vraies au point d'attirer les situations qui nous le permettent ! Et il y en a qui appellent philosophie de pareilles élucubrations !…

– Évidemment, inutile de te dire que la moitié de nos biens est confisquée et je ne pourrai me présenter de nouveau à Rome et récupérer ce qui est à nous que lorsque seront revenus aux oreilles de l'empereur les mots justes et parfaits.

– Ça veut dire quoi, ça, « les mots justes et parfaits » ?

– Macro, encore lui, m'a expliqué que ce serait lorsque

l'empereur aura entendu au moins trois fois l'histoire de la fin de Yechoua de Nazareth racontée selon sa version.

– Mais il va nous falloir des années pour y arriver ! protesta Claudia Procula.

– J'en ai bien peur !

Chapitre 36

Plus de deux semaines étaient passées depuis que son père avait rendu visite à Caïphe, et Yosef ne voyait pas comment il pouvait se présenter devant l'ancien grand prêtre. Il le reconnaîtrait forcément et fatalement le mettrait aussitôt dehors. En d'autres temps, avant d'avoir croisé le chemin de Yechoua, il s'en serait voulu d'avoir saboté son union avec Myriam en allant stupidement se faire remarquer par les gardes du Temple, il en aurait voulu au système, il en aurait voulu à sa religion, il en aurait voulu à pas de chance, il en aurait voulu au monde entier. Mais depuis qu'il avait entendu ce que le *rabbi* de Nazareth disait dans ses prêches et surtout depuis qu'il avait profondément intégré son message dans toutes les cellules de son corps et de son esprit, il ne cherchait plus aucun coupable à quoi que ce soit ; il prenait l'entière responsabilité de ce qui lui arrivait. L'important n'était plus ce qui s'était passé, comme autrefois lorsqu'il se complaisait à être victime de ce qui lui tombait dessus. Non, ce qui comptait désormais, c'était comment, grâce à ce qui lui arrivait, il allait, plus encore, être animé par l'esprit de *Hakaddosh barokhou* et pratiquer l'amour au-delà du possible.

Ce soir-là, d'ailleurs, alors que les flammes dans le brasero commençaient à perdre de leur intensité, Yosef concluait son propos, assis en tailleur, en rapportant à son auditoire les mots de *rabbi* Yechoua qui disait : « Écoutez bien. *Ne jugez pas, et vous ne serez pas jugés ; ne condamnez pas, et vous ne serez pas condamnés ; remettez, et il vous sera remis.* »

Une jeune femme qui s'était assise, accroupie, dans la première rangée des demi-cercles plus ou moins réguliers qui s'étaient formés autour de lui essaya de prendre la parole mais ses larmes l'en empêchèrent.

– Comment t'appelles-tu ?

– Lila, réussit à bredouiller celle-ci.

Il reconnut alors la servante de Myriam qu'il avait aperçue pour la première fois sur la place des Tisseurs de laine en conversation avec sa cousine Rachel, puis une deuxième fois en lisière des vignes où la fille de Caïphe préparait Tou Be Av.

– Eh bien, Lila, veux-tu me dire quelle est cette émotion qui semble t'envahir ? Serais-tu touchée par la grâce ?

– C'est… c'est que, parvint-elle à énoncer en séchant ses larmes, c'est que s'il n'y a plus… plus de jugement, alors… alors…, nous… nous… – ses sanglots redoublèrent – cela veut dire que nous… nous sommes innocents !…

– C'est cela, femme, dit-il, tu as tout compris. En ne jugeant pas notre prochain, et en ne nous jugeant pas nous-mêmes, nous abolissons la culpabilité et, dès lors, en effet, nous sommes innocents.

– Ce n'est pas possible d'abolir la culpabilité ! clama un homme derrière Lila.

– Comment faire pour l'abolir ? demanda un autre, au crâne dégarni.

– Vous rêvez ! s'exclama un troisième assis au milieu de tous.

– J'ai conscience que la question est délicate et je comprends qu'elle fasse débat. Voulez-vous, demanda Yosef en s'adressant à tout l'auditoire, que nous prenions encore quelques minutes pour essayer d'y voir plus clair à la lumière de l'enseignement que j'ai reçu et de cette flamme encore vivante ?

Il désigna le feu dont la timide ardeur prolongeait encore un peu les faibles lueurs du crépuscule. Des « oui, oui, oui » fusèrent de toutes parts et ceux qui avaient été sur le départ se rassirent.

– Nous passons notre vie entière à porter le fardeau de la culpabilité et comme il est trop lourd, beaucoup trop lourd, insista-t-il, que faisons-nous ? Oui, que faisons-nous ? demanda-t-il encore en interrogeant son public du regard et du menton. Toi, par exemple, dit-il en s'adressant à Lila, que fais-tu ?

– Je… je ne sais pas, balbutia la jeune servante intimidée.

– Voyons, toi, dit-il en s'adressant à un gaillard d'une trentaine d'années bâti pour soulever des pierres de taille, il t'arrive, n'est-ce pas, de porter des bûches, des briques, des meubles, que sais-je encore, n'est-ce pas ?

– Oui, bien sûr, admit l'homme.

– Et si tu as vu trop gros et que tu ne peux plus avancer avec ta charge, que fais-tu ?

– Eh bien… par exemple, j'appelle mon frère pour qu'il m'en prenne un peu.

– Voilà, c'est exactement cela ! Et nous procédons de la même manière avec la culpabilité. Lorsqu'elle est devenue insupportable, tout en étant souvent invisible, nous nous en délestons sur notre frère. Et savez-vous comment ?

Les uns et les autres parurent réfléchir puis ils firent signe que non de la tête.

– C'est tout simple, et vous faites cela plusieurs fois par jour : vous dites que ce qui arrive est sa faute. Eh oui, ajouta-t-il, quand ce n'est pas votre faute, c'est la faute de l'autre. Tenez, poursuivit-il, si j'étais mal dans ma peau pour une raison ou pour une autre, m'accusant d'avoir mal fait ceci ou cela, de ne pas avoir assez aimé celui-ci ou celle-là, de ne pas avoir été à la hauteur ici ou là, et si ce mal-être était diffus au point de ne pas me permettre de me rendre compte de la culpabilité qui me pèse, alors pour m'en décharger un peu je pourrais, à l'instant, m'en prendre aux incapables qui ont allumé ce brasero en ne prévoyant pas assez de bois pour qu'il dure suffisamment longtemps.

– Est-ce que c'est pour cela que certains désignent des

coupables pour la crucifixion de celui dont tu nous parles ? demanda le même costaud.

– Mais oui, frère, sans doute ! Bien vu ! J'ai souvent entendu les Romains être accusés…

– Et moi, ajouta un autre homme dans l'assistance, j'ai entendu dire qu'il y avait eu un traître qui l'avait désigné aux soldats qui sont venus l'arrêter.

– Moi, dit une femme qui se tenait non loin de Lila, j'ai entendu des païens dire que c'était la faute des Juifs !

– Eh oui ! reprit Yosef, c'est le drame de notre époque, chercher un coupable à tout ce qui arrive ! Raison pour laquelle le monde va mal ! Raison pour laquelle il n'y aura de paix sur la terre et en nous-mêmes que lorsque nous nous serons débarrassés de ce fléau.

– Mais comment faire, on t'a demandé ? cria le chauve qui avait déjà posé la question.

– C'est en commençant par nous-mêmes que nous y parviendrons. En nous faisant une véritable religion de ne pas chercher à nos malheurs la faute de quiconque, en nous faisant une religion d'élever nos enfants sur un tout autre mode que celui de « qui a fait ça ? », en nous faisant une religion d'apprécier ce qui est plutôt que de vouloir ce qui aurait dû être et qui n'est pas, en nous faisant une religion de ne pas être victimes de ce qui advient et de nous en remettre, en toutes circonstances, à la volonté du Saint, béni soit-Il.

– Mais, le coupa la femme assise à proximité de Lila, Yechoua, pourtant… ?

– Quoi, Yechoua ? demanda-t-il. Chercher des coupables ne le fera pas revenir, cela ne fera qu'éloigner l'Esprit Saint qu'il appelait sur chacun de nous. Chercher des coupables pour sa crucifixion ne fera que placer en nous de l'amertume et de la rancœur. Et si l'on se projette plus loin, dans le futur, chercher des coupables ne pourra que créer des drames, ajouter de la désolation à la tristesse et, en tout état de cause, éloigner l'humanité de son message, celui-là même que je vous donnais tout à l'heure : ne jugez pas, ne condamnez pas.

– Mais on ne peut pas ne pas juger et ne pas condamner celui qui nous fait du mal, dit l'individu qui avait parlé de traîtrise.

– Voyez, mes amis, la voie que nous a indiquée le Sauveur. Sur la croix, il n'a accusé personne, ni maudit qui que ce soit. Il nous a montré ainsi tout l'inverse de ce à quoi nous sommes habitués, c'est-à-dire, comme je vous le disais, de trouver des coupables à nos maux pour ne pas voir la culpabilité qui est en nous et de les agresser pour essayer, mais en vain, de guérir notre mal-être. Il s'est sacrifié pour nous, précisément pour que nous sortions du cycle infernal de la culpabilité. Au lieu de désigner ses bourreaux à la vindicte – « *Seigneur*, a-t-il dit à l'heure de son supplice, *pardonne-leur, ils ne savent pas ce qu'ils font* » –, il a donné du sens à son épreuve et c'est ainsi et pour cela qu'il a ressuscité d'entre les morts. Sur la croix, il a resplendi de son innocence et il nous a montré que, de même qu'il était innocent, nous sommes tous innocents. Tous autant que nous sommes, répéta-t-il.

– Le méchant n'est pas innocent ! protesta celui qui avait la carrure d'un tailleur de pierre.

– Un homme ne devient méchant que parce que, un jour, son innocence a été violée.

Il se pencha alors vers Lila et, avec l'une des franges de son vêtement, il essuya une larme qui coulait sur sa joue. Sans doute pensait-elle à toutes les fois où dans sa vie elle s'était sentie coupable de quelque chose.

– Tu es innocente, mon enfant, lui dit-il en fixant intensément son regard. Tu es innocente de toutes les fautes que tu crois avoir commises. Comme nous tous, tu as fait des erreurs, comme nous tous, il est arrivé que tu te trompes, comme nous tous, tu as blessé ton prochain, mais c'est juste que tu ne savais pas. Dans le fond, ton cœur est pur et toi, tu es innocente. Je te le dis, tu es innocente, ma sœur. Innocente.

Yosef se tourna alors vers son auditoire plongé dans un silence religieux et il ajouta :

– C'est grâce à notre innocence que nous pouvons prétendre entrer dans le royaume de *Hakaddosh barokhou*, car quiconque n'accueille pas Son règne comme un petit enfant innocent n'y entrera certainement pas.

Il avait à peine fini de prononcer ces mots que les dernières petites étincelles du feu qui l'éclairait encore un peu s'éteignirent tout à fait. Était-ce parce que la lune n'était pas loin d'être pleine ou que des étoiles étincelaient dans un ciel parfaitement dégagé, mais un passant aurait pu croire qu'une lumière faisait resplendir en gouttelettes dorées les pleurs de Lila et de beaucoup d'autres dans l'assistance.

Chapitre 37

– Nous avons, dit Macro en tête à tête avec l'ancien préfet de Judée, les récits à peu près conformes des circonstances racontées un peu partout de la mort du prédicateur galiléen. Nos informateurs nous les ont transmis. C'est donc tout naturellement à partir de la synthèse de cette version que nous allons travailler.

Pontius Pilatus approuva timidement. Il n'avait pas encore d'idée précise de ce qu'allait être ce « travail ».

– Eh bien, commençons sans plus tarder. D'après ce qui se dit, ce sont tes hommes qui sont allés arrêter Yechoua bar Yosef chez le dénommé Yohanan, le prêtre qui baptisait dans le Jourdain. Donc, toi, tu vas dire partout que ce sont les gardes du sanhédrin qui s'y sont rendus. Jusque-là, pas de difficulté. N'es-tu pas le mieux placé pour assurer que ce n'est pas toi qui étais à la manœuvre ?

– Si, si, en effet !

– Après tout, c'est plausible, puisque le Temple a sa propre milice, n'est-ce pas ?

– Mais, si je peux me permettre, cette milice ne

pouvait intervenir que pour des méfaits touchant au religieux, comme le non-respect du shabbat, la violation des interdits alimentaires, le fait de prononcer le nom de Dieu, ce genre de choses…

– Parfait, parfait, approuva le préfet du prétoire, puisque tout cela justifie une comparution devant le sanhédrin.

– Mais…, balbutia Pilatus, je t'ai dit qu'il n'y a pas eu de…

– Et moi, le coupa Macro, je te dis ce que l'histoire devra retenir : il y a eu une comparution devant le sanhédrin qui a condamné à mort le Galiléen et ensuite une comparution devant toi mais seulement pour que tu donnes ton exequatur…

– Ça ne tiendra pas la route, osa protester le préfet destitué.

– Débrouille-toi ! À part les Juifs, et encore, car bien peu de gens connaissent le fonctionnement des institutions judiciaires de leur pays – à Rome même, les citoyens ignorent à peu près tout de leur justice ! Ils s'en plaignent, ils la trouvent laxiste, parfois incohérente, mais ils ne savent pas comment elle est organisée ! –, à part, disais-je donc, une poignée de Juifs, personne ne sait comment les différents pouvoirs s'articulent en Judée. Alors, tu embrouilles tout cela et je te garantis que ça passera ! Compris ?

– Je… je ferai de mon mieux.

– Bien, poursuivons. Donc, les hommes du *sagan* l'arrêtent et le mènent devant Hannan.

– Tu disais devant le sanhédrin ?

– Oui, mais d'abord devant Hannan, puis devant Caïphe, parce qu'il faut absolument mouiller les grands prêtres au maximum. Après tout, ce sont eux les chefs spirituels du judaïsme. Plus ils seront impliqués et plus les Juifs, dans leur ensemble, apparaîtront comme coupables. De toute façon, cela correspond à ce qui s'est passé, non ?

– Ben… oui, admit Pilatus qui avait en effet raconté à Caligula et à son préfet du prétoire l'épisode de la comparution du Nazaréen devant les grands pontifes.

– Il faut coller au maximum à la réalité. Notre version n'en sera que plus vraisemblable. Et rajoutes-en. N'hésite pas. Les gens de la plèbe dans l'existence desquels il ne se passe pas grand-chose ne vivent le plus souvent qu'à travers les histoires des autres. Ils ont besoin de s'entendre raconter des péripéties qu'ils peuvent facilement se représenter et qui vont appeler leur désapprobation, leur révolte et, si possible, leur haine pour les méchants.

– Les méchants ?

– Oui, les méchants. Pour que notre plan fonctionne, il faudra absolument qu'il y ait les gentils et les méchants.

L'ancien préfet de Judée ne put s'empêcher d'exploser d'un rire nerveux.

– Quelle est la cause de cette hilarité ? lui demanda Macro.

– C'est que, répondit-il en s'esclaffant, les Juifs appellent les étrangers les « Gentils », et… le comble, c'est que, là, les gentils seront vraiment les Gentils ! Ah, ah, ah !

– Et pendant que j'y pense, continua le bras droit de Caligula après que son interlocuteur se fut calmé, et puisqu'on parle de méchants : cet épisode de trahison sur lequel nous sommes passés rapidement quand nous en avons parlé avec notre illustre Cæsar, ce serait bien de l'exploiter au maximum. C'est toujours bien dans une histoire qu'on y introduise un traître. Ça donne du piment ! Donc, d'après ce que tu nous as dit, le scélérat qui jouait double jeu n'a pas eu besoin de trahir car Yechoua s'est désigné tout seul. C'est bien cela ?

– Oui, c'est cela.

– Eh bien, tu insisteras quand même sur la trahison. Et pour la rendre plus crédible, tu en rajouteras, là encore, en disant que le type a eu des remords et qu'il a voulu rembourser l'argent qu'il avait reçu. Oui, ça, c'est bien trouvé ! Très bien trouvé ! Un traître qui se repent, cela rend la trahison encore plus plausible et, paradoxe, les gens le honnissent encore plus ! Quand j'étais enfant, je rêvais de devenir dramaturge comme Eschyle, Sophocle ou Terentius* ! Cela m'aurait plu ! Ah ! mais, j'y pense, il faut donner une somme exacte ! Ça sonne toujours plus vrai ! Tu ne trouves pas ?

– Je… je prends note… Je… je vais y réfléchir.

– Que dirais-tu de trente pièces d'argent ? Ça paraît véridique, non ? Et comment nous as-tu dit qu'il s'appelait, le traître ?

– Yehuda.

– Yehuda ! s'exclama Macro. Il me semblait bien que

c'était quelque chose comme ça ! Si on avait voulu, je ne suis pas sûr qu'on aurait trouvé mieux ! Yehuda !

L'ancien préfet de Judée ne comprenait pas où Macro voulait en venir.

– Tu ne vois pas l'intérêt de ce nom, n'est-ce pas ? demanda ce dernier.

– Pas vraiment, non, répondit Pilatus.

– Toi qui as vécu en Judée pendant plus de dix ans, tu dois bien avoir quelques rudiments d'hébreu pourtant ?

– Je connais quelques mots, en effet.

– Alors, *yehudim*, ça te dit quelque chose, *yehudim* ?

– Oui, bien sûr, c'est ainsi que les Juifs se nomment eux-mêmes.

– À la bonne heure ! *Yehudim*, ça veut dire « Juifs » et quand tu auras bien fait ton travail, *yehuda*, ça voudra dire « traître ». Tu vois un peu ça ! *Yehuda*, *yehudim* ! Cette quasi-homonymie est bien opportune ! Si tu te débrouilles comme il faut, dans mille ans, on associera encore les Juifs aux traîtres ! Et toi et Rome aurez les mains complètement lavées de cette affaire. C'est ce que nous voulons, n'est-ce pas ?

– Oui, oui ! En effet, convint Pontius Pilatus qui entrevoyait mal comment l'histoire qu'il raconterait pourrait avoir une telle diffusion dans le temps.

– Et arrange-toi pour donner de la couleur à tes personnages. Exagère les défauts des méchants ! Exalte les qualités des gentils ! Ne te prive pas ! Dans ce genre d'histoire qui mêle le religieux au mystique, tu as le champ libre, car le public est prêt à tout avaler ! D'accord ?

– D'accord.

– Bien, alors revenons à la comparution devant Hannan. Là aussi, il faudra en rajouter.

– Que veux-tu que je dise de plus ? demanda l'ancien préfet de Judée.

– Tu n'as donc aucune imagination ! protesta Macro. Je ne sais pas, moi, invente ! Échafaude qu'il a été insolent et qu'un des gardes l'a violemment giflé ! Tiens, une idée, pourquoi ne dirais-tu pas que Hannan, rendu fou de rage en entendant les réponses qu'il lui faisait, en a déchiré sa tunique ? Ne nous as-tu pas dit que les Juifs faisaient cela quand ils étaient très énervés ?

– Oui, en effet, je te confirme que, dans cette région du monde, c'est signe d'une extrême réprobation. Il est fréquent que les pères irrités par le comportement de leurs enfants montrent à quel point ils le réprouvent en accompagnant l'expression de leur courroux par ce geste spectaculaire.

– Eh bien, tu vois ! Ça tient la route ! Et que dirais-tu de ton patriarche juif qui crierait au blasphème en prenant à témoin les personnes présentes ? Il leur dirait : « Vous avez entendu ! Ce scélérat, ce moins que rien, cet usurpateur revendique un rang divin, c'est insupportable ! » Qu'en penses-tu ? Ça sonne vrai, non ? Tiens, je me mets à ta place : « C'est alors – commença à déclamer le préfet du prétoire comme s'il parlait à un auditoire accroupi autour de lui en attente d'entendre un récit extraordinaire –, c'est alors qu'un des gardes du Temple s'en est mêlé et qu'il a proposé de mettre Yechoua au défi. "On va bien voir si tu es un prophète !" lui dit-il en s'approchant de lui et en lui crachant à plusieurs reprises au visage. – C'est bien ça, les crachats au visage ! commenta Macro en cherchant l'assentiment de Pilatus, c'est vraiment bien, les gens aiment ça ! – Et comme le Galiléen ne réagissait pas autrement qu'en inclinant la tête, le garde juif l'exhorta à faire voir ce dont il était capable : "Eh bien, montre-nous tes pouvoirs ! C'est le moment ! Montre-nous ce que peut faire le Fils du Seigneur !" Et ses compagnons se mirent à crier : "Montre-nous ! Montre-nous !" Et pour le mettre davantage à l'épreuve, ils lui crachèrent à leur tour au visage. Des serviteurs de l'ancien grand prêtre et des esclaves firent de même en le frappant et en l'insultant. Un autre garde, plus audacieux que les autres, tira si fort sur sa barbe qu'il lui en arracha une grande touffe. Beaucoup s'accordaient alors sur l'évidence d'une supercherie. Un soi-disant Prophète qui n'était pas même capable de se tirer d'affaire devant eux, comment serait-il capable des prodiges qu'on lui attribuait ? »

Macro s'arrêta, manifestement satisfait de sa prestation théâtrale.

– Alors, demanda-t-il à Pilatus en quittant son personnage, comment trouves-tu ces petits ajouts à la version des faits que tu nous as racontée ?

Celui-ci haussa les épaules comme pour dire : « Je ne

sais pas, pourquoi pas, si tu veux, je peux essayer... » Le préfet du prétoire en rajouta :

– Bien... Alors les grands prêtres d'abord et ensuite le sanhédrin réuni de nuit, car je n'oublie pas que nous sommes jeudi soir après dîner et qu'il se faisait tard...

– Alors là, objecta l'ancien préfet de Judée, c'est tout à fait impossible, je te garantis que le sanhédrin ne peut pas s'être réuni la nuit...

– Qui le sait ?

– Tout le monde le sait !

– Ah, tu crois ! Tu penses vraiment que le nouvel adepte du soi-disant ressuscité à Antioche ou à Éphèse a la moindre idée de quand peut ou ne peut pas se tenir cette assemblée ?

– Soit, dit Pontius Pilatus, mais tu me conseillais de coller à la réalité...

– Quand elle nous arrange ! répliqua Macro. Poursuivons encore. Où en étais-je ? Ah, oui, veux-tu un peu d'eau ou une coupe de vin ? Cette chaleur qui dure est suffocante.

À ce geste, l'ancien homme fort de Césarée mesura que son statut avait changé. Non seulement il avait retrouvé sa liberté mais il avait droit à un peu plus de considération. Il accepta donc une coupe de vin, évidemment coupé avec de l'eau pour être consommable. Quand l'échanson se fut retiré, le préfet du prétoire reprit :

– Donc, dans ta version, celle qui prévaudra, retiens bien cela : après la trahison du Juif Yehuda, le dénommé

Yechoua est conduit devant Hannan, les gardes se moquent de lui, lui crachent au visage, lui flanquent un coup violent sur la joue et lui arrachent la barbe. Ça marquera les esprits.

– Arracher la barbe, c'est impossible ! Il faut une force redoutable pour cela et il faut aussi que le type soit attaché ou qu'au moins deux ou trois gaillards le maintiennent bien fortement.

– Tu n'as pas compris que plus c'est invraisemblable, plus c'est extraordinaire et plus les gens croient ce qu'on leur raconte !

– Bien… je… j'essaierai.

– Non, n'essaie pas ! Essayer est un mot de perdant. C'est la chance qu'il se donne de rater en se disculpant par avance en cas d'échec. Un enfant promet à son maître qu'il va essayer et quand il n'a pas réussi, il ne se sent coupable de rien. Il a tenu le seul engagement qu'il avait pris, celui d'essayer ! Tu n'es plus un gamin que je sache, n'est-ce pas ? Alors, Cæsar ne veut pas que ton engagement soit seulement d'essayer !

– Je… je vois.

– Ah ! autre chose, ce Barabbas que tu as gracié, fais donc de cela un épisode marquant.

– C'est-à-dire ?

– Tu as un homme à gracier sur deux. Ne prends pas la décision tout de suite. Donne le choix aux Juifs. Demande-leur lequel ils veulent que tu libères et fais-leur répondre : « Barabbas, Barabbas ! » Tu vois, avec ce genre de péripéties, les gens qui écouteront les récits qui leur seront faits seront passionnés et ils les répéteront d'autant plus volontiers. Et avec cela, les Juifs seront encore plus coupables, et toi, Pilatus, et surtout Rome, pratiquement hors de cause. C'est parfait, tu ne trouves pas ?

– En effet, approuva sans trop de conviction l'ancien préfet de Judée.

– Caius Germanicus voit encore plus grand. Il faudra non seulement que Rome soit hors de cause mais que toi, Pilatus – apprécie donc le renversement de situation ! –, tu apparaisses comme un saint.

– Moi, un saint ? Mais comment cela pourrait-il être possible ?

– Rien de plus simple. Il suffira que tu insistes sur le fait que les Juifs t'ont forcé la main. Tu te présenteras comme celui qui aurait voulu mais qui, hélas, n'a pas pu faire autrement.

Pilatus était abasourdi mais l'idée ne fut pas pour lui déplaire.

– Bien, alors, reprit Macro, sache que l'empereur a conçu le déroulement de toute la suite de l'histoire. Maintenant que nous en avons un peu parlé et que tu as compris, je l'espère, parce qu'on ne va pas y passer des heures, je te remets ce parchemin. Toi, le soldat de la classe équestre, tu sauras t'y conformer en tout point.

– Ah bon ? dit celui-ci qui s'attendait à ce que Macro lui expose, de vive voix, la totalité du plan conçu par Caligula. Tu ne m'en dis pas plus ?

– Tu sais lire, non ?

– Oui, bien sûr.

– Alors, j'en ai fini avec toi. D'ici deux ou trois ans, cinq tout au plus, le monde entier haïra les Juifs pour la mort de ce Yechoua et il glorifiera Rome. À toi de jouer !

Pontius Pilatus approuva en hochant la tête.

– Ah, j'oubliais, dit encore le préfet du prétoire. Ce parchemin, apprends par cœur ce qu'il contient et rends-le-moi afin que je le détruise. Inutile de laisser traîner ce genre de choses car tout cela est, évidemment, un secret absolu. Entendu ?

– Entendu.

Chapitre 38

Lorsqu'ils avaient perçu que la situation pouvait sérieusement dégénérer, ils avaient quitté le sanhédrin. L'un comme l'autre ne souhaitaient pas que leur nom soit mêlé à un pugilat qui ferait scandale.

Ils cheminèrent ensemble dans les rues de la Vieille Ville, la demeure de Nicodème, dans le quartier des prêtres, étant sur le trajet de Gamaliel.

– Et qu'attends-tu pour nous rejoindre ? demanda au *Av Beth Din* celui qui, quatre ans plus tôt, avait aidé Yosef d'Arimathie à porter Yechoua au tombeau.

– Vous rejoindre ? s'étonna le président du tribunal en plissant ses yeux intensément.

– Oui, tu m'as bien compris. Le ressuscité a dénoncé des pratiques et des abus que nous critiquons nous-mêmes depuis longtemps, alors pourquoi ne pas être de ceux, de plus en plus nombreux, qui suivent sa voie ?

– Et où crois-tu qu'elle mènera, cette voie ? À une nouvelle religion ?

– À plus de fraternité entre les hommes, à la paix, à la bienveillance…

– Ce n'est donc pas une religion pour les hommes, rétorqua Gamaliel.

– Bien sûr que si, s'exclama Nicodème alors qu'ils venaient de dépasser le bassin de Siloé, qu'est-ce que tu racontes ?

– Écoute, ils sont nombreux, les prophètes, depuis des millénaires, qui ont crié leur réprobation et leur colère envers notre peuple et cela n'a jamais rien changé. Rappelle-toi, ne serait-ce qu'Isaïe 1, 4 : *« Malheur à la nation pécheresse, au peuple chargé d'iniquités, ils ont abandonné l'Éternel, ils ont méprisé le Saint d'Israël …* », tu connais la suite. Alors, vois-tu, à mon avis, en tenant le même langage, ton Yechoua n'a rien inventé.

– Veux-tu dire que rien ne pourra jamais changer dans ce monde ? demanda Nicodème alors que deux prostituées les accostaient pour leur proposer leurs services.

– Tu viens, chéri ? dit l'une d'elles en découvrant ses cuisses à la vue de Gamaliel qui poursuivit son chemin sans lui répondre.

– Allez, on se laisse tenter ? susurra sa copine. On vous fait un petit prix pour tous les deux. Une partie à quatre, ça vous tente, hein, petits coquins ?

– Tout peut changer, bien sûr, répondit le *Av Beth Din* qui n'avait pas perdu le fil de sa pensée, et tout change en permanence puisque la vie est mouvement. Pour autant, aussi longtemps que les fidèles seront des hommes et non pas des saints, alors il y aura des abus qui seront le fait de quelques-uns, alors il y aura des lois et des préceptes qui ne seront pas respectés, alors il y aura des objets de culte en or et en argent et des pauvres qui auront faim, alors il y aura des jeux de pouvoir…

– Tu ne peux pas dire cela, protesta ben Gorion, c'est un pessimisme qui ne te ressemble pas.

– C'est du réalisme, mon cher, du réalisme, répliqua Gamaliel. Tiens, imagine que les adeptes du Nazaréen parviennent à imposer leurs idées. J'en serais heureux : quel homme ayant vraiment foi en *Hakaddosh barokhou* ne le serait pas ? Qui ne voudrait pas, comme tu dis, la paix et la fraternité entre les hommes ? Mais qu'adviendra-t-il un jour ou l'autre ?

– Je ne suis pas devin, répondit Nicodème alors que tous deux peinaient maintenant à parvenir au sommet de la venelle à la pente particulièrement prononcée sur laquelle ils se trouvaient.

– Pas besoin de l'être, objecta le *Av Beth Din*, pour envisager sans trop grand risque d'erreur que le temps viendra où, de la même façon qu'aujourd'hui, certains dénonceront de nouveau des déviances par rapport au dogme. Ils s'en prendront aux richesses du clergé, aux inégalités sociales, aux excès de certains prêtres et à je ne sais quoi encore. Ils protesteront et voudront faire valoir leurs propositions de réforme. Et que feront, d'après toi, les hauts dignitaires ?

– Je devine ce que tu vas dire.

– Eh oui, parce que c'est évident. Ils feront ce que

Hannan et Caïphe et les autres font en ce moment. Ils s'opposeront à la réforme et il y aura des troubles et pire encore peut-être…

– Mais alors, demanda Nicodème, à ton avis, il n'y a rien à faire ?

– Il y a tout à faire mais de l'intérieur. Il n'y a, selon moi, que de l'intérieur que les changements sont réellement possibles et cela dans les deux sens du terme.

– Que veux-tu dire par « les deux sens du terme », Rabban ? lui demanda son collègue alors qu'un linge suspendu à une croisée de fenêtre pourvue d'un contrevent en bois venait ébouriffer sa barbe brune.

– Eh bien, d'abord, l'intérieur des institutions et, en même temps, l'intérieur de chacun de nous. Mais nous voici devant ta porte, nous poursuivrons cette intéressante conversation une autre fois, si tu veux…

– Poursuivons-la tout de suite, suggéra Nicodème ben Gorion. Ruth, ma femme, sera ravie de te faire goûter les meilleures pâtisseries au miel de toute la Judée.

– Dit de cette façon, je ne peux résister, répondit Gamaliel.

– Entre, je te prie, et prends place, je vais avertir que j'ai un invité.

Autour de la table basse sur laquelle un plateau délicatement garni de petits triangles aux amandes et au miel avait été posé, les deux hauts dignitaires du culte judaïque parlèrent de choses et d'autres. Des gâteaux, de la maison, de leurs épouses, de leurs enfants et peut-être même du temps qu'il faisait à Jérusalem à cette époque de l'année.

– Tiens, s'interrompit Nicodème, voici mon frère, le médecin… Entre donc, Éliezer… Tu connais Rabban ?

– Je ne veux pas déranger, dit le nouvel arrivant, j'ignorais que tu étais avec…

– Tu ne déranges pas, le rassura Gamaliel, nous parlions de tout et de rien…

– Mais avant cela, corrigea son frère, nous dissertions autour de l'idée de changer les choses de l'intérieur.

– Ah ! intéressant.

– Je ne doute pas que tu auras un avis éclairé sur la question, ajouta le *Av Beth Din*.

– Je ne suis qu'un modeste praticien, se défendit le docteur ben Gorion.

– Un modeste praticien dont la réputation dépasse nos frontières.

– Eh bien… pour en revenir aux brebis égarées que sont les enfants d'Israël à en croire les Prophètes, dit Nicodème, tu me parlais de changements de l'intérieur.

– Oui, mais d'abord, si tu permets, laisse-moi te dire que cette manie de procéder comme Isaïe et les autres me met mal à l'aise, déclara Gamaliel. Elle consiste à toujours critiquer ce qui est, à dépeindre la société de la façon la plus noire possible, à se plaindre que les pauvres sont encore plus pauvres et les riches encore plus riches, que tout va à vau-l'eau, que le déclin est imminent et que sais-je encore. Moi, ça me choque terriblement. Certes, tout n'est pas pour le mieux sur notre Terre promise et il y aura toujours des imperfections à corriger, mais pourquoi vouloir s'acharner à ne souligner que ce qui ne va pas ? Pour avoir plus d'adeptes ? Pour être le sauveur qui aura la solution à tous les problèmes ? Vois, ton Yechoua, pourquoi ne se réjouissait-il pas de la piété de beaucoup parmi les nôtres ? Pourquoi n'appréciait-il pas que la plupart d'entre nous – et ceux qui l'ont suivi en premier lieu – soient des Juifs pieux et droits ? Pourquoi ne louait-il pas le Très-Haut pour être acclamé par des foules nombreuses ? Pourquoi ne remerciait-il pas le Saint, béni soit-Il, pour la ferveur que manifestent les quelque cent mille personnes qui parcourent des distances considérables à pied ou à dos de mulet, parfois pendant plusieurs jours, pour venir prier à Jérusalem lors des grandes fêtes de notre calendrier, au lieu de s'en prendre à ceux qui s'en moquent et restent chez eux à Hébron ou à Jéricho ?

– C'est dans cet esprit que tu parlais de changer les choses de l'intérieur ?

– Eh oui ! Imagine que le prédicateur galiléen soit venu partager avec toi sa tristesse de voir les choses autrement qu'il aurait voulu qu'elles soient et qu'il t'ait fait part de ses propositions. Qui d'autre que toi était le mieux placé au sein de nos institutions pour les distiller tout doucement et les faire admettre petit à petit ?

– Possible, mais ça ne s'est pas passé ainsi, observa Nicodème en invitant son hôte à se resservir.

– Non, merci, ça va. Ils sont délicieux mais, à mon âge, tout vient dans le ventre ! Je dois faire attention à mon intérieur, ajouta Gamaliel en pointant du doigt son sternum.

– Ah, je vois ! dit Nicodème en faisant un geste à son frère pour qu'il se serve, c'est le deuxième sens que tu évoquais tout à l'heure.

– Oui, bien sûr, car pour moi, il ne peut y avoir de vrai changement qu'en soi et en chacun.

– Tu ne crois donc pas en un Messie sauveur ?

– J'y crois dur comme fer, répliqua le *Av Beth Din*. Je crois que *celui qui sauve une seule vie sauve le monde entier*, et j'entends aussi par là « sauver sa vie » c'est-à-dire en porter le sens au plus haut qu'il est possible dans l'amour d'*Hachem*, dans l'amour de soi et dans l'amour des autres.

– Mais tu parles presque comme le faisait Yechoua !

– C'est que nous avons été élevés dans le même moule.

– C'est vrai, convint Nicodème.

– Et qu'en penses-tu, toi, Éliezer ? Sauver des vies, c'est ton domaine, non ?

Depuis plusieurs années, Éliezer s'était fait une belle réputation. Encensé par les uns pour la confiance qu'il faisait à ses malades, capables selon lui de s'auto-guérir, décrié par les autres pour son anticonformisme, il faisait preuve d'une faculté d'écoute hors du commun.

– Je suis d'accord avec ce que tu dis, Rabban. En même temps, j'ai expérimenté depuis fort longtemps que seul l'amour sauve et si *Hamachiah* incarne cet amour, alors je comprends que mon frère veuille suivre la voie qu'il a tracée.

– C'est bien parce que seul l'amour sauve qu'il est au cœur du judaïsme, répondit Gamaliel, ajoutant en hébreu : *« Tu aimeras l'Éternel de tout ton cœur... »*

– Cependant, intervint Nicomède, avons-nous profondément intégré dans notre quotidien que le Tout-Puissant est amour, et qu'ayant été faits à sa ressemblance, nous le sommes aussi ?

– Écoute, dit le président du tribunal, nous avons une belle religion et de très belles traditions. Bien sûr, il y en a qui exagèrent les interdits et d'autres à l'inverse qui les foulent aux pieds. Bien sûr, il y a des prêtres et des rabbins qui sont loin d'être des modèles à suivre, je te l'accorde. Mais il y en a beaucoup d'autres, nous en connaissons, et l'un et l'autre, qui sont de véritables maîtres spirituels que la *Ruah* – le « souffle divin » ou si tu préfères, comme tes amis disent maintenant, le Saint-Esprit – a forcément visités. Bien sûr, on peut toujours trouver à redire à ceci et à cela, mais, pour ma part, et c'est ce qui compte le plus, je vis une émotion profonde à chaque bénédiction de *Hakaddosh barokhou* sur moi-même, sur ma famille, sur le peuple d'Israël et sur le monde entier. Je sens Son amour infini, je sens cet amour s'épanouir à travers moi et je suis plein de gratitude envers Lui, le Saint, béni soit-Il, pour me faire la grâce de cet amour. Bref, tu m'as compris, je n'ai point besoin d'un ailleurs meilleur, mais je te remercie pour la confiance que tu me fais en me proposant de rejoindre ce – comment dire ? –, ce courant.

– Pas de quoi, répondit Nicodème ben Gorion.

– En outre, poursuivit l'adjoint du grand prêtre, et à supposer que je sois favorablement attiré par les idées que prêchait le Nazaréen, j'aurais le sentiment de trahir les miens en y adhérant pleinement, trahir mes pères, trahir toutes les générations qui m'ont précédé, trahir mes frères, trahir mes cousins, et je m'exclurais fatalement de ma famille avec tous les drames que cela comporte…

– Tu exagères, rétorqua ben Gorion, il s'agit juste de pratiquer notre religion avec quelques aménagements.

– Oh, détrompe-toi, répliqua le *Av Beth Din*. Je ne suis pas certain d'avoir raison mais comme je vois les choses, c'est le culte du prétendu Fils d'*Hachem* qui semble bien se mettre en place, et probablement donc une nouvelle religion. Au train où cela va, je crains fort que les païens ne se l'approprient et qu'elle n'ait bientôt plus rien à voir avec le judaïsme…

– C'est impossible, protesta Nicodème, car Yechoua n'a cessé de dire et de répéter partout où il est passé qu'il ne voulait abolir ni la Loi ni les Prophètes…

– Je ne sais pas si *Hakaddosh barokhou* nous prêtera vie assez longtemps pour le voir, mais je te parie que d'ici peu, une ou deux générations, trois peut-être, les successeurs du Galiléen auront déserté les synagogues, créé d'autres lieux de culte qui n'auront plus rien à voir avec les nôtres, et le pire de tout, expulsé notre Sainte Torah que, pourtant, tu as raison, leur mentor voulait voir être accomplie.

– Mais, ce serait le trahir ! s'exclama Nicodème.

– Ce serait faire autrement, et tu comprends que je n'en sois pas !

– Je ne peux pas croire que les choses évolueront comme tu le pressens.

– Je voudrais que tu aies raison mais j'en doute, hélas ! Un mot encore et je vous laisse aux vôtres, tous les deux : si ton choix se confirme de suivre cette autre voie que celle de nos traditions, je te souhaite de tout mon cœur de pouvoir y éprouver cet amour infini qu'il m'est donné de connaître en demeurant, pour ma part, dans l'Alliance conclue entre *Hakaddosh barokhou* et Abraham, notre père à tous.

– Que la paix soit avec toi !

– Avec toi soit la paix !

Chapitre 39

Yosef et Myriam avaient beaucoup hésité avant d'opter pour le stratagème que Markos avait proposé. Pouvait-on ainsi tromper un père et un futur beau-père ? L'argument qui les avait convaincus avait été celui de la volonté de Dieu. S'il était dans le plan divin que leur mariage ait lieu, alors tout se passerait comme prévu. Sinon, le Tout-Puissant saurait faire en sorte que leur machination échoue.

C'est donc son cousin qui était allé voir l'ancien grand prêtre en se faisant passer pour Yosef. Connaissant bien celui-ci – il avaient grandi ensemble et on les prenait souvent l'un pour l'autre –, il n'avait pas eu de mal à répondre aux questions du père de la jeune fille. Tout y était passé : son éducation, sa bar-mitsvah, sa fréquentation de la synagogue, sa connaissance de la Torah, ses relations, ses moyens de subsistance. Son grand oral s'était terminé par la question cruciale de savoir s'il avait entendu parler de cette nouvelle version du judaïsme qui faisait de plus en plus de vagues.

Markos s'en était bien sorti avec des réponses telles que « comme tout le monde » et « pas plus que cela ». La situation avait été plus délicate lorsque Caïphe s'était avisé de lui demander ce qu'il en pensait, lui, à titre personnel. Il s'était préparé à répondre aux questions touchant à la personnalité de Yosef, mais pas à ce qu'il pensait du *rabbi* Yechoua de Nazareth, de sa résurrection et de l'engouement provoqué par celle-ci. Ayant exclu l'option de simuler un courroux – il ne se sentait pas capable de mentir à ce point-là et sur un sujet aussi sensible –, il prit le parti d'un « je ne sais pas, je n'y ai pas réfléchi », considérant qu'il valait mieux, dans de telles circonstances, paraître manquer un peu d'intelligence et d'ouverture d'esprit que de risquer de se mettre à dos son interlocuteur.

Caïphe avait dû se dire que s'il n'avait pas d'idée sur la question, c'était sans doute qu'en effet le prétendant à la main de sa fille était trop investi dans sa pratique du judaïsme pour que les nouvelles visions pernicieuses d'un soi-disant prophète lui soient connues. C'est ainsi qu'en guise de réponse à cette demande en mariage, il se contenta de se préoccuper de la date des noces.

– Que dirais-tu du jour de Tou Be Av ?

– Je pense que c'est parfait ! Oui, c'est parfait ! Il faut juste – il se demandait si Yosef serait d'accord pour faire coïncider les noces avec la fête de l'amour – que je voie avec mes parents s'il sera possible pour eux de faire le voyage à cette période de l'année. Ils vivent à Salamine et…

– C'est vrai que ce n'est pas la porte à côté, remarqua Caïphe. Je n'y suis jamais allé.

– Tu y seras bienvenu quand tu voudras, ne put s'empêcher de répondre Markos, ajoutant à la manière orientale : Notre maison est la tienne.

Quelques semaines plus tard, le 15 du mois de Av, c'est donc Markos qui attendait la *hala** sous le dais nuptial, faisant face aux invités. Comme cela aurait dû se passer pour le mariage de Déborah qui, à son tour, assistait à celui de sa cousine, priant de toutes ses forces pour que tout se passe bien cette fois, il y eut la bénédiction des époux, puis la bénédiction du vin avant ce moment fatidique de l'échange des alliances, celui où il était prévu que Yosef prenne la place de Markos. Mais avant cela, il y eut, ironie du sort, ce cérémonial par lequel le *katan* soulève le voile de la *hala*, pour vérifier qu'on ne lui fait pas un mauvais coup, comme l'avait manigancé Laban, le beau-père de Jacob, dans la Genèse, en lui faisant passer la bague au doigt à une autre que sa promise. Ironie du sort, en effet, parce que, selon le plan convenu, et alors que les futurs mariés, tous deux recouverts d'un immense châle de prière, tournaient le dos à l'assistance, les tambours, qui étaient dans la confidence, se mirent à jouer si fort que tous les regards se tournèrent vers eux assez longtemps pour que, en un tour de passe-passe qu'ils avaient répété cent fois, Yosef se glisse sous le dais nuptial et Markos s'évapore dans la nature pendant quelques instants. La ressemblance des deux cousins fit que le rabbin qui, au surplus, Dieu soit loué, n'y voyait pas très bien, ne se rende pas compte de la substitution. Aussi est-ce bien celui que Myriam voulait pour mari qui prononça les mots rituels : « Tu m'es à présent sanctifiée par cet anneau, selon la Loi de Moshe et d'Israël. » Comme, en vertu de cette loi, un mariage est parfait dès lors que cette parole est prononcée par le *katan* et que deux témoins l'ont entendue, ceux-ci étant de connivence, l'opération était réussie. Myriam était l'épouse de Yosef devant Dieu. Il restait à réussir qu'elle le soit devant les hommes, et devant l'un d'eux en particulier : son père, Yosef Caïphe.

Chapitre 40

Pontius Pilatus et sa femme Claudia Procula préparèrent leur départ. Comme ils étaient venus à Rome quasiment sans rien, ce fut assez vite fait. Il s'agit juste de choisir le pays et la ville de la première escale de leur périple tout autour de la Méditerranée. Commenceraient-ils par Syracuse, par Corinthe ou par Jérusalem ? Certes, pour retourner en Judée, ils feraient escale en Sicile et en Grèce, mais ne feraient-ils qu'y poser le pied ou y séjourneraient-ils un temps ? Après en avoir discuté, ils ne tardèrent pas à adopter une position commune que Claudia annonça à Sarah.

– Nous, on a décidé de commencer par Jérusalem.

– Ah ! très bien ! dit simplement la veuve.

– Oui, on a pensé que ce serait bien, quand même, de voir un peu nos enfants qui sont restés avec mes beaux-parents…

– Et ils ne t'ont pas manqué ?

– Pas le moins du monde ! répondit spontanément l'épouse de l'ancien préfet de Judée. Ce sont trois insupportables garnements qui nous pourrissent la vie ! Ils sont très bien avec leurs grands-parents qui leur passent tous leurs caprices et qui les rendent encore plus mauvais ! Je me demande bien ce qu'ils vont devenir et j'espère que l'armée saura les remettre dans le droit chemin.

Sarah avait rarement entendu une mère parler de sa progéniture de cette façon. Elle en était bouleversée. Évidemment il n'était pas venu une seconde à l'idée de Claudia Procula de lui demander si elle-même avait des enfants, ce qui, à la limite, n'était pas plus mal, puisque cela avait épargné à Sarah d'avoir à raconter comment le seul fils qu'elle avait enfanté s'était noyé dans la mer Tyrrhénienne. C'était après que Tiberius eut ordonné l'expulsion des Juifs de Rome et la déportation vers la Sardaigne de quatre mille d'entre eux, dont elle faisait partie avec son mari. Alors que leur bateau faisait route vers Caralis, le ciel s'était soudainement couvert et un terrible orage avait éclaté. Des coups de tonnerre avaient succédé à une série d'éclairs rendus encore plus impressionnants par l'immensité de l'océan, des vagues gigantesques s'étaient formées et les passagers pris de panique et courant dans tous les sens avaient sans doute contribué à ce que l'équipage ne puisse plus manœuvrer au milieu des déferlantes monstrueuses. Bientôt, il n'y avait plus eu comme solution, pour tenter d'alléger le navire, que de jeter à la mer la cargaison, le matériel de rechange, les vivres et même le gréement. Hélas, la tempête avait redoublé d'intensité et le bâtiment avait fini par chavirer. Pendant tout ce temps, le mari de Sarah avait tenu bien fort dans sa main celle de leur petit garçon âgé de cinq ans mais à son grand désespoir pour tout le reste de sa vie, une vague plus puissante que les autres les avait définitivement séparés. Il avait hurlé cent fois son nom. En vain. Sur une chaloupe ballottée par les flots, Sarah avait vu, impuissante, le drame se dérouler sous ses yeux.

Pas plus qu'elle n'avait cherché à connaître la raison de l'émotion manifestée par sa compagne d'infortune lorsqu'elles avaient bavardé ensemble et parlé de sacrifices, Claudia Procula ne se préoccupa de savoir si cet autre hôte de la grande villa patricienne où elle demeurait avait une famille. Aussi ne saurait-elle jamais rien de cette tragédie, de l'infinie culpabilité du mari de Sarah, qui avait trouvé la mort en sauvant la vie d'un autre petit garçon, lui aussi âgé de cinq ans.

– Enfin, je dis ça, poursuivit la Césaréenne, mais on les aime quand même, nos chenapans ! Si tu es mère, tu sais ce que c'est, ajouta-t-elle sans se préoccuper de la réponse.

– Bon, eh bien, si nous ne nous revoyons pas avant votre départ, fais bon voyage.

Sarah avait à peine terminé sa phrase que Claudia, prise de douleurs aiguës, s'effondra sur un siège. Sarah se précipita auprès d'elle, lui demanda ce qu'il se passait, où elle avait mal, comment elle pouvait l'aider et, n'obtenant pas de réponse, elle courut chercher un linge et une amphore remplie d'eau. Elle la fit boire et lui épongea le front, la nuque et la poitrine. Claudia semblait n'être plus qu'un corps de douleur dont tous les membres et tous les organes souffraient en même temps. Ne sachant que faire, Sara prit sa main dans la sienne et se mit à prier.

Tout à coup, Claudia Procula sursauta en retirant son bras.

– Que faisais-tu ? s'écria-t-elle épouvantée.

– Je… je priais pour ta guérison.

– Tu priais ton Dieu pour ma guérison à moi ? demanda-t-elle tout en semblant retrouver quelque peu la mobilité de son corps. C'est insensé ! Ton Dieu est le Dieu des Juifs, il ne peut rien pour moi ! Tu es ridicule !

– Le Saint, béni soit-Il, ne fait pas de différence entre les Juifs et les non-Juifs…

– Tu dis n'importe quoi !

– Je ne priais pas *Hachem* pour qu'Il te guérisse mais pour que toi, tu te guérisses, même si, pour moi, c'est du pareil au même.

– Que moi je me guérisse ? Mais tu es malade…

– C'est toi qui l'es, que je sache ! répliqua Sarah.

– Ce sont les médecins qui peuvent quelque chose pour mon corps, pas moi.

– À mon avis, avec l'aide du Saint, béni soit-Il, tu as autant de puissance à te guérir que tu en as eu à te détruire.

– Me détruire, moi ? Ta cervelle est vraiment dérangée, ma pauvre ! Ce n'est pas moi qui me suis détruite ! protesta-t-elle.

– Comme tu veux !

– Comment peut-on tenir des propos aussi extravagants ! On voit bien que tu n'y connais rien ! Tu saurais que la maladie te tombe dessus, que tu n'y es pour rien et que la médecine est la seule ressource.

– Tu dis ça parce que tu opposes ton esprit et ton corps, alors qu'en fait ils ne sont pas séparés. Ils sont un. Quand l'un ne va pas, l'autre suit et vice versa…

Claudia Procula fit un signe de dédain avant qu'une nouvelle douleur l'empêche de nouveau de s'exprimer.

– L'illusion de la séparation, voilà bien notre problème ! poursuivit la veuve qui semblait, ce jour-là, intarissable. Nous croyons que nous sommes séparés. Séparés de notre corps, séparés les uns des autres, séparés de la nature, séparés de *Hakaddosh barokhou*, mais, en fait, nous ne le sommes pas. Nous ne faisons qu'un, un avec notre corps, un avec les autres, un avec la nature et un, bien sûr, avec le Saint, béni soit-Il.

Claudia eut envie de lui répondre d'arrêter de déverser sur elle ces paroles absurdes, envie de lui crier qu'elles deux étaient différentes et qu'elles étaient bel et bien séparées, mais ses douleurs étaient trop intenses.

– Bien sûr, nous avons chacune notre spécificité, lui dit encore Sarah comme si elle avait entendu ses protestations, mais, tiens, tu vois ces mouettes dans le ciel, ajouta-t-elle en désignant une envolée d'oiseaux en nombre impressionnant. Fais-tu la différence entre l'une et l'autre ? Non, évidemment. Eh bien, de même qu'elles ne font qu'un, de même, d'un autre point de vue que celui de nos propres personnes, nous ne faisons qu'un.

De nouveau, Claudia ressentit un ardent désir de faire

taire celle qu'elle tenait désormais pour une folle, de boucher ses oreilles, de la faire s'en aller, mais elle était comme condamnée à l'écouter.

– Je sais ce que tu vas me dire, poursuivit Sarah qui, emportée par sa ferveur et sans s'en rendre vraiment compte, profitait de la situation. Quand tu étais petite fille, tu as eu besoin de dire non et non et encore non à tes parents pour avoir le sentiment de compter. Mais depuis, tu as grandi et tu peux tout à fait exister sans passer ta vie à t'opposer aux autres, sans t'opposer aux éléments, sans t'opposer au Tout-Puissant. Tu n'en as pas besoin pour cette raison que tu existes de toute façon. Et, pour ce qui est de tes maux, il n'y a nulle nécessité à faire de ton corps un ennemi que tu subis. Ton corps et toi ne faites qu'un, comme *Hachem* et toi ne faites qu'un.

N'en pouvant plus d'entendre qu'elle pouvait se guérir elle-même, bouillante de colère, Claudia Procula trouva l'énergie, non pas de se lever, mais de s'agiter sur son siège au point d'en tomber et de se blesser aux coudes, aux genoux et aux bras. Aussitôt les serviteurs d'Hérode Agrippa accoururent à son secours pour la conduire jusque dans sa chambre et aller quérir les médecins.

Chapitre 41

Un mois plus tard, à Jérusalem, après un voyage éprouvant du fait de l'état de santé de sa femme, Pontius Pilatus entreprit de commencer la mission dont l'empereur l'avait investi. Il avait d'ailleurs profité du voyage pour s'y exercer et le bilan qu'il en pouvait dresser en arrivant en Judée n'était pas négligeable.

Lui qui n'était pas d'un naturel particulièrement sociable, il s'était efforcé, pour sa nouvelle fonction consistant à réécrire l'histoire, de parler avec les uns et les autres sur le navire. Son idée était de rencontrer des gens qui croyaient en la messianité du ressuscité, de préférence des non-Juifs, de les faire raconter ce qu'ils savaient du procès et de la crucifixion qui s'était ensuivie et, enfin, de décliner son ancienne qualité de préfet de Judée pour donner sa version des faits, ou plutôt celle de Caligula et du préfet Macro.

À force de s'entretenir avec tous ceux qui, à bord, étaient avides de compagnie pour passer un temps qui n'en finissait plus de s'écouler, sa chance fut de tomber sur un certain Ya'acov bar Zébédée, un pêcheur du lac de Génésareth qui avait bien connu le *rabbi* de Nazareth, qui l'avait suivi un peu partout, et qui s'était éclipsé lors de son arrestation, jugeant sans doute que, pour répandre la parole du maître, il serait plus utile libre qu'en prison ou sur une croix. Ya'acov revenait d'Espagne où il était allé juste après la mort de son ami Yechoua et où il était resté pendant les quatre années qui venaient de s'écouler.

Le moins qu'on pouvait en dire était que la pêche n'y avait pas été miraculeuse puisqu'il avoua que, durant tout ce temps au cours duquel il n'avait pas ménagé ses efforts, il n'avait réussi, dans la ville de Gadès où il s'était installé, qu'à convertir neuf personnes, pas une de plus.

La difficulté qu'envisagea immédiatement Pontius Pilatus était que ce Ya'acov était juif. C'était même un Galiléen, comme le fameux ressuscité. Il était donc inconcevable, avec lui du moins, de faire peser la responsabilité de la mort de son maître spirituel sur les siens. Astucieusement donc, il le fit parler des pharisiens, puis des scribes.

– Les pharisiens ! s'exclama l'ancien pêcheur. Les pharisiens ! répéta-t-il en crachant dans l'océan. Tous des pourris !

– J'en sais quelque chose, renchérit le chargé de mission de Caligula.

– Ah bon ? s'étonna Ya'acov qui voyait bien que son interlocuteur n'était pas juif. Tu as eu affaire à eux ?

– Plus que tu ne crois. Pour tout te dire – et là, il lui

fallut beaucoup de courage pour poursuivre –, pour tout te dire, se lança-t-il, je suis l'ancien préfet de Judée, celui-là même qui a fait crucifier ton regretté maître.

– Tu es… ? murmura l'apôtre, effaré.

– Ce sont les pharisiens qui m'ont forcé la main. Moi, je ne voulais pas.

– Les pharisiens ? interrogea bar Zébédée, qui n'en revenait pas d'être en face de l'homme qui avait jugé Yechoua. Les pharisiens ? répéta-t-il incrédule.

Et Pontius Pilatus se fit un plaisir de lui raconter dans le menu détail, sans se priver d'en rajouter, comment lui avait tout fait pour éviter cette issue fatale ; comment il avait commencé par dire aux pharisiens et aussi aux scribes, ne s'empêcha-t-il pas de préciser, qu'ils devaient le juger eux-mêmes puisqu'il était juif ; comment ils lui avaient répondu qu'ils n'avaient pas le pouvoir de le condamner à mort ; comment ensuite il avait renvoyé l'accusé devant Hérode Antipas en prétextant que celui-là étant de Galilée les faits incriminés ressortaient de sa compétence ; comment, lorsque le tétrarque s'était défilé, il avait protesté qu'il ne trouvait *aucun chef d'accusation* contre cet homme ; comment sa femme était intervenue après un rêve qu'elle avait fait pour le conjurer de ne rien intenter contre *« ce juste »*, et comment des excités avaient exigé sa mise à mort. Il lui conta aussi comment encore, comme c'était Pâque et qu'il avait coutume de gracier un prisonnier, il avait laissé le choix à la foule et particulièrement aux pharisiens et aux scribes entre un brigand nommé Barabbas et le prédicateur galiléen, certain qu'il était, précisa-t-il, qu'évidemment, ils choisiraient bar Yosef ; comment, à son étonnement, ces exaltés n'en avaient rien fait ; comment, lorsqu'il avait demandé : « Et Yechoua ? », ils avaient répondu : *« Qu'il soit crucifié ! »* ; comment, finalement, ne pouvant rien faire d'autre, il s'en était *lavé les mains*, en énonçant bien qu'il était *innocent de ce sang* et comment la foule déterminée avait répondu comme un seul homme : *« Son sang est sur nous et nos enfants. »*

Il eut un immense sentiment de satisfaction lorsqu'il eut terminé de réciter la leçon apprise du parchemin rédigé par Caligula et que Macro lui avait remis. L'empereur avait pensé à tout. L'histoire de son représentant en Judée qui avait voulu renvoyer la cause devant les Juifs, qui n'en avaient pas voulu ; la péripétie de la comparution devant Hérode, qui s'était déclaré incompétent ; le fait qu'il ait dit ne pas voir ce qu'on pouvait reprocher à l'accusé ; l'épisode de la grâce et même le rêve que Claudia avait fait et qu'il avait, un jour, à l'occasion d'une pause dans l'atrium autour d'un joli bassin, raconté à Macro, tout cela avait été fort bien composé.

Ya'acov lui objecta que la foule ne pouvait avoir agi comme il le disait puisque quelques jours plus tôt elle avait acclamé le Nazaréen à son entrée dans Jérusalem. Mais l'ancien préfet de Judée avait suffisamment préparé ses réponses pour répliquer que Hannan et Caïphe avaient mobilisé tous les prêtres – ils étaient sept mille deux cent –, tous les lévites – ils étaient neuf mille –, tous les musiciens, tous les chantres, tous les domestiques, et que même si tous n'avaient pas répondu à l'appel, cela faisait du monde pour réclamer la mort du Galiléen et que lui, il ne pouvait faire qu'avec ceux qui étaient là, les absents ayant toujours tort. De même, lorsque Ya'acov protesta de ce que ce ne pouvait être tous les pharisiens ni tous les scribes qui avaient œuvré pour cette condamnation à mort, Pilatus lui avait consenti quelques exceptions. Mais, trop bouleversé par ce qu'il venait d'entendre, l'apôtre de Yechoua n'insista pas.

– Chiens de pharisiens, se contenta-t-il de dire et de répéter. Chiens de pharisiens.

– Je suis désolé, se fendit d'ajouter l'ancien préfet à l'adresse de cet autre Galiléen. Vraiment navré. Si je peux aider en quoi que ce soit, n'hésite pas. Et si tu veux des détails sur ce qui s'est passé avant, par rapport à l'arrestation de ton maître, demande-moi, on a encore de bons jours de navigation devant nous ! Comme je ne suis plus préfet, je n'ai plus rien à perdre, alors je peux tout dire !

Et Pontius Pilatus, non plus de se laver, mais de se frotter les mains ! Sa prise, avant même d'avoir commencé sa mission, avait l'air d'avoir été bonne. Mais ce Ya'acov allait-il raconter l'histoire de cette façon ? Avait-il une quelconque influence ? Il l'ignorait. Il avait même de bonnes raisons d'en douter quand il songeait qu'en quatre années de séjour dans le sud de la péninsule ibérique, celui-ci n'avait réussi qu'à convaincre, comme il le lui avait confié, qu'un nombre insignifiant de personnes. Un petit espoir, cependant, résidait dans le fait qu'au cours d'une autre conversation qu'ils avaient eue sur le pont du bateau, Ya'acov lui avait parlé de son frère Yehohānan, bien connu pour avoir couru avec Simhon au tombeau de Yechoua le jour de sa prétendue résurrection, lequel Yehohānan, d'après ce qu'il en avait dit, envisageait un jour ou l'autre d'écrire pour la postérité l'épopée de son maître dont il avait déjà les premiers mots. Ce serait : *« Au commencement était le Verbe. »*

Les deux hommes se croisèrent plusieurs fois au cours des jours qui suivirent mais Ya'acov, qui estimait sans doute en avoir appris plus qu'il ne fallait, ne demanda pas à en savoir plus. Le jour où ils débarquèrent, Pilatus, l'apercevant sur le quai attendant, imagina-t-il, qu'on vienne le chercher, se rapprocha de lui et après quelques formules de politesse, il lui lança :

– Je serais ravi de rencontrer ton frère Yehohānan. Parler de ce qui est arrivé, comme je l'ai fait avec toi, me libère un peu plus chaque fois d'un gros poids. Dis-lui de venir me voir.

Chapitre 42

Si un orage diluvien ne s'était pas abattu sur l'est de la Judée alors que les noces de Yosef et de Myriam finissaient d'être célébrées, Caïphe n'aurait pas su, du moins pendant quelques mois ou quelques années – le temps que toute cette agitation autour du prédicateur galiléen s'apaise et que, de leur refuge chypriote, les mariés puissent revenir à Jérusalem –, si donc il n'y avait pas eu cette tempête qui avait fait courir tout le monde vers un abri, l'ancien grand prêtre ne se serait sans doute pas rendu compte du subterfuge. Quand le déluge cessa, le dais nuptial avait été emporté, l'autel avait été renversé, l'acte de mariage appelé *ketouba* et d'autres rouleaux de parchemins étaient mêlés à un torrent de boue. Le père de la mariée, réfugié sous une table, ouvrit les yeux et avisa le talith de lin blanc orné de grandes rayures noires qui recouvrait le couple des nouveaux époux accroupis sous la charrette contenant les jarres de vin. Il eut à peine le temps de s'assurer que Rivka, son épouse, était indemne, qu'il reconnut, sa fille serrée contre lui, le blasphémateur qui lui avait tenu tête lors de l'interrogatoire qu'il avait mené avec un collègue du sanhédrin.

– Toi ! s'exclama-t-il effaré. C'est toi ? Mais comment... ? demanda-t-il sans pouvoir continuer tant la colère le paralysait.

– Père, je vais t'expliquer, nous..., tenta Myriam.

– M'expliquer, m'expliquer ! la coupa-t-il, furieux. M'expliquer que c'est ce scélérat auquel tu as été consacrée... ? M'expliquer que je vais devoir tuer cet homme ? cria-t-il en se ruant sur son gendre.

Une terrible bagarre s'ensuivit dans la gadoue. Les témoins et les invités qui se relevaient à peine et se remettaient tout juste de leurs émotions, ne comprenant pas ce qui se passait, cherchèrent à séparer les protagonistes, mais Caïphe, que quelques-uns essayaient de maîtriser pendant que d'autres le conjuraient de se calmer, réussit à repousser tout le monde, à se saisir d'un immense couteau de boucher tombé au sol du fait du déchaînement des éléments, et à en menacer quiconque s'approchait de lui :

– Le premier qui s'en mêle, je le tue ! hurla-t-il à l'assistance qu'il tenait maintenant à distance en brandissant son arme.

– Père, je t'en prie, supplia sa fille.

– Yosef, Yosef, suppliait Rivka, sa femme.

– Toi, tais-toi ! cria-t-il. Tais-toi ou je commence par toi !

Ses paroles et ses gestes ayant tétanisé toutes les personnes présentes, il se jeta, de nouveau, sur Yosef qui, lui aussi tenu en respect, n'avait pu trouver aucune arme pour se défendre. Enragé, l'ancien grand prêtre n'avait pas d'autre objectif que de transpercer son adversaire avec son couteau. Les deux hommes étant à terre, le nouveau marié se débattait avec acharnement pour détourner la lame de sa gorge, puis de son ventre, puis de son cœur. Malgré la différence d'âge, et mû par l'énergie du désespoir, le pontife gardait le dessus. À plusieurs reprises d'ailleurs, la famille et les amis crurent que la dernière heure de Yosef bar Nabi avait sonné, mais celui-ci ne lâchait rien. Tout à coup, pourtant, ils virent, horrifiés, du sang gicler sur son visage et dans son cou que Caïphe venait d'entailler. Des clameurs de stupeur s'élevèrent et les appels au calme redoublèrent. En vain, car le combat se poursuivit de plus belle. Alors que le père de la *hala* semblait devoir l'emporter, bar Nabi réussit à donner un violent coup de pied dans la main droite de son adversaire qui laissa tomber le couteau. L'enjeu devint alors de se saisir de cette arme et, après un nouveau corps à corps, c'est le plus jeune des deux qui se l'appropria et c'est lui qui, dès lors, s'entendit enjoindre de revenir à la raison.

– Yosef, je t'en prie, Yosef ! criait Myriam.

– Allez, ça suffit maintenant ! s'égosillait Markos.

– Arrêtez cette folie ! suppliait Barthélemy.

– Seigneur, Seigneur, sépare-les, Seigneur, implorait Rivka.

Mais la lutte ne cessa pas. Les nez étaient ensanglantés, les joues tuméfiées, les yeux défoncés, les bas-ventres endoloris. Soudain, un nouveau coup de pied de Yosef atteignit son beau-père au niveau des testicules si bien que celui-ci s'écroula. Le jeune époux en profita pour se ruer sur lui. Assis sur son ventre, les genoux emprisonnant ses biceps, il ramena sa main droite qui tenait le couteau de boucher au niveau de son omoplate, et il prit son élan pour l'enfoncer dans le cœur de Caïphe.

Chapitre 43

Quand les époux Pilatus arrivèrent en Judée, ils récupérèrent leurs garçons et partirent s'installer à Jérusalem, l'ancien préfet étant persuadé qu'il y ferait, bien plus qu'à Césarée, des rencontres utiles à l'accomplissement de sa mission. Claudia Procula était d'autant plus d'accord avec cette analyse qu'on lui avait parlé d'un médecin qui y était installé et qui, à ce qui se disait, faisait des miracles.

Elle avait souvent repensé aux propos insensés que lui avait tenus Sarah lorsqu'elle était à Rome avec elle, et spécialement à ceux totalement délirants de la puissance qu'on aurait pour se guérir soi-même qui serait égale à celle mise en œuvre pour se détruire. Comme si c'était sa faute si elle était malade !

En face d'Éliezer ben Gorion – qui était juif, mais à Jérusalem elle n'avait pas trop le choix –, elle évoqua cette hypothèse invraisemblable qu'une folle, ainsi présenta-t-elle Sarah, avait imaginée.

– Tu n'es pas d'accord avec ça, bien sûr ? vérifia-t-elle. Ce n'est pas ma faute si je souffre, n'est-ce pas ?

Elle pérora longtemps, écorchant au passage tous ceux qui ne méritaient, selon elle, aucune considération. Elle vilipenda le nouveau préfet de Judée qui faisait, selon elle, n'importe quoi, le nouveau grand prêtre qui était un incapable, elle s'en prit à ses enfants qui étaient des ingrats, et, comme à son habitude, elle assena ses critiques comme des vérités incontestables avec lesquelles tout individu normalement constitué ne pouvait qu'être d'accord. Sur la question, cependant, qu'elle répéta, de sa culpabilité, elle fixa droit dans les yeux son interlocuteur.

– Non, dit celui-ci, ce n'est pas ta faute si tu souffres.

Elle eut une expression du visage et un mouvement d'épaules qui, ensemble, signifiaient qu'elle avait bien raison. Ouf !

– Le fait que tu te sois rendue malade, ajouta-t-il, ne veut pas dire que tu es coupable de t'être causé les maux dont tu souffres.

Claudia Procula changea de couleur.

– Mais je ne me suis pas causé ces maux ! protesta-t-elle. Ce n'est pas moi !

– Comprends bien, précisa-t-il, je te le répète : ce n'est pas ta faute.

– Tu dis tout et son contraire, s'emporta-t-elle. Tu dis que c'est moi et, en même temps, que ce n'est pas ma faute ! Tu te contredis !

– Es-tu prête à m'entendre t'expliquer la différence ?

– Je n'en vois aucune, répondit-elle.

– Soit, alors, je ne t'expliquerai rien et ne pourrai rien pour toi, conclut Éliezer.

– Je n'ai pas besoin de t'écouter, renchérit-elle, j'ai juste besoin que tu me donnes les remèdes qui me guériront.

– L'un ne va pas sans l'autre, femme, dit le médecin à Claudia qui hésita à se lever et à claquer la porte mais qui, à son propre étonnement, capitula.

Après tout, se dit-elle, s'il suffisait de subir les paroles de ce Juif imbécile pour obtenir qu'il lui prescrive un traitement de nature à la soulager, elle n'en était pas à cela près.

– Nous avons, les uns et les autres, dit-il, des mythes fondateurs dans lesquels l'illusion de la culpabilité a pris une place centrale. Vous, les Romains, vous avez Romulus et Rémus qui partent dans la vie avec un handicap de taille. Titus Livius raconte qu'ils sont nés de la relation entre le dieu Mars et la nièce du roi Amulius, Rhéa Silvia, qu'il avait choisie comme vestale. Or, tu connais l'histoire mieux que moi, en apprenant cette double naissance qui était donc une trahison, puisque la mère était censée rester vierge, le souverain l'a fait mettre aux fers et ordonné que les enfants soient jetés dans le Tibre. Tu imagines la culpabilité de ces deux garçons dont l'infortunée maman a été emmurée supposément à cause d'eux !

– Mais c'étaient des bébés ! objecta Claudia. Des bébés qui n'étaient alors que des ventres à nourrir et des matières à expulser. Ils ne pouvaient se sentir coupables d'être nés !

– Oui, sans doute, feignit d'approuver ben Gorion. Et

c'est pour cela, j'imagine, que toute leur vie ne fut qu'une succession de tourments : Rémus capturé par les brigands qu'il pourchassait avec Romulus, Rémus livré par eux au roi qui avait voulu leur perte, Rémus accusé d'avoir violé la propriété du frère du monarque, Romulus et Rémus se disputant ensuite pour savoir lequel serait le fondateur de Rome et, finalement, issue évidemment fatale tant il y avait de culpabilité en eux, lutte fratricide et mort de l'un d'eux. Tu vois, ajouta le médecin, la ville qui est pour vous, Romains, le centre du monde a été construite sur le sang d'un homme tué par son frère.

– Tu brodes sur la réalité ! commenta Claudia Procula.

– Nous autres Juifs ne sommes pas mieux lotis, poursuivit-il sans répondre à la remarque de sa patiente. C'est un peu la même histoire avec Abel et Caïn. Mais avant ces deux-là nous avons eu Adam et Ève. Tu en as entendu parler, je pense ? demanda-t-il.

L'épouse de l'ancien préfet de Judée hocha la tête et il continua.

– Avec ce mythe, nous avons le schéma type de la façon dont nous nous conduisons et selon laquelle nous menons nos vies. On a donc le Tout-Puissant qui voit tout et qui sait tout mais qui n'en demande pas moins à Adam ce qu'il a fait. Et celui-ci, alors, comme un enfant pris en défaut par son père, répond en désignant la femme : ce n'est pas moi, se défend-il, c'est elle. *Hachem* se tourne à ce moment-là vers Ève et Il lui pose la même question et, elle, telle une petite fille, répond à son tour en montrant du doigt le serpent : ce n'est pas moi, c'est lui ! et cætera, et pour finir comme à l'école, tout le monde est puni par le maître. Je ne sais pas si tu es suffisamment familière avec notre culture pour connaître la punition infligée à chacun ? interrogea-t-il.

– Je ne suis pas sûre, répondit-elle.

– Eh bien, Adam est obligé, tout le temps de son existence, de gagner son pain à la sueur de son front, Ève…

– Ah oui ! l'interrompit-elle, elle est condamnée à enfanter dans la douleur.

– Parfaitement, quant au serpent, il rampera éternellement. Et la punition collective ?

– Tous sont chassés du paradis terrestre.

Éliezer se tut.

– Eh bien, dit Claudia après un petit temps de silence, tu vois, je t'ai écouté. Mais, franchement, je ne vois pas le rapport avec les maux qui me font souffrir.

– Ah ! tu ne vois pas le rapport ! murmura-t-il en continuant manifestement à prendre son temps malgré tous les autres patients qu'il lui restait à examiner.

– Dois-je m'en sentir coupable ? demanda-t-elle.

– Eh bien, justement, non ! Non et non ! Chaque fois que tu es coupable, femme, tu reproduis ces histoires qui remontent à des millénaires et tu calques ta vie sur elles. Tu vois, quand je te dis que tu détruis ton corps, ton esprit, qui a été modelé en fonction de ces mythes, ne l'entend pas comme un fait mais comme une faute. Or personne, en tout cas pas moi, ne te dit que c'est ta faute si tu es malade. C'est juste qu'à un moment ou à un autre, probablement parce que tu ne pouvais pas t'en prendre aux autres, tu t'en es pris à toi-même.

– Admettons, dit Claudia Procula. Et ça change quoi ?

– Ça change tout ! Si tu acceptes que toi seule, tu te fais du mal, sans être pour autant coupable, alors tu peux être en contact avec ta propre capacité à te nuire, celle-là même, ajouta le médecin, qui peut te guérir.

Sa patiente avait l'air dubitative.

– Ce qui est important, vois-tu, c'est que tu prennes la responsabilité de ce qui t'arrive, que tu ne donnes pas le pouvoir sur ta vie à quiconque ni à quoi que ce soit, parce que le pouvoir, c'est toi qui l'as.

– À ce compte-là, tu vas perdre tous tes clients et ton Dieu va perdre tous ceux qui croient en Lui.

– Ne sois inquiète ni pour moi ni pour Lui. Un médecin pourra toujours aider celui qui souffre, soit parce qu'il n'a pas retrouvé son entière capacité à se guérir lui-même, soit parce qu'il s'est déjà tellement détruit que des remèdes lui sont nécessaires. Quant à *Hakaddosh barokhou*, c'est Sa puissance associée à la mienne qui permet de faire des miracles. Mais sans ma propre puissance, la Sienne ne peut pas grand-chose.

– Tu ne me prescris donc rien ? interrogea Claudia Procula.

– Qu'en penses-tu ? lui demanda-t-il.

Elle haussa les épaules, se leva et s'en alla.

Chapitre 44

Après le demi-succès qu'il avait cru remporter avec ce Ya'acov bar Zébédée sur le bateau qui l'avait ramené de Rome, Pontius Pilatus multiplia les échecs.

Quelques jours à peine après avoir débarqué à Césarée et rejoint Jérusalem, il avait pu rencontrer un certain André, le frère de Simhon bar Yonah auquel, selon ce qu'on racontait, Yechoua bar Yosef avait dit, au lac de Génésareth, qu'il serait désormais Simhon Kêfâ, autrement dit Simhon-Pierre. Lui-même avait été, disait-on, présenté au Galiléen comme étant l'agneau d'*Hachem* par Yohanan, le fameux prêtre qui se nourrissait de sauterelles et de miel.

Peut-être parce qu'il était un ancien pêcheur, André ne mordit pas à l'hameçon. Pour avoir été le premier sans doute à avoir suivi le *rabbi* de Nazareth, il savait, lui, mieux que tout autre, que ce n'étaient pas les Juifs qui avaient tué le Sauveur.

– Si l'on devait dire que les Juifs ont crucifié le Seigneur, objecta-t-il à Pilatus, alors je compterais, moi-même, au nombre de ses meurtriers, car je suis juif, cela ne t'aura pas échappé.

– Mais non, pas toi, ce n'est pas ce que je veux dire, essaya de protester l'ancien préfet de Judée.

– Et tiens, réfléchis ! À ce compte-là, sa mère et ses frères eux-mêmes seraient parmi ses assassins !

– Je ne dis pas cela non plus ! répliqua le chargé de mission secrète de l'empereur.

– Si l'on devait proclamer que les Juifs sont coupables de la mort du *Machiah*, poursuivit le premier apôtre, alors tous mes camarades le seraient. Tous, vois-tu ? Mon frère, Simhon Kêfâ, Philippe, Yehuda Thaddée, Ya'acov et Yehohānan bar Zébédée, Barthélemy et son père Matthias, Thomas, Matthieu-Lévi, Ya'acov bar Alpay, Shiemone le Cananéen, sans parler de tous les autres qui ne figurent pas parmi les douze apôtres comme Lucas, Markos, Saül et j'en passe.

Pilatus se sentit d'autant plus vaincu qu'André ajouta :

– De toute façon, qui que furent ceux qui l'ont condamné et crucifié, nous pardonnons, car le *rabbi* Yechoua, lui-même, sur la croix, a absous ceux qui ne savaient pas ce qu'ils faisaient. En implorant le Seigneur pour sa miséricorde, en répondant à la haine par l'amour, il avait lui aussi nécessairement pardonné. Dès lors, comment ne pardonnerions-nous pas, nous, ce qu'il a lui-même pardonné ? Suivre son chemin de vérité, c'est forcément pardonner aux autres et c'est donc, évidemment, ne pas chercher des coupables.

Pilatus n'avait rien à répondre à cela. Macro avait raison, il fallait qu'il aille accomplir sa mission en terre païenne.

– Tu comprends, continua André, désigner les Juifs comme étant coupables, c'est en tout point contraire à tout ce qu'a enseigné le Seigneur.

L'ancien préfet, qui n'était pas forcément versé dans cet enseignement, fit une moue dubitative.

– Le ressuscité a dit : « *Ne jugez pas !* », et accuser les Juifs ou les Romains ou n'importe qui d'autre, ce n'est rien d'autre que juger. C'est même bien pire que juger, c'est condamner, et qui plus est, sans procès et sans recours possible. Désigner tout un peuple coupable d'un crime sans qu'il puisse se défendre, c'est un appel au lynchage et ce n'est évidemment pas du tout ce à quoi le Fils du Saint, béni soit-Il, aspirait pour les siens. Par ailleurs, et c'est peut-être le plus important, il a dit : « *Aimez vos ennemis !* » Or, Pontius Pilatus, malgré tout le respect que je te dois, en admettant par hypothèse l'implication des Juifs dans cette affaire, lorsque tu insistes pour faire peser toute la responsabilité sur les miens, qui seraient alors des ennemis, tu ne fais rien d'autre que provoquer la haine envers eux, et c'est là encore tout à l'opposé de ce qu'a voulu Yechoua *Hamachiah*.

– Mais, tout de même, tenta encore l'ancien préfet de Judée, tout de même, Caïphe, Hannan, ce sont eux qui…

– Est-ce que ce sont seulement Brutus et quelques

autres qui ont assassiné Julius Cæsar, ou tous les citoyens de l'Empire sont-ils coupables de ce meurtre ?

L'argument était de taille. Romain dans l'âme, Pontius Pilatus connaissait l'histoire de son pays. Il n'ignorait rien des circonstances de la conjuration au terme de laquelle Cæsar, qui avait reconnu Brutus parmi ses assassins, avait eu pour dernières paroles : *« Toi aussi, mon fils ! »*

– Et en admettant même que des Juifs, notamment parmi les plus haut placés, aient voulu être débarrassés du Nazaréen, où serait la culpabilité de tous les Juifs qui l'ont soutenu ? demanda l'apôtre. Où serait la culpabilité des Juifs vivant dans la diaspora qui ignoraient jusqu'à son existence ?

Pilatus ne s'avoua pas vaincu pour autant et il essaya de charger, cette fois, les pharisiens et les scribes.

– Cela pourrait t'étonner mais je connais, lui répondit André, la liste des vingt-trois conspirateurs qui ont mis Julius Cæsar à mort et, si tu veux, je peux te les citer tous. Je sais aussi les noms de tous les pharisiens et scribes qui ont souhaité éloigner Yechoua. De même que les premiers n'étaient pas tous les sénateurs, de même les seconds n'étaient pas tous les pharisiens et tous les scribes. Et je vais même te dire plus, ajouta-t-il. Loin d'être le peuple déicide, le peuple d'Israël est celui au sein duquel est né et a grandi le Sauveur. Le peuple d'Israël est celui de la culture de *Hamachiah*. Le peuple d'Israël est celui auprès duquel il a exercé son ministère, c'est celui qui l'a écouté, celui qui l'a suivi, celui qui l'a applaudi, celui qui l'a acclamé lors de son entrée triomphale à Jérusalem et celui au cœur duquel il a recruté ses apôtres. Le peuple d'Israël est son peuple et je peux témoigner qu'il n'a jamais voulu le renier. Non, non, je te prie, ne m'interromps pas, dit-il alors que Pilatus semblait vouloir intervenir. N'oublie pas aussi que Yechoua priait en hébreu, pas en latin ni en aucune autre langue, et que tout ce qu'il souhaitait était que la société dans laquelle il vivait revienne aux principes fondamentaux du judaïsme. Ni plus ni moins. Tout réformateur trouve en face de lui des conservateurs qui ne veulent pas renoncer à leurs privilèges et à leurs habitudes. Le Nazaréen n'a pas échappé à cette règle.

Décidément, Pontius Pilatus ne s'en sortait pas. Tout agneau qu'il était supposé être, cet André ne se laissait pas du tout amadouer. En attendant de parcourir le monde, ce qu'il ne saurait plus trop différer, et tant qu'il était à Jérusalem, il faudrait à l'ancien préfet tenter sa chance avec d'autres.

Chapitre 45

« Que ferait l'amour ? se demanda Yosef bar Nabi. Si l'amour était à ma place, que ferait-il ? »

Il ne douta pas que si c'était Caïphe qui tenait le couteau, celui-ci n'hésiterait pas à lui transpercer les poumons ou à lui trancher la gorge. Mais lui, le pouvait-il ? Plus tard, en y songeant de nouveau, il s'étonnerait du nombre et de l'intensité des pensées qui peuvent venir à l'esprit dans de pareilles situations d'urgence. C'est peut-être, se dirait-il, comme les épisodes de la vie qui, à ce qu'on prétend, défilent à toute allure au moment de la mort.

Il était donc là, à genoux, le visage en sang, des côtes brisées, des dents cassées, appuyant de toutes ses forces sur le corps emprisonné de l'ancien grand prêtre qui faisait des tentatives désespérées pour se libérer de son emprise et échapper à une issue fatale. Il rencontra le regard effrayé de Myriam. Le cœur déchiré, elle l'implorait de ne pas tuer son père. Il eut alors l'idée de proposer un marché à Caïphe : la vie contre sa bénédiction. Mais, aussitôt, il se dit que ce n'était pas ce que l'amour ferait.

L'amour ne voudrait pas de la bénédiction d'un père et d'un beau-père obtenue sous la menace d'une lame tranchante. L'amour s'imposait sans condition. L'amour plus que la Loi lui commandait de ne pas tuer.

Un jour, il avait eu une discussion avec Barthélemy sur la primauté de l'amour par rapport à la Loi et tous deux avaient été d'accord pour convenir que l'amour précédait la Loi et que c'est le manque d'amour des hommes pour eux-mêmes et pour leurs semblables qui avait conduit *Hakaddosh barokhou* à imposer des commandements.

– C'est surtout, avait commenté Yosef, que la Loi a un effet pervers. Du fait même qu'elle est imposée, sa seule existence engendre des rébellions.

– Je viens enfin de comprendre pourquoi, avait dit celui qu'on appelait aussi Nathanaël, nous autres Juifs, vivons sur le mode du péché que les Prophètes n'ont de cesse de dénoncer. Au lieu de nous proposer d'incarner l'amour, tout ce qu'ils font est de nous reprocher de nous être écartés de la Loi et d'appeler sur nous les pires malheurs ! Le péché, la culpabilité, la colère d'*Hachem*, sa punition : c'est tout sauf de l'amour !

– Oui…, avait poursuivi Yosef, cela m'est devenu insupportable d'entendre évoquer constamment, à la synagogue, que nous avons failli.

– C'est pourquoi, avait conclu ce jour-là Barthélemy, il importe de changer d'ère et de passer de la Loi, qui appelle et appellera toujours sa propre transgression, à l'amour, qui n'est pas susceptible d'en provoquer.

C'était peut-être depuis cette discussion que Yosef était devenu, à travers les histoires qu'il racontait sur les places publiques, un avocat de l'amour. Le plus souvent, lorsqu'un auditeur lui opposait combien c'était difficile d'incarner l'amour – ce qui se produisait quasiment à chaque fois –, il répondait qu'un bon moyen d'y parvenir était justement de se demander, en toutes circonstances, ce que l'amour ferait.

– Au moment où la situation est critique, proposait-il, lorsqu'elle a atteint son paroxysme, alors arrête-toi et pose-toi juste cette question : que ferait l'amour s'il était à ma place ? Ce moment-là, c'est celui où depuis toujours tu réagis au comportement de ton prochain, celui où tu réponds par une injure à ses grossièretés, par un coup de poing à sa gifle, par une agression à son regard noir. C'est là justement qu'il y a lieu de te retenir et de te demander ce que ferait l'amour.

Pour autant, depuis le temps qu'il disait cela, il ne lui était arrivé de le mettre en pratique que pour des petites choses de la vie mais en définitive rien de vraiment sérieux : un passant qui le bousculait sur un marché et qu'il ne rappelait pas à l'ordre alors qu'en d'autres temps il lui aurait dit : « Tu pourrais faire attention, non ? », provoquant chez celui-ci une réaction encore plus vive ; un resquilleur qui le doublait dans une file d'attente et qu'il ne remettait pas à sa place alors que, plus jeune, il l'aurait, au risque d'une bagarre, saisi par la peau du cou pour l'expédier dix pieds en arrière. Mais serait-il capable de prendre du recul dans un contexte beaucoup plus grave ?

Cependant que les invités de la noce épouvantés formaient un cercle autour de Caïphe et de son gendre et qu'ils retenaient leur souffle comme jamais, Yosef surprit l'assistance en ouvrant sa main droite pour laisser tomber son couteau. Il se releva lentement après avoir lâché sa prise et, au grand soulagement de tous, son beau-père fut libre de ses mouvements. La prudence aurait commandé qu'il jette son arme au loin pour éviter que son adversaire ne s'en saisisse, mais il n'en fit rien. Aidé par son frère et quelques autres, l'ancien grand prêtre parvint à se mettre debout et fit quelques pas pour vérifier qu'il n'avait rien de cassé.

Il évita de regarder dans la direction de Yosef qui avait rejoint sa femme. Myriam sanglotait dans ses bras.

Chapitre 46

Depuis qu'il s'était disputé avec ses amis Markos et Yosef, Saül avait connu une transformation fulgurante. Nul ne savait exactement ce qui s'était passé. Il avait été, comme il le disait, plus avancé dans le judaïsme que beaucoup de ceux de son âge et de sa nation, étant animé d'un zèle excessif pour les traditions de ses pères. L'un des premiers, il s'en était pris avec virulence aux fidèles qui croyaient en la messianité du *rabbi* de Nazareth. Et pourtant, il était maintenant, dans Jérusalem, celui qui proclamait le plus haut et le plus fort la gloire du Seigneur, celui qui appelait à la conversion des cœurs, celui qui incitait les gens à se faire baptiser. Certains expliquaient son enthousiasme et son engouement par le fait qu'un jour, peu après la porte de Damas, le Fils de Dieu lui-même s'était adressé à lui.

Ayant entendu ainsi parler de ce Tarsien, Pilatus partit à sa rencontre. Il décrivit aux uns et aux autres celui qu'il recherchait et n'eut aucun mal à le retrouver en train d'haranguer la foule devant une synagogue pour l'inciter à suivre « *le chemin, la vérité, la vie* ».

L'ancien préfet de Judée avisa une arcade bâtie en pierre de taille parfaite pour voir ce qui se passait et entendre ce qui se disait sans se mêler aux gens qui écoutaient l'orateur. Celui-ci déclamait qu'il pourrait « *transmettre des messages reçus de Dieu, posséder toute la connaissance et comprendre tous les mystères, qu'il pourrait avoir la foi capable de déplacer des montagnes* », mais que, « *s'il n'avait pas d'amour, il n'était rien* ». Il pourrait, ajouta-t-il, subjuguant son auditoire, « *distribuer tous ses biens aux affamés et même livrer son corps aux flammes* », mais sans l'amour, cela ne lui servirait à rien.

Pilatus, bien qu'habituellement rebuté par les discours mièvres sur l'amour, fut interpellé par la poésie du propos et par le talent du tribun. Il attendit ensuite, après des applaudissements nourris, que celui-ci finisse de dissiper les doutes exprimés par quelques-uns et de répondre aux questions posées par certains. Pendant ce temps, il put observer que si quelques dizaines d'hommes et de femmes s'étaient arrêtés pour écouter ce que cet illuminé clamait, d'autres poursuivaient leur chemin, les uns comme on passe devant un mendiant sans le voir, les autres, convaincus que Yechoua bar Yosef était un faux messie, criant des injures et des malédictions.

Alors qu'il n'y avait plus qu'un petit groupe de femmes qui collaient à Saül en lui réservant des regards admiratifs, Pilatus se demanda s'il ne se trompait pas, une nouvelle fois, de cible, car celui-ci aussi, comme André, était juif. Le fait était, pourtant, que, pour l'heure, il n'était ni à Éphèse, ni à Antioche, ni à Corinthe et que l'immense majorité des habitants de Jérusalem, y compris ceux qui avaient adhéré aux idées du ressuscité, étaient des Juifs. Il importait donc qu'il continue d'entreprendre les disciples du prétendu Messie, et spécialement les plus populaires d'entre eux, comme il avait déjà commencé à le faire, en mer, avec Ya'acov bar Zébédée. Et son échec auprès d'André ne devait pas le décourager.

La tâche, cependant, fut ardue car ce Saül, qui voulait qu'on l'appelle Paul désormais, sans doute parce qu'il avait pour son message et pour lui-même des ambitions universelles, était profondément attaché au judaïsme. S'il envisageait volontiers que des non-Juifs puissent être dans l'espérance d'*« avoir part à la gloire d'Hachem »* et qu'ils jouissent *« de son amour répandu dans leur cœur par l'Esprit Saint »*, il ne concevait pas un instant qu'il y ait la moindre *« différence entre le Juif et le non-Juif »*, du fait qu'il n'y a qu'*« un seul Seigneur, qui se montre généreux envers tous ceux qui font appel à Lui »*.

Lorsque l'ancien préfet de Judée aborda la question centrale de la culpabilité des Juifs, Saül lui déclara que l'amour de *Hakaddosh barokhou* était sans limite, au point que, loin de punir les hommes qui avaient crucifié le Christ, comme il appelait Yechoua, Il leur permettait d'être sauvés par la foi. Pontius Pilatus vit là, alors que leur entretien se terminait, comme une voie romaine s'ouvrir au-devant de lui.

– Mais alors, envisagea-t-il, qu'en est-il de ceux qui ont crucifié le Christ et qui n'ont pas la foi ?

– Tu parles pour toi ? lui demanda le Tarsien.

– Non, puisque je t'ai dit que les vrais coupables sont les Juifs.

– Les Juifs qui n'ont pas la foi !

– Dirais-tu cela des tiens si tu étais appelé à témoigner au monde de la messianité de celui qui est pour toi le Sauveur ?

– Je le dirais, bien sûr, mais si dans des mouvements de colère il peut m'arriver de m'emporter contre les Juifs, tout le monde sait que je ne les vise pas dans leur ensemble. Il en est des colères que les Juifs ont envers les leurs comme des histoires drôles qui les caricaturent. Ils sont les seuls à pouvoir les raconter sans être taxés d'antijudaïsme !

Pontius Pilatus fut plutôt heureux de cette réponse. Il avait assisté un jour à une cérémonie officielle au cours de laquelle des propos extrêmement sévères avaient été rapportés, venant du Prophète Isaïe : *« Israël ne connaît rien, mon peuple n'a point d'intelligence. Malheur à la nation pécheresse, au peuple chargé d'iniquités, à la race des méchants, aux enfants corrompus ! Ils ont abandonné l'Éternel, ils ont méprisé le Saint d'Israël. »* Il se dit alors qu'en effet, si les Juifs pouvaient accepter des griefs venant de l'un des leurs de la même façon qu'ils acceptaient les exhortations de leurs Prophètes, s'ils acceptaient d'être traités de cette manière, s'ils consentaient, depuis des siècles, à n'être que des pécheurs voués au malheur, et, finalement, à être jugés et condamnés, alors, les Gentils pourraient peut-être prendre à la lettre ce qu'exprimerait un Saül rageur.

En rentrant chez lui, ce jour-là, il était plutôt content mais la nuit venue, il eut le plus grand mal à trouver le sommeil. S'il devait faire le bilan de tout un mois de travail, celui-ci était plutôt maigre. Il avait essuyé un échec total avec André, il n'était pas vraiment sûr que les colères de Saül soient convaincantes. Sa seule petite réussite avait été de convaincre un homme à peu près incapable de recruter de nouveaux adeptes !

Chapitre 47

Alors que Caïphe se relevait péniblement et que Myriam essuyait ses larmes, Yosef prit la parole :

– Écoutez-moi tous, écoutez-moi bien.

Sa victoire sur l'ancien grand prêtre et l'état pitoyable dans lequel se trouvait ce dernier lui permettaient de s'imposer et de s'exprimer.

– Aujourd'hui est un grand jour. C'est celui où ma bien-aimée m'a été sanctifiée pour épouse selon la Loi de Moshe et d'Israël. Mais c'est aussi un grand jour car c'est celui où les événements me permettent de me présenter à découvert à mon beau-père, ce que je vais faire, à l'instant, devant vous tous. Il y a quelques semaines, tu voulais me recevoir pour savoir qui j'étais et ce que j'avais dans la tête et dans le ventre. L'heure est donc venue pour moi, respectable Yosef Caïphe, de te le dire.

L'ancien souverain sacrificateur fit alors un geste de protestation signifiant qu'il ne voulait rien entendre, mais sa femme qui lui passait un linge sur les arcades sourcilières l'obligea à écouter sans broncher.

– Moi aussi, comme beaucoup de mes amis, commença bar Nabi, j'ai été élevé dans la lumière de notre Sainte Torah et j'aime l'Éternel de tout mon cœur, de toute mon âme et de toutes mes forces. Je mets toute mon ardeur à pratiquer cet amour au-delà du possible. Parce que je L'aime et que je ne cesserai jamais de L'aimer, j'ai cherché à vivre en communion avec Lui, le Saint, béni soit-Il. C'est alors qu'il m'est apparu que nous avions des lois et des coutumes qui, au lieu de nous rapprocher de Lui, pouvaient parfois nous en éloigner.

Alors qu'une maman essayait de calmer son bébé qui pleurait dans ses bras, il ajouta :

– De même que j'aime *Hakaddosh barokhou*, j'aime mon prochain d'un amour tout aussi infini, et tout comme au Tout-Puissant, je le lui conserverai quoi qu'il me fasse et quoi qu'il arrive. Je dis bien : quoi qu'il me fasse et quoi qu'il arrive. Je l'aimerai parce qu'il est mon frère en humanité. Et cela vaut pour toi, beau-père.

Il tourna son regard vers Caïphe incrédule.

– Pendant des années, poursuivit-il, sur les bancs de l'école où j'ai étudié nos Écritures et nos Sages, j'ai souhaité avoir un maître qui aurait de notre magnifique religion la même vision que moi. Pendant des années, à la synagogue, dont j'étais l'un des fidèles les plus assidus, j'ai espéré entendre un rabbin qui en serait l'apôtre. Pendant tout autant d'années, au Temple où je me rendais à chaque grande fête, j'ai guetté le grand prêtre qui la glorifierait. Hélas, j'ai toujours été déçu. J'avais le cœur plein d'amour lorsque tous ensemble nous louions le Saint Nom, mais il se remplissait de tristesse lorsque tout à coup il s'agissait d'être coupables pour avoir été rebelles à Sa volonté. J'ai dit que notre religion était magnifique, continua Yosef, et je vais vous exposer pour quelle raison. Voyez les Égyptiens, leur culte consiste à maintenir l'ordre harmonieux établi par les dieux en combattant les forces du mal. Chez les Grecs, les hommes font des offrandes en espérant bénéficier de la bienveillance et des faveurs des divinités, et chez les Romains, le but essentiel de leurs cérémonies est de maintenir la neutralité des dieux envers Rome. Or, le judaïsme est la première et la seule religion qui place l'amour au centre de tout. L'amour de *Hakaddosh barokhou*, *Devarim* 6, 5, l'amour de l'autre autant que de soi, *Vayikra* 19, 18. Pour cette raison, cher beau-père, je suis fier d'être juif et le resterai jusqu'à mon dernier souffle, et avec ta fille, nous élèverons nos enfants conformément à nos traditions.

L'épouse de Caïphe ne put s'empêcher de lui chuchoter :

– Eh bien ! Tu vois ! Ta fille est entre de bonnes mains !

Et Rivka ajouta aussitôt :

– Qu'*Hachem* les bénisse et bénisse leurs enfants !

– Cela étant, sur mon chemin, j'ai rencontré un *rabbi* qui voulait simplement que notre religion soit encore plus belle qu'elle n'est. Peux-tu me le reprocher ? demanda-t-il à l'ancien grand pontife en haussant la voix et en n'attendant pas de réponse pour continuer. J'ai suivi ce *rabbi*, qui, en accord avec nos principes, plaçait l'amour de *Hakaddosh barokhou* en premier, tout comme l'amour de l'autre et l'amour de soi, un amour tel qu'il nous permet de ne faire qu'un avec le Tout-Puissant pour construire une société plus juste et plus fraternelle. Je ne renoncerai pas à suivre cette voie.

Il se tut. Même le bébé qui se faisait encore entendre quelques secondes auparavant était silencieux. Puis Yosef bar Nabi prit un châle de prière, s'avança vers Caïphe et le lui tendit. L'ancien grand prêtre refusa de s'en saisir et tourna la tête. Alors le nouveau marié étendit le talith au-dessus de toute l'assemblée et dit en hébreu puis en araméen :

– *Yevarékhekhem Ado-naï vaYichmerékhem.* Que l'Éternel vous bénisse et vous garde. *Yaèr Ado-naï Panayv Eléykhem viY'hounékhem.* Que l'Éternel rayonne sur vous de Sa lumière et qu'Il vous accorde Sa grâce. *Yissa Ado-naï Panayv Eléykhem vaYiassem Lekhem Shalom.* Que l'Éternel tourne Sa face vers vous et qu'Il vous donne la paix.

Quand Yosef eut terminé de prononcer cette bénédiction qui était, en principe, réservée aux prêtres, Caïphe qui s'était redressé se dirigea vers Myriam en boitant. Comme il avançait doucement, toute l'assemblée, le souffle suspendu, eut le temps de se demander ce qu'il allait faire. Allait-il la prendre dans ses bras ? Allait-il la gifler ?

C'est alors qu'il cracha au sol et qu'il hurla :

– Je n'ai plus de fille !

Comme son frère l'avait fait au mariage de Déborah qui n'avait pas eu lieu, il empoigna le bras de sa femme et la força à le suivre pour quitter les lieux sans se retourner tout en répétant plusieurs fois :

– Je n'ai plus de fille ! Je n'ai plus de fille !

Chapitre 48

– Mon nom est Yehohānan. C'est mon frère Ya'acov bar Zébédée qui m'envoie.

– Et tu veux voir mon mari, je suppose ? lui demanda Claudia Procula.

– C'est lui qui a souhaité me rencontrer.

– Il ne va pas tarder. Entre, je te prie. Il a rarement fait aussi froid à Jérusalem !

Ce jour-là, l'épouse de l'ancien préfet de Judée avait moins de mal à se mouvoir ; en revanche, les rougeurs sur son corps et spécialement sur son visage étaient impressionnantes. Elle essayait de les dissimuler derrière un voile mais l'œil avisé de son visiteur ne fut pas dupe.

– Es-tu malade, femme ? dit-il.

– Es-tu médecin ? répliqua-t-elle.

– Non, mais j'ai vu mon maître guérir la belle-mère de mon compagnon Simhon bar Yonah ainsi que, un autre jour, la fille de Yaïr, l'administrateur de la synagogue. Alors si tu veux…

– Souffraient-elles du même mal que moi, ces femmes ?

– Dans un sens, oui, répondit Yehohānan.

– Qu'est-ce que ça veut dire, « dans un sens » ? demanda Claudia Procula.

– Cela signifie que les symptômes étaient différents, mais la cause de leurs maux était sans doute semblable à la tienne.

– Une même cause pour des maux qui ne se ressemblent pas, je n'y crois pas ! Et qu'avaient-elles, ces femmes guéries par celui que tu appelles ton maître ?

– La première avait de la fièvre…

– Ce que je n'ai pas.

– La belle-mère de Simhon, qu'on appelle Pierre maintenant, poursuivit le visiteur, était au lit. S'en approchant, mon maître la fit se lever en la prenant par la main. Et la fièvre la quitta.

– Et c'est tout ? s'étonna Claudia. Je ne vois là rien d'extraordinaire. Et l'autre ? demanda-t-elle.

– L'autre ? C'était une fillette de douze ans qui était donnée pour morte. *Rabbi* Yechoua ne l'avait pas encore vue mais, malgré cela, il dit à tous ceux qui déjà la pleuraient : « *Retirez-vous, car elle n'est pas morte, elle dort.* » La famille et les voisins qui étaient présents se moquèrent de lui mais, lui, il entra dans la maison du chef de la synagogue, il prit la main de sa fille et elle se leva.

– Et tu veux que j'avale des histoires à dormir debout comme celle-là ? ricana son hôtesse.

– C'est toi qui vois, femme, répliqua Yehohānan.

– Je ne sais pas ce que vous avez tous avec vos fantaisies ! Une folle qui prie pour moi et qui me parle du corps et de l'esprit, un autre charlatan qui prétend que c'est moi qui me rends malade, et toi qui t'inquiètes de ma santé et me débites des sornettes ! Non mais… Ah, te voilà ! s'exclama-t-elle alors que son mari les rejoignait. Tu as de la visite.

Pontius Pilatus n'était pas de bonne humeur. Il venait d'essuyer de nouveaux échecs avec deux disciples qu'il avait rencontrés, l'un après l'autre. C'étaient Philippe et Barthélemy. Tous les deux l'avaient envoyé sur les roses. Comment osait-il même, alors qu'il avait fait crucifier leur maître, comment osait-il se présenter devant eux et comment pouvait-il imaginer, pour couronner le tout, rejeter sur leur peuple l'entière responsabilité de sa mort ? C'était une honte ! avait dit Barthélemy en le mettant dehors. Philippe avait été moins cavalier mais il ne l'en avait pas moins éconduit.

– Qu'est-ce que c'est encore ? demanda-t-il.

Le frère de Ya'acov se présenta.

– Ah oui, dit-il, se souvenant de sa rencontre sur le bateau et reprenant un peu d'espoir. Je t'ai fait venir, poursuivit-il cependant que Claudia Procula s'éclipsait, car j'ai souci de la vérité. Je sais que tu es l'un de ceux qui croient en la messianité de Yechoua bar Yosef et je sais aussi que tu répands ses paroles en même temps que tu racontes ce qui est arrivé. C'est bien cela, n'est-ce pas ?

– Tu es bien renseigné.

– C'est ce dernier point qui m'intéresse. Veux-tu bien

me faire le récit de ce qui s'est passé ? J'entends par là, bien sûr, la succession des événements qui ont abouti, hélas, à la triste fin de ton maître.

Yehohānan commença à parler. Il apparut assez vite à Pontius Pilatus qu'il tenait peut-être là l'homme qu'il lui fallait.

– Les gens récriminaient contre Yechoua…

– Les gens ? Tu veux dire : « les Juifs » ? corrigea l'ancien préfet.

– Oui, oui : les Juifs récriminaient contre Yechoua, approuva-t-il avant de poursuivre son récit.

Quand il en vint à dire que la fête des Tentes était proche et que son hôte précisa : *« La fête juive des Tentes était proche »*, il ne sourcilla pas. De même lorsqu'il parla de la proximité de la Pâque, et qu'il fut incité à reformuler sa phrase pour évoquer, désormais, *« la Pâque, la fête des Juifs »*, il y consentit sans problème. Ces précisions anodines ouvrirent la voie à d'autres plus importantes.

– Au Temple, continua Yehohānan, des Juifs firent cercle autour de lui et il leur dit : *« Vous ne me croyez pas… »*

– Des Juifs ? tu veux dire : « les Juifs », le coupa son hôte.

– Si tu veux, concéda le disciple sans prêter plus d'attention à la différence entre pronom indéfini et pronom défini.

Puis, poursuivant son propos, il ajouta :

– « *De nouveau, des Juifs prirent des pierres pour lapider Yechoua* ».

– Tu veux dire : « les Juifs » ? insista encore l'ancien préfet.

– Non, non, résista cette fois son visiteur, je dis « des Juifs » car tous ne pouvaient être là.

Pilatus convint qu'en effet, en cette occurrence, il n'était pas possible d'envisager l'ensemble du peuple d'Israël.

Lorsque Yehohānan eut terminé son récit, ce fut son tour de raconter sa version en insistant, bien sûr, sur le fait que lui, détenteur de l'*imperium*, n'avait été que le bras armé des grands prêtres, en accentuant toutes ses tentatives d'éviter le pire et en soulignant l'impossibilité dans laquelle il s'était trouvé de pouvoir faire autrement. Chaque fois qu'il put, il assena les mots « les Juifs » et, à défaut, « les pharisiens » et « les scribes » et, à la fin, s'il avait osé, il aurait demandé à son interlocuteur de répéter pour être sûr qu'il avait bien compris la leçon. Évidemment, c'était impossible. Aussi, et de façon fort adroite, afin de vérifier si ce qu'il avait semé germerait, il lui demanda de raconter la suite, non pas parce qu'elle l'intéressait, mais parce qu'elle serait l'occasion de constater que le message était bien passé. Docilement, Yehohānan poursuivit et conta l'épisode de la résurrection :

– Le soir venu, vint-il à dire, *en ce premier jour de la semaine, alors que les portes du lieu où se trouvaient les disciples étaient verrouillées par crainte des Juifs, Yechoua était là au milieu d'eux.*

Pontius Pilatus se frotta les mains. Le disciple avait dit «*par crainte des Juifs*». Il avait donc tout lieu de penser qu'il avait réussi. Cet homme-là saurait faire passer que les Romains n'étaient pas pour grand-chose dans cette affaire et que les coupables étaient les Juifs.

Chapitre 49

Cela faisait plusieurs semaines que Claudia Procula n'était pas sortie de chez elle. Ce jour-là, malgré son dos qui la faisait souffrir, malgré ses jambes qui la portaient difficilement, malgré les rougeurs sur son visage, elle décida de prendre son courage à deux mains et d'aller au moins jusqu'aux alentours de la porte des Brebis.

Elle se trouva le prétexte d'un besoin de parfum.

Elle eut le plus grand mal à parcourir la courte distance qui la séparait de sa destination et, à plusieurs reprises, elle faillit renoncer. Une fois sur place et malgré les difficultés qu'elle éprouvait, elle trouva l'énergie de discuter le prix de son achat avec la marchande. En quelques minutes, elle avait réussi à faire passer celui-ci de dix à cinq, chiffre en deçà duquel la commerçante ne voulut plus rien lâcher. Claudia insista, cependant, pour grappiller encore quelques *shekhalim*.

C'est alors qu'elle entendit une voix d'homme lui dire :

– Ce que tu veux enlever à cette pauvre femme va-t-il t'enrichir ?

Elle chercha d'où venaient ces mots et, s'étant retournée, elle se trouva nez à nez avec un jeune homme qui paraissait fort sûr de lui.

– Je me nomme Paul de Tarse, dit-il, et il reformula sa question. Seras-tu plus riche lorsqu'elle aura cédé ?

Claudia ne sut que répondre. Elle aurait pu décider d'ignorer cet inconnu, mais il paraissait trop sagace pour mériter ce sort.

– Pourquoi défends-tu ses intérêts ? demanda-t-elle. Tu la connais ?

– Non, elle m'est étrangère et je cherche juste la justice.

– Mais tu me dis que quelques *shekhalim* ne vont pas m'enrichir ; qu'est-ce que ça te rapporte à toi qu'elle les ait en plus ?

– De la joie, répondit-il. Tout simplement de la joie.

– Tu te contentes de peu, répliqua-t-elle.

– Ah ! s'exclama-t-il. Tu peux me dire, toi, ce qui t'a procuré de la joie depuis que l'aube a pointé ce matin ?

L'épouse de l'ancien préfet de Judée réfléchit un instant. Depuis qu'elle avait ouvert les yeux, rien ne l'avait vraiment rendue joyeuse. Aussitôt qu'elle s'était extraite de son lit, son corps avait été douloureux, elle n'avait pas eu d'appétit, ses serviteurs l'avaient agacée et seule la perspective de sortir un peu lui avait mis du baume au cœur, mais de là à parler de joie, il y avait un gouffre !

– Tu ne dis rien, constata Paul. Tes sources de joie n'ont pas été très nombreuses, n'est-ce pas ?

Elle fit un sourire grimaçant pour lui avouer qu'il ne se trompait pas.

– Tu vois, femme, dit-il, moi aussi j'étais comme toi et, faute de vraies joies dans ma vie, je cherchais des plaisirs éphémères comme celui de ne pas laisser à un artisan un gain suffisant pour nourrir sa famille. Maintenant, je suis la source de ce que je veux pour moi. Je veux plus de joie, je donne de la joie à mes semblables, je veux plus d'amour, je dispense de l'amour, je veux plus d'argent, j'en distribue aux autres…

– Et pour la maladie, demanda-t-elle, que fais-tu ?

– La maladie est-elle tristesse ou joie ?

Elle répondit par une moue qui signifiait : « Tu le sais bien ! »

– Alors, si elle est tristesse, je donne de la joie et elle me reviendra au centuple.

– Tu veux dire que… si je donne de la joie aux autres, alors… alors… je…

– Oui, tu te donneras toutes les chances de guérir.

Pour la première fois depuis longtemps, Claudia Procula sentit une émotion lui nouer la gorge.

– Adieu, dit Paul, et que *Hakaddosh barokhou* te bénisse !

– Attends ! Une question, si tu veux bien… Y a-t-il besoin de croire en ton Dieu pour… ?

– Mais non, femme, répondit-il en riant. Permets-toi la joie de faire du bien, le reste n'a aucune importance !

– Ah, mais je croyais que… enfin… je veux dire… Je croyais qu'il fallait…

– Quoi ? Se convertir ? Se faire baptiser ? demanda-t-il avec un grand sourire. Mais non ! En te convertissant à la joie, en te convertissant à l'amour, tu te convertis au Saint, béni soit-Il. Rien d'autre n'est nécessaire.

Là-dessus, sans trop comprendre ce qui lui arrivait, elle sortit de sa bourse dix pièces d'argent qu'elle déposa sur l'étal de la marchande qui, voyant cela, eut envie de lui baiser les pieds tant elle était heureuse.

Claudia Procula mesura alors, en sanglotant, l'immensité de la joie que cela lui causait.

Chapitre 50

Malgré les efforts qu'elle déploya, l'épouse de l'ancien préfet de Judée ne parvint pas à convaincre celui-ci de renoncer à la mission que Caligula lui avait confiée. Non seulement Pontius Pilatus ne voulut rien entendre, mais il se montra plus déterminé que jamais à aller voyager tout autour de la Méditerranée pour diffuser au maximum la version tout à l'avantage de Rome des circonstances de la mort de Yechoua bar Yosef.

À son grand étonnement et à la faveur de leurs disputes à ce sujet, Claudia observa qu'elle n'était plus l'ombre de son mari et qu'elle pouvait tout à fait vivre sa vie sans la calquer sur la sienne. Elle se sentait totalement autonome. En quittant jadis les siens à un moment de son adolescence où elle revendiquait plus d'indépendance, elle avait cru la trouver en épousant cet homme. Elle comprenait aujourd'hui que cela ne l'avait pas libérée du joug invisible de ses parents, et spécialement de sa mère, car elle se comportait toujours, en bien des occasions, comme en réaction à celle-ci. Aussi longtemps qu'elle avait été collée à son mari et qu'elle avait décliné des « Nous, on… », c'était, elle le voyait maintenant, comme pour s'opposer à cette femme qui lui avait donné la vie, quand même elle ne vivait plus sous son toit. Aussi son indépendance n'était-elle que dépendance. Au contraire, l'autonomie qui depuis peu la caractérisait lui permettait de se définir par rapport à elle-même, en fonction de ses propres désirs, de ses propres inclinations, de ses propres aspirations. C'était comme si, en ayant trouvé Dieu, elle s'était trouvée elle-même.

Pontius Pilatus partit donc sans elle. Il embarqua de nouveau au port de Césarée, mais cette fois en direction d'Antioche que le navire devait atteindre en deux jours après avoir longé la côte vers le nord puis remonté l'Oronte sur quelques milles.

La dernière fois qu'il était allé dans la capitale de la province de Syrie, c'était il y avait bien longtemps, pour assister aux funérailles de Germanicus, le père de Caligula. Depuis lors, la ville s'était agrandie au point de compter maintenant quelque cinq cent mille habitants, soit dix fois plus que Jérusalem en temps normal. « Couronne de l'Orient », comme on l'appelait, la tétrapole disposait en son centre d'une majestueuse avenue dont la largeur n'était pas inférieure à cent pieds, tout au long de laquelle avaient été édifiées trois mille deux cents colonnes.

Dès son arrivée, l'ancien préfet de Judée trouva à se loger dans le quartier d'Épiphanie, ce qui signifie « manifestation de la divinité », mais il ne prêta pas davantage attention à ce détail que Claudia, si elle avait été là, aurait peut-être relevé. Il y emménagea aussitôt et il passa une première nuit plutôt agitée. Même s'il jouait les fiers-à-bras, ses dissensions avec sa femme et leur séparation pour, sans doute, plusieurs mois, sinon plus, devaient le tracasser. À force de tourner seul dans son lit, il en était à attendre l'aube lorsque, tout à coup, peu avant qu'elle n'arrive, il ressentit une forte secousse. Celle-ci fit tomber la lampe à huile, une amphore et la besace pleine de ses affaires. En Judée, il lui était arrivé de connaître des tremblements de terre mais ils n'avaient jamais été que légers et sans conséquences. Ce séisme devait être de plus forte magnitude car il entendit aussitôt ensuite le terrifiant fracas d'immeubles qui s'effondraient puis des cris de douleur et des appels au secours. Il se réfugia sous son lit juste avant qu'une seconde secousse ne fasse s'écrouler tout autour de lui. Il n'eut pas le temps de se demander s'il valait mieux rester là ou tenter de fuir, que le sol du premier étage où était sa chambre céda tout comme le plafond au-dessus de sa tête. Il fut projeté au niveau inférieur en même temps qu'un déluge de pierres s'abattait sur lui.

Puis ce fut le silence. Le silence et l'obscurité totale. Il tenta de se dégager des blocs de pierre qui emprisonnaient son corps meurtri mais ceux qui pesaient sur sa jambe droite écrasée étaient beaucoup trop lourds pour qu'il puisse s'en libérer. Il sentit une coulée liquide sur son nez cassé, y passa la main et ne pouvant rien y voir, il lécha ses doigts pour se rendre compte qu'il saignait abondamment. En s'aidant de l'arête de l'une des pierres qui l'empêchaient de bouger, il parvint à déchirer un morceau de sa tunique et s'en servit pour contenir le sang qui dégoulinait sur ses lèvres et son menton. Il était vivant. Enterré vivant, corrigea-t-il aussitôt dans sa tête.

Lui qui avait craint le pire, lorsqu'il avait comparu devant Caligula, lui qui avait redouté d'être jeté aux bêtes, puis de devoir se suicider, voilà qu'il était cette fois tout près de la fin dans l'une de ses formes les plus redoutables. Il allait mourir à petit feu et sa terrible agonie, qui serait un supplice, durerait plusieurs jours. L'idée lui vint de précipiter les choses. Mourir pour mourir, autant que ce soit d'un coup. Mais il ne pouvait distinguer, dans le noir, aucun objet ni aucun matériau qui aurait pu lui servir à se donner la mort et l'arête du gros caillou qu'il avait trouvé en tâtonnant et qui lui avait permis de couper son vêtement n'était pas suffisamment tranchante pour venir à bout de ses veines, d'autant que ses bras limités dans leur mouvement ne pouvaient donner à ses poignets l'élan nécessaire pour les faire éclater.

Il allait donc mourir ainsi. Seul. Il se dit que c'était impossible, qu'il y avait bien un moyen, mais il renonça vite à nier la réalité. Il allait trépasser, c'était certain. Il se maudit alors de ne pas avoir écouté sa femme. Certes, elle avait un peu perdu la tête en faisant sien, tout à coup, le Dieu des Juifs, ou celui du *rabbi* de Nazareth – n'était-ce pas le même, d'ailleurs ? il ne l'avait pas compris –, mais cela ne l'empêchait pas d'avoir peut-être raison sur la possible vanité des folles ambitions de l'empereur qui voulait réécrire l'histoire. Aussi, après une courte phase de déni, passa-t-il les premières heures de son état de mort-vivant animé par une colère intense. Colère contre lui-même, colère contre Caligula et son préfet du prétoire, colère contre les dieux qui lui réservaient un sort des plus funestes.

Depuis combien de temps était-il là ? Un jour, un jour et une nuit ? Il n'avait aucun repère. Le temps était déjà aboli.

Puis il s'apaisa et la tristesse succéda à la colère. Oui, il était triste de quitter cette vie, triste de ne plus revoir Claudia, triste de laisser ses enfants ou plutôt, ressentit-il, triste de ne pas en avoir assez profité. Triste donc d'avoir été un père absent, de ne pas avoir vu grandir ses fils, de ne pas leur avoir donné l'occasion de le connaître, lui, leur père qui s'était contenté de féconder le ventre de sa femme pour qu'ils viennent au monde et qui, ensuite, n'avait fait aucun cas d'eux. Vint ensuite un temps de résignation – peut-être était-ce au deuxième jour – puis un temps d'acceptation au cours duquel il vit défiler les bons moments qu'il lui avait été donné de vivre. Il revit alors le fil des événements qui avaient fait de lui le préfet de Judée. Il revécut sa réception fastueuse à Rome. Cela avait été l'un des plus beaux jours de sa vie.

Peu à peu, faute de boire et de manger, il connut une phase d'apathie au cours de laquelle il eut, par intermittence, le sentiment d'être visité par des démons. Une fois, c'était le chef des Samaritains qu'il avait fait exécuter après avoir réprimé une manifestation sur le mont Garizim. Cet homme l'écartelait en faisant tirer ses membres par quatre chevaux. Une autre fois, c'était le fameux Yechoua en personne qui lui clouait les mains et les pieds sur une croix de bois. Une autre encore, c'étaient des Juifs qui l'enfermaient dans un tonneau qu'ils allaient jeter du haut d'une falaise de Jérusalem, comme ils avaient coutume de le faire avec un bouc émissaire le jour du Grand Pardon.

Il se demanda à quoi pouvaient bien lui servir ces horribles visions que son cerveau concevait, alors qu'il vivait déjà un épouvantable cauchemar. Pourquoi en rajouter ? Il songea alors que c'était peut-être parce que l'imaginaire, en la détournant, soulageait un peu la souffrance du réel. Épuisé, il sombra dans la nuit noire.

Chapitre 51

Pour se rendre à Salamine, Yosef et Myriam n'avaient pas eu d'autre choix que de faire un crochet par Antioche. Ils y étaient arrivés le matin même du tremblement de terre et avaient débarqué dans une ville dévastée. Leur escale ne devait durer que quelques heures mais lorsqu'ils virent les maisons détruites, les morts emportés, les gens blessés, des enfants seuls errant dans les rues en larmes et appelant leurs parents et des parents désespérés cherchant leurs enfants, ils n'hésitèrent pas un instant à changer leurs plans.

Au plus profond des ténèbres où il avait sombré, Pontius Pilatus entendit comme des coups de pioche. Il sursauta et tendit l'oreille pour en être bien sûr. Un homme cria alors : « Il y a quelqu'un ? » Il répondit : « Oui, oui », mais sa voix était aussi faiblarde qu'inaudible. Il comprit que c'était le moment de rassembler toutes ses forces pour manifester sa présence. Après une très forte inspiration, il lança un nouveau « Oui, oui » suivi de : « Je suis là » et, à son grand soulagement, les coups de pioche reprirent pour se faire de plus en plus proches. Bientôt, après qu'il eut dû rentrer la tête dans ses épaules afin de se protéger de quelques éboulements provoqués par les frappes faites en surface pour retrouver des survivants, un rayon de lumière entra dans la cavité dans laquelle il était englouti et une voix demanda :

– Si on te lance une corde, pourras-tu l'attraper ?

– Non, non, répondit-il, je suis prisonnier des gravats.

– Courage, alors, maintenant qu'on t'a localisé, on va venir te chercher.

C'est ainsi que Pontius Pilatus fut sauvé d'une mort quasi certaine après trois jours et trois nuits passés sous les décombres.

Yosef Caïphe, depuis la rixe avec Yosef bar Nabi, ce gendre dont il ne voulait pas, restait cloîtré chez lui. Il ne voulait voir personne, pas même sa femme Rivka, et prenait ses repas dans sa chambre. Il était tracassé par une question, celle de savoir pourquoi sa propre fille s'était détournée de lui. Même s'il avait pris, parfois, des libertés avec la religion, il n'en avait pas moins, lui, toujours considéré la vérité de la Torah comme incontournable et c'est ainsi qu'il avait élevé sa petite Myriam. Pourquoi l'avait-elle trahi ? Pourquoi lui avait-elle fait ça à lui ? Pourquoi était-elle tombée sur ce voyou qui l'avait débauchée ? Il se souvint, un soir que sa colère était vive, que devant Pilatus – il y était –, Yechoua avait répondu qu'il était *« venu dans le monde pour rendre témoignage à la vérité »*. Mais ne rendait-on pas témoignage à la vérité en étudiant sans cesse la Sainte Torah donnée par *Hakaddosh barokhou* à Moshe *rabbenou* ? Ne lui rendait-on pas témoignage en obéissant aux commandements qui y sont contenus ? Celui d'aimer *Hachem,* bien sûr, celui de ne pas tuer, celui de ne pas voler, et bien d'autres sans lesquels vivre ensemble serait impossible pour les hommes, bien d'autres parmi lesquels celui d'être fidèle – fidélité à son conjoint qui symbolisait, songea-t-il, la fidélité envers l'Éternel, mais aussi sans doute la fidélité à soi-même. Et justement, la fidélité n'était-elle pas aussi de ne pas s'écarter des Lois de Moshe et d'Israël ?

Il se rappela ce jour, il n'y avait pas si longtemps, où sa fille avait été capable de réciter les deux derniers versets des Lamentations : « *Qu'importe la douleur, qu'importe la dureté du malheur qui nous éprouve, Dieu ne nous a pas abandonnés.* » Le cœur brisé, il fut pris d'un accès de rage, fit se fracasser contre les murs tous les objets qui étaient sous sa main, maudit son gendre qui lui avait enlevé sa Mimi et maudit celle-ci qui s'était montrée aussi ingrate.

Après n'avoir pas su pendant deux jours entiers où ils seraient le plus utiles du fait de la désorganisation des secours, Yosef et Myriam furent affectés au matin du troisième jour au palais du gouverneur pour porter aide et assistance aux blessés. Ils ne connaissaient pas les gestes des premiers secours mais ils avaient les mots qu'il fallait – et cela pouvait s'avérer tout aussi important. Les drames humains étaient terribles. Un homme parti chercher du lait avait vu sa maison s'effondrer sur sa femme et ses cinq enfants, une femme avait dû faire le choix de deux de ses jeunes fils qu'elle avait pris dans ses bras pour fuir juste avant que sa maison ne s'effondre sur le troisième, un vieil homme avait avancé plus vite que sa femme moins rapide dans ses mouvements et avait vu sa compagne de toute une vie ensevelie sous une avalanche de pierres. Les deux jeunes mariés manifestèrent leur infinie compassion aux blessés pour tenter de les réconforter.

Pontius Pilatus apprendrait plus tard que la veille de son extraction des décombres, l'ordre avait été donné par le gouverneur de Syrie d'arrêter les recherches. Mais celui-ci n'était pas encore parvenu à tout le monde si bien qu'une équipe s'était remise à l'œuvre au début du quatrième jour. Il saurait aussi qu'il avait été le dernier à être sauvé. Aussitôt après qu'il fut remonté à la surface et posé sur une civière, il entendit une femme se lamenter sur ce qu'il restait d'Épiphanie. Il se souvint du sens de ce mot : « manifestation de la divinité ». Il eut alors la force de se demander si les dieux, ou Dieu si d'aventure il n'y en avait qu'un, se manifestaient en faisant trembler la terre, en anéantissant des milliers d'innocents et en semant sur des continents le malheur et la désolation.

Il perdit connaissance et ne rouvrit les yeux que trois heures plus tard. Il était dans une aile du palais parmi des dizaines d'autres blessés autour desquels s'affairaient des bénévoles et des rabbins, car les Juifs étaient nombreux à Antioche. Tout près de lui, d'ailleurs, à sa gauche, un homme venait de succomber à ses blessures. Juste avant qu'il ne s'éteigne sereinement, un ministre du culte lui avait fait réciter le *Chéma Israël*, lui avait fermé rituellement les yeux et la bouche, avait étendu ses bras le long de son corps et s'était mis à réciter les mots de circonstance : *« Béni sois-Tu, Éternel, notre Seigneur, Roi de l'Univers, juge de vérité. »*

Yosef et Myriam vinrent au chevet d'une femme moribonde et, ensemble, ils dirent un verset du livre de l'Exode : *« Vous servirez l'Éternel, votre Dieu, et Il bénira votre pain et votre eau. J'éloignerai la maladie du milieu de vous »*, puis ils entamèrent un psaume pour la guérison des malades : *« Éternel, mon Dieu ! J'ai crié à Toi, et Tu m'as guéri. »*

Sur une paillasse voisine, Pilatus, qui avait toujours regardé la religion des Juifs comme une étrangeté, fut frappé de l'ardeur de la foi de ces deux-là. Sur une rangée qui lui faisait face, il y avait une demi-douzaine de Gentils comme lui, qui gémissaient sur leur couche de fortune, et aucun n'était ni entouré ni soutenu comme l'étaient les Juifs. Il est vrai, songea-t-il, que la religion des Romains comme celle des Grecs n'étaient pas conçues comme participant de l'amour et de la compassion.

Caïphe avait fini par sortir de sa chambre. Il prit alors le chemin de la synagogue. Plus que jamais, il assista à tous les offices, plus que jamais, il balança son corps pendant les prières comme pour en faire une flamme en application du Livre des Proverbes 20, 27 : « *L'âme de l'homme est un flambeau divin.* » Plus que jamais, il mit les tefillins. Plus que jamais, il chercha dans sa pratique *Hakaddosh barokhou* avec l'espoir de L'y trouver vraiment.

Mais, qu'est-ce qui lui prenait ? Perdrait-il la raison ? Voilà maintenant qu'il était sensible aux fantaisies des Juifs… Franchement, Pilatus ne se reconnaissait plus ! Il avait reçu des coups mais il n'en avait pas pris sur la tête, pourtant ! Que s'était-il passé ? Était-ce cela l'Épiphanie ?

– Vous ne visitez pas que les Juifs ? demanda-t-il aux deux jeunes gens qui passaient devant lui.

– Nous ne faisons aucune différence entre les gens qui souffrent, répondit Yosef.

L'ancien préfet de Judée fit un geste de la main, comme pour dire : « Eh bien, restez donc un peu avec moi. »

Pontius Pilatus commença à évoquer avec eux les douleurs qu'il ressentait, surtout dans sa jambe estropiée, puis il raconta ce dont il se souvenait de sa mésaventure, son arrivée la veille du séisme, sa nuit agitée et, à l'aube, les terribles secousses, l'écroulement de la maison et son propre enfouissement sous les décombres. Bientôt il en vint à leur raconter qu'après les trois jours et les trois nuits passés dans la pénombre la plus totale, annonciatrice d'une mort certaine, il s'était senti comme transformé. Il avait le sentiment étrange de ne plus être le même et en même temps – là, il n'y comprenait plus rien – d'être vraiment lui-même. Avaient-ils une idée, eux, de ce qui lui arrivait ?

Myriam et Yosef, auxquels ce récit fit penser à la mort du Sauveur et à sa résurrection trois jours plus tard, se regardèrent comme pour se dire : « Tu réponds ou c'est moi ? » et c'est finalement lui qui se lança.

– Pendant très longtemps, tu as joué le rôle d'un personnage. Et ce personnage, ce n'était pas toi. En fait, peu de temps après ta venue au monde, il t'est apparu, comme à nous tous d'ailleurs, que tu devais t'adapter pour y survivre. Tu devais t'adapter à ce qu'attendaient de toi ta famille, tes maîtres, ta religion. En d'autres termes, tu devais rentrer dans le moule. À ce moment-là, tu as dû renoncer à une part de toi-même, tu as dû renoncer à ta grandeur, tu as dû renoncer à ta sublimité…

– Et à ta divinité, ajouta Myriam.

– Comme tu as dû renoncer à qui tu étais vraiment, il a bien fallu que tu sois quelqu'un, au risque de n'être personne…

– Et c'est pourquoi tu as joué le rôle d'un personnage qui est ce que tu n'es pas vraiment, compléta de nouveau la fille de l'ancien grand prêtre d'Israël.

– Un personnage ? répéta Pontius Pilatus, incrédule.

– Oui, poursuivit Yosef qui, auparavant, n'avait jamais rencontré le préfet de Judée, lequel, de toute façon, avec une barbe de cinq jours et un amaigrissement notable, était méconnaissable, je ne sais rien de toi, mais j'imagine fort bien un personnage arrogant, autoritaire, cruel parfois, tu vois, ce genre de choses… En réalité, tout ce que tu n'es pas.

– Tout ce que je ne suis pas, redit l'ancien préfet de Judée, tout ce que je ne suis pas !

Ces mots le touchèrent au cœur. Quelque part, sans jamais oser l'exprimer ni même se l'avouer, il avait toujours su qu'il jouait un rôle, celui pour lequel on lui avait comme taillé un costume sur mesure, celui dont on lui avait, pour ainsi dire, soufflé les répliques alors qu'il n'était pas encore en âge de réfléchir, et celui, tout compte fait, qu'il avait adopté sans réserve parce que c'était le seul moyen de trouver une place au milieu des siens et dans ce monde. Mais ce rôle-là, ce n'était pas lui. Et pour la première fois depuis son enfance – avant même qu'il ne se fasse casser le nez, puisque, ce jour-là, il n'avait pas versé une larme –, il se mit à pleurer.

– Oui, confirma Myriam, à défaut de pouvoir être qui tu es vraiment, je veux dire être un être spirituel, tu as sans doute passé ta vie à conjuguer les verbes « avoir » et « faire », privilégiant le pouvoir, les honneurs, l'argent…

Pilatus, qui venait d'échapper à la mort, se dit, tout en cherchant un linge pour essuyer ses joues et tout en reniflant, qu'en effet il avait usé son temps à se prévaloir de sa fonction et accumuler des richesses. Il était passé à côté de tout le reste et de lui-même en premier lieu.

– Tu as beaucoup de chance, tu sais ? lui dit encore la fille de Caïphe après que, gêné, il se fut confondu en excuses pour s'être ainsi laissé aller.

– Oui, je m'en suis sorti miraculeusement.

– Ce n'est pas tant cela.

– Ah ! Et pourquoi alors ?

– Parce qu'il n'est pas donné à tout le monde de se rendre compte qu'il a passé sa vie dans la peau d'un personnage…

– Et de renouer avec qui il est, ajouta Yosef.

– Renouer avec qui je suis, répéta Pontius Pilatus.

Et des sanglots à n'en plus finir étouffèrent sa gorge.

Des plaintes et de vibrants appels au secours vinrent d'une autre paillasse. Yosef et Myriam s'y précipitèrent comme un seul homme, sans même s'être concertés. Le fait qu'ils se soient levés d'un bond de façon simultanée leur fit considérer à l'un et à l'autre qu'à l'évidence ils étaient vraiment sur le même chemin. Celui de l'amour et pas seulement de l'amour de l'un pour l'autre.

Pilatus guetta le moment où ils en auraient fini avec l'autre blessé pour les rappeler.

– Eh, vous deux, leur dit-il, vous avez une minute ?

– Nous avons jusqu'au départ d'un prochain navire, dans une semaine, répondit Yosef en se rapprochant de lui avec Myriam.

– Alors, voilà. Vous avez envisagé, tout à l'heure, que, pour nous adapter, nous renoncions à notre grandeur, et à notre… comment déjà ?

– Sublimité, précisa bar Nabi.

– Oui, c'est cela. Je vois à quel point en effet je me suis restreint, rétréci, diminué pour, comme vous dites, rentrer dans le moule… C'est incroyable ! Et je réentends mon père, lorsque j'étais enfant, me dire à longueur de temps, alors que je cherchais probablement à ne pas m'y fondre totalement : « Non mais pour qui te prends-tu ? », et je sais qu'il réussissait toujours à me rabaisser. Et ce qui est encore plus inouï, c'est que, comme en compensation, j'ai cherché à me grandir en parvenant au pouvoir, en en usant et en en abusant.

– Tu faisais semblant d'être toi, dit Yosef.

– Mais, ajouta Pilatus, vous parliez aussi de ma… – il hésita à dire le mot – ma divinité.

– Oui, bien sûr, acquiesça Myriam.

– Parmi les vivants, je n'ai jamais vu comme étant divins que Augustus, Tiberius et Caligula…

– La divinité que tu places en l'autre est celle qui est en toi, dit bar Nabi.

– La divinité que…

Et l'ancien préfet de Judée répéta, avec un air plutôt ahuri, la phrase qui venait d'être prononcée.

– Ben oui, quoi ! s'exclama Myriam quelque peu enthousiaste à partager cela. Tu es un être divin. Tu l'as juste oublié. À partir de maintenant, il s'agira de t'en souvenir tous les jours de ta vie.

Pontius Pilatus, malgré ses douleurs et sa position inconfortable, partit d'un grand éclat de rire qu'il expliqua bientôt aux deux inséparables qui se tenaient près de lui.

– Je ris, leur dit-il, parce que je me revois mettre du « divin Cæsar » par-ci, du « divin Cæsar » par-là, sur des boucliers, dans mes rapports, dans mes lettres, dans mes discours et que le divin – il rit encore –, le divin, c'est moi !

Et il se mit à pleurer de nouveau.

– Enfin, oui, c'est toi, mais… pas que toi ! corrigea Myriam. Il n'y a de divinité de soi qu'en la reconnaissant en tout autre.

– Oui, bien sûr ! convint-il. Je comprends maintenant, pourquoi Yechoua disait : *« Le Père et moi ne faisons qu'Un. »* C'est parce que, ensemble, nous participons du divin, n'est-ce pas ? Pourtant, quelque chose m'échappe : comment le Tout-Puissant peut-Il permettre que des malheurs, comme ce terrible tremblement de terre, surviennent ? Et tenez, pour envisager une autre situation dramatique, comment a-t-Il pu permettre la crucifixion du Nazaréen, surtout s'il est Son Fils ?

– C'est assurément, envisagea Yosef sans hésiter, que la toute-puissance de *Hakaddosh barokhou* ne réside pas en ce qu'Il peut ou non provoquer l'irruption d'un volcan qui fait des milliers de morts, déchaîner des flots qui emportent tout sur leur passage, retenir la main de brigands qui égorgent des innocents, ou empêcher un tyran d'exterminer tout un peuple. Non, Sa toute-puissance glorieuse tient en ce que, quoi qu'il arrive, Il demeure.

Pilatus fronça ses yeux comme pour forcer son esprit à comprendre ce que cela signifiait pratiquement.

– La toute-puissance d'*Hachem,* dit Myriam à son tour, représente notre propre puissance à accepter ce qui est, à grandir avec ce qui est et, par-dessus tout, à aimer, quoi que ce soit qui est.

– Or, poursuivit Yosef, tous autant que nous sommes, nous n'utilisons nos capacités que de façon très limitée et c'est pourquoi Yechoua aimait à rappeler ce qui était pour lui le premier des commandements : « *Écoute, peuple d'Israël, Ado-naï, notre D-ieu, notre D-ieu est Un. Tu aimeras l'Éternel ton Dieu de toute ton âme, de tout ton cœur et de toutes tes forces.* » Or, aimer de toutes nos forces, c'est aimer au-delà des limites que nous donnons généralement à l'amour, et c'est justement en dépassant ces limites que nous pouvons accueillir toute notre puissance et la laisser s'épanouir.

– Mais… mais alors…, dit Pilatus. Justement, le Fils de Dieu…

– D'abord, nous sommes tous des fils de *Hakaddosh barokhou*, répondit bar Nabi.

– Ensuite, poursuivit sa jeune épouse, l'épreuve ultime que Yechoua a subie lui a permis de montrer aux hommes à quel point il est possible d'aimer *Hachem* au-delà du possible. Avec sa résurrection, c'est cet amour qui a triomphé.

L'ancien préfet de Judée était bouleversé. Devant lui qui s'était si souvent moqué de ces Juifs qui priaient un Dieu au nom ineffable, lui qui avait été si cruel envers ses semblables, qui n'avait cherché que des plaisirs éphémères, une voie nouvelle s'ouvrait toute grande : celle de l'amour au-delà du possible. De nouveau, sa gorge se noua. De nouveau, des larmes inondèrent ses yeux bleus jadis redoutables.

– Redites-moi ce qui, pour Yechoua bar Yosef, était le premier des commandements, demanda-t-il en sanglotant.

– « *Écoute, Israël*, murmura Myriam tandis que Yosef disait les mêmes mots en hébreu, *Chéma Israël, Ado-naï, notre D-ieu, Ado-naï Élohenou, Ado-naï est Un, Ado-naï Éhad. Tu aimeras l'Éternel ton Dieu, de tout ton cœur, Veahavta ett Ado-naï Élo-hekha, bekhol levavekha, de toute ton âme, ouvkhol nafchekha, et de toutes tes forces, ouvkhol meodekha.* »

Épilogue

Amputé de sa jambe droite, Pontius Pilatus ne ménagea pas sa peine pour rattraper la version des faits qui s'était propagée autour de la Méditerranée beaucoup plus vite qu'il ne l'aurait cru, cette version selon laquelle lui-même n'était pas pour grand-chose dans la crucifixion du Messie et qui rendait les Juifs coupables de déicide.

Partout où il passait avec sa jambe de bois, cette rumeur, à l'origine de laquelle il était, l'avait devancé. Partout, il s'accusa afin de l'anéantir, mais rien n'y fit. Le peuple juif était le coupable idéal. Le préfet de Rome ne faisait pas le poids !

Alors qu'il désespérait de pouvoir rétablir les faits dans leur vérité, il eut, une nuit, l'idée de s'y prendre autrement. Il alla visiter les communautés des adeptes de Yechoua bar Yosef les plus proches et, feignant d'admettre la culpabilité des Juifs, il leur raconta la parabole du semeur pour les exhorter à ne pas juger et à pardonner à leurs ennemis. Partout, il se fit jeter des pierres. Les hommes n'avaient-ils rien compris ? Yechoua lui-même, par le sort qui avait été le sien, ne les exhortait-il pas à ne pas juger et à pardonner à ceux-là mêmes qui l'avaient condamné ?

Il implora *Hachem* de l'aider et c'est alors que Claudia Procula, qui l'avait rejoint, vint à son secours. Elle lui suggéra qu'il serait judicieux, faute de pouvoir se battre contre la culpabilité des Juifs, d'en pousser la logique jusqu'au bout et de la faire se confronter davantage encore à la doctrine du Messie.

– Dis-leur que les Juifs ont accompli la volonté du Saint, béni soit-Il.

– Tu crois ? s'étonna-t-il.

– Tout ce qui est ne résulte-t-il pas de cette volonté ? répondit-elle, avant d'ajouter : n'était-ce pas la volonté d'*Hachem* que Yechoua ait vu le jour dans une famille juive ? N'était-ce pas Sa volonté que les Juifs aient fait sa renommée ? N'était-ce pas Sa volonté qu'ils l'aient acclamé ? N'était-ce pas Sa volonté qu'ils l'aient voulu pour roi et, finalement, n'était-ce pas Sa volonté qu'ils l'aient fait condamner afin qu'il puisse ressusciter ?

– Et alors ? demanda-t-il.

– Alors, comme Yechoua est devenu *Machiah* par le fait même de la résurrection, il faut louer les Juifs de l'avoir permis.

– Louer les Juifs ! répéta-t-il. Ce que tu dis là, ma femme, est tout juste stupéfiant !

– C'est peut-être pour cela, poursuivit-elle, que des gens comme Yehohānan, dont on rapporte que ce qu'il dit a souvent un sens caché, ont accepté de diffuser la version des faits de Caligula !

– Tu crois ? Non ! s'exclama Pilatus.

– Sinon, confirma son épouse, il serait inexplicable que cet apôtre, comme quelques autres, mette tant de soin à charger son propre peuple…

– Donc, je résume, pour être sûr d'avoir tout bien compris. Le frère de ce Ya'acov rencontré en mer aurait été plus malin que moi. Il aurait accepté de faire sien le plan de Caligula et de dire partout « les Juifs, les Juifs, les Juifs » afin que les gens comprennent que Yechoua est devenu Christ grâce à eux.

Plein d'enthousiasme, Pilatus entreprit, de nouveau, d'aller sur les places et les marchés. Il terminait son propos, appuyé sur sa béquille, en proclamant : « Bénis soient les Juifs qui ont crucifié Yechoua ! Bénis soient ceux grâce à qui la résurrection a eu lieu ! Bénis soient-ils qui ont donné au monde *Hamachiah* ! » Mais soit les gens le traitaient de fou, soit, tout simplement, un à un, ils s'en allaient.

Ces réactions le rendirent furieux. Il conçut alors, car il n'avait plus rien à perdre, de dénoncer Caligula comme étant celui qui avait tout manigancé. Il ne put tenir ce discours qu'une seule et unique fois car le soir où il le fit, une poignée de gaillards, après s'être moqués de lui, se saisirent de sa jambe de bois pour s'en servir comme d'une arme mortelle et la lui fracassèrent sur la tête.

C'est ainsi que, nul ne l'ayant entendu, Pontius Pilatus emporta avec lui le secret le mieux gardé de Rome.

Trente-trois ans plus tard…

En cette sombre année 70, Jérusalem, dont le nom signifie la Ville de la Paix, n'est plus qu'un amas de ruines. Du Temple, l'une des plus belles merveilles du monde, il ne subsiste qu'un pan de mur à l'ouest. Des dizaines, des centaines de milliers de Juifs ont été tués par les Romains qui ont donné l'assaut après une tentative de révolte. Rivka, l'épouse de Caïphe, a succombé à ses blessures après avoir été atteinte par un javelot qui lui a traversé la poitrine. Le cauchemar qu'avait fait jadis le grand prêtre d'Israël est devenu une bien funeste réalité.

Le Temple incendié et détruit, le judaïsme, tel qu'il l'avait toujours pratiqué, n'existe quasiment plus et nul ne sait alors s'il renaîtra des cendres qui rougeoient encore à l'emplacement de ce qui était le Saint des Saints. De rares synagogues résistent, surtout dans la diaspora, mais rien n'est plus comme avant. En même temps, il y en a d'autres qui prospèrent. Ce sont celles d'un autre judaïsme, si ce n'est même souvent de plus du judaïsme du tout. Plus de rabbin, plus de shabbat, plus de circoncision, plus de barmitsvah, plus de talith, plus de tefillins, et même plus de «*Chéma Israël, Ado-naï Élohenou, Ado-naï Éhad*», ces mots que le *rabbi* de Nazareth avait prononcés des milliers de fois dans sa vie, ces mots qui constituaient selon lui le premier des commandements et qu'il aspirait certainement à entendre prononcer par tous ceux qui maintenant recevaient la Bonne Nouvelle annoncée par ses apôtres. On n'appelle même plus « synagogues » les lieux de prière et plus personne n'y chante les chants qu'il avait chantés, plus personne n'y récite les bénédictions qu'il avait dites, plus personne n'y répète les prières qu'il avait faites pendant toute la durée de son existence terrestre. Plus personne, non plus, même s'il avait dit ne rien vouloir abolir, plus personne n'y célèbre ni *Roch Hachana*, la nouvelle année, ni *Yom Kippour*, le jour du Grand Pardon, ni *Souccot*, la fête des Tabernacles, ni *Pourim* qui commémore la délivrance miraculeuse d'un massacre de grande ampleur planifié à l'encontre des Juifs par Haman l'Agaggite, ni *Pessah*, le passage de l'état d'esclaves à celui d'hommes libres, ni rien d'autre. Plus personne n'y parle l'hébreu, la langue qu'il utilisait pour communier avec le Tout-Puissant. Que s'était-il donc passé ?

Alors qu'il se mourait, Caïphe reçut la visite de Nicodème.

– Qu'est-il arrivé, Seigneur ? se lamenta l'ancien grand prêtre.

– Une série de méprises et de malentendus, répondit ben Gorion qui, bien qu'en haillons, le visage écorché, les bras brûlés, semblait être capable de prendre du recul par rapport aux événements.

– Une catastrophe plutôt, bredouilla le moribond avec difficulté.

– Écoute, lui dit son collègue, je crois que l'humanité en était arrivée à un point où elle aspirait à davantage de spiritualité et que le judaïsme n'était pas en mesure de partager la sienne.

Le vieillard parut vouloir protester mais n'y parvint pas.

– Je crois également que mes amis qui répandent partout la Bonne Nouvelle ne sont pas encore prêts à incarner véritablement l'amour qu'ils considèrent pourtant comme essentiel. Ils n'ont pas purifié leurs cœurs au point de ne pas juger, au point d'aimer leurs ennemis et au point de leur pardonner.

– Eh bien…, soupira Caïphe – il eut peine à trouver ses mots –, ça m'a tout l'air d'être un énorme gâchis !

– À moins que non.

– Comment cela ? interrogea l'ancien souverain sacrificateur qui respirait de plus en plus mal.

– À moins, répondit son collègue, qu'avec le temps, la nouvelle religion qui se met en place ne soit à même, un jour ou l'autre, de relever le défi et de réaliser vraiment le grand rêve du judaïsme.

– Le… le… grand rêve…, répéta le mourant.

– Celui du règne de l'amour de *Hakaddosh barokhou* au-delà de l'imaginable et de l'amour des hommes les uns pour les autres, au-delà du possible.

– Le pourra-t-elle seulement ? demanda Caïphe. Le pourra-t-elle ?

Ce furent ses derniers mots. Nicodème lui ferma les yeux et dit le kaddish comme il l'avait fait, presque quarante années plus tôt, sur le tombeau de Yechoua bar Yosef :

– Magnifié et sanctifié, récita-t-il dans la langue de ses ancêtres, magnifié et sanctifié soit le Grand Nom dans le monde qu'Il a créé selon Sa volonté, et puisse-t-Il établir Son règne dès que possible… Et dites : amen ! … Qu'une paix parfaite et une vie heureuse nous soient accordées, que Celui qui fait régner l'harmonie dans les sphères célestes l'étende parmi nous… Et dites : amen !

POSTFACE

Ce qui est vrai et ce qui ne l'est pas

D'une façon générale

Les noms des personnages de ce roman sont ceux auxquels ils répondaient de leur vivant. Par exemple, le premier supposé martyr de la chrétienté, un Juif helléniste que nous connaissons aujourd'hui et dans notre culture sous le nom d'Étienne, était Stefanos ; de même, Ponce Pilate était Pontius Pilatus ; Jean le Baptiste était connu sous le nom de Yohanan, et Barnabé sous celui de Yosef bar Nabi. Quant à Jésus, pour le rendre aussi vrai que possible, au plus près de ce qu'il était vraiment, il fallait lui redonner son châle de prière, ses tefillins, autant que possible sa vraie langue et surtout son vrai nom, Yechoua bar Yosef, *bar* étant en araméen, la langue qu'il parlait au quotidien, l'équivalent de l'hébreu *ben*, qui signifie « fils de ».

Chapitre après chapitre

Selon l'historien Claude Mimouni (Simon Claude Mimouni et Pierre Maraval, *Le Christianisme, des origines à Constantin*,

PUF, 2006, p. 187), le procès d'Étienne, tel qu'il est décrit dans les Actes des Apôtres 6, 1-8 et 3 et qui fait l'objet ici du chapitre 2, est invraisemblable. En effet, si d'après Luc, Étienne a été lapidé par le sanhédrin, il apparaît impossible qu'il y ait eu un procès et une lapidation. Cela est d'autant moins plausible que cette institution n'avait pas le pouvoir d'ordonner la mort, celui-ci relevant de l'autorité de l'empereur qui l'avait délégué, en Judée, au seul préfet de cette province.

À partir de ces éléments, je me suis senti libre d'imaginer une autre version des faits en conservant la comparution d'Étienne devant cette juridiction mais en faisant que celle-ci décide tout autrement en accord, d'ailleurs, avec la position adoptée par son président, Rabban Gamaliel, telle qu'elle est relatée dans les Actes 5, 38, pour le procès de Jésus.

Que Tibère ait fait venir Pilate à Rome dans l'intention de le juger (chapitre 3) ou, au moins, d'obtenir ses explications semble avéré. En revanche, il n'est pas sûr qu'il y ait eu un procès du préfet de Judée ni même seulement une comparution et que cela ait été précédé d'une arrestation. S'il n'y a pas grande différence entre être convoqué à comparaître devant l'empereur et être conduit de force devant lui, la seconde option convenait mieux à une œuvre romanesque. Relèvent évidemment de la fiction les traits caractéristiques de chacun. Au demeurant, il y a bien eu un incident du fait des boucliers d'or dont Pilate avait voulu décorer le palais d'Hérode à Jérusalem.

Faire de Pontius un prénom (même chapitre) est une liberté que j'ai prise car nous ignorons comment se prénommait le préfet de Judée. En réalité, l'identification d'un Romain se faisait par trois noms (*tria nomina*) : le *praenomen* (prénom), le *nomen* (nom) et le *cognomen* (surnom) en sorte que, s'agissant de notre personnage, Pontius était son nom et Pilatus, son surnom.

Il est vrai que le légat Lucius Vitellius est venu à Jérusalem pour la Pâque 33 et que c'est à la fin de la fête qu'il a remplacé Caïphe par Yonathan ben Hannan. Cependant, le voyage de Caïphe à Césarée est purement imaginaire (chapitre 4).

Grâce à une inscription sur une pierre tombale, nous savons que Caïphe a eu une petite-fille, fille de son fils Josué, qui se prénommait Myriam. Le fait que nous ne sachions rien d'autre sur elle a laissé le champ ouvert au romancier que je suis, qui s'est senti libre de faire d'elle la fille du grand prêtre.

Que les Juifs venaient de toute la Judée mais aussi de Galilée et de Pérée pour être à Jérusalem lors des grandes fêtes du calendrier hébraïque ne fait pas de doute. Pour le reste et, hormis les descriptions du Temple (la cour des Femmes, la cour des Gentils, la Belle Porte), tout le contenu du chapitre 5 est fictif.

Les débats sur l'opportunité de continuer à pratiquer la circoncision (chapitre 6) ont certainement divisé les Juifs de cette époque. Il est probable cependant que les disputes à ce sujet n'aient commencé qu'à partir de l'évangélisation, qui n'a débuté, elle, que dans les années 40 à 45 (Pilate a regagné Rome en février-mars 37), lorsque de nombreux non-Juifs se sont convertis au judaïsme revisité par les apôtres.

Le fait que les marchands du Temple soient venus s'y installer après avoir été expulsés du mont des Oliviers (chapitre 7) est tout à fait vraisemblable et que cela ait déplu à certains, et à Jésus en particulier, aussi. Les opérations financières autour de ce transfert participent de mon imagination, même s'il est probable qu'il ait été la conséquence de manœuvres de cette nature.

La tradition étant en ces temps-là essentiellement orale, et les loisirs, chez les Juifs, très limités, il n'est pas exclu, au contraire, que des conteurs aient largement contribué à diffuser (chapitre 8), comme des histoires extraordinaires constituant leur fonds de commerce, les prodiges attribués à un faiseur de miracles et thaumaturge, et il n'est pas interdit de penser, non plus, qu'ils les aient enjolivés et exagérés. Le fait que Barnabé ait été l'un d'eux relève de la fiction.

Nous savons (chapitre 9) qu'en effet Tibère n'était plus de ce monde lorsque Pilate a débarqué en Italie.

Il est vrai (chapitre 11) que Germanicus est mort à Antioche et que sa femme Agrippine et son fils y étaient avec lui. Il est vrai aussi que Caligula eut un début de règne prometteur et que les gens l'affublaient de charmants qualificatifs. Mais le reste – la comparution de Pilate devant lui et la présence de Sénèque – relève de mon imagination. La vérité est qu'on ne sait pas du tout ce qu'est devenu le préfet de Judée une fois arrivé à Rome, mais rien n'interdit de penser que si Tibère, entre-temps disparu, l'avait convoqué, le nouvel empereur a pris la suite. C'est le choix de cette option qui a permis à ce roman d'exister.

L'épisode du mont Garizim (chapitre 13) correspond à un fait historique avéré et la fête de l'amour était bien célébrée, en ce temps-là, le 15 du mois de Av.

Bien évidemment, la version que je donne (chapitre 16) de ce qui s'est passé lors des noces de Cana n'engage que moi. Il reste probable que Marc y a assisté en qualité d'intendant et vraisemblable que Marie, la mère de Jésus, ait été suffisamment proche de l'un des mariés pour participer à la préparation de la fête.

Ce après quoi en avait Jésus (chapitre 17) correspond, pour l'essentiel, à ce qu'en dit Matthieu dans l'Évangile qui porte son nom.

Caïphe avait bien obtenu des Romains (chapitre 18) que les vêtements du grand pontife ne soient plus conservés dans l'Antonia mais, comme avant l'occupation, placés dans le Temple et gardés par les prêtres.

Le fait que le serviteur d'un centurion romain (chapitre 19) ait été guéri par Jésus figure dans les Évangiles (Matthieu 8, 5-13, et Luc 7, 1-10). S'il n'est pas certain que cela corresponde à la réalité de ce qui s'est vraiment passé, il est sûr en revanche que tout le reste est pure fiction.

L'entrée triomphale de Jésus à Jérusalem (chapitre 21) est relatée en Matthieu 21, Marc 11, Luc 19 et Jean 12. Que le grand prêtre ou l'un ou plusieurs de ses proches en aient été témoins est plus que probable, d'autant qu'à l'époque la Ville Sainte n'était qu'une petite bourgade fortifiée où ne vivaient – en dehors des périodes de grande affluence due aux fêtes principales du calendrier hébraïque – que quelque 50 000 âmes, si bien que tout ce qui se passait au cœur de la cité était rapidement connu de tous.

Que Hannan et ses fils aient discuté de la situation fait peu de doute (même chapitre). Qu'ils aient pu être en désaccord sur le sort à réserver à Jésus est une hypothèse qui n'est pas à écarter dans la mesure où nous savons que sa messianité a divisé les familles, sans doute parfois de façon dramatique, de même qu'elle a vraisemblablement divisé les autorités juives jusqu'au plus haut niveau.

La description du *Tullianum* (chapitre 22) est inspirée de données réelles de même que l'existence de l'escalier des Gémonies. Le petit-fils d'Hérode le Grand, dernier roi des Juifs, Hérode Agrippa, qui résidait à Rome, a bien été le tuteur du petit-fils de Tibère avant d'être emprisonné par celui-ci peu avant sa mort, pour être ensuite libéré par Caligula.

Que ce dernier ait été gratifié par le Sénat de Rome d'un bouclier honorifique au début de son règne est un fait réel.

S'agissant, pour le reste, de ce qui est vrai et ce qui ne l'est pas, les chapitres 23 et suivants touchent à l'essentiel du thème de cet ouvrage. Ainsi est-il fondamental de souligner que si le sanhédrin a peut-être été consulté sur l'opportunité de poursuites contre Jésus, il n'est plus sérieusement discutable qu'il n'y a pas eu de procès juif de Jésus. C'est l'opinion de l'historien Jean-Christian Petitfils qui, dans son *Jésus*[1], écrit qu'il ne s'en est tenu aucun, et le professeur Jean Imbert souligne que « c'est Pilate, lui-même, en vertu des pouvoirs qui lui étaient normalement dévolus par l'empereur, qui a condamné le Christ au supplice de la crucifixion [...] sa responsabilité et non celle des Grands Prêtres et de la foule [...] est la base même de l'envoi de Jésus aux bourreaux[2] ».

C'est la découverte de cette circonstance qui est en partie à l'origine de l'écriture de cet ouvrage. Elle a conforté cette impression ou cette intuition, voire cette certitude que j'avais depuis longtemps du caractère assez peu vraisemblable de la synthèse qui se déduit, à ce sujet, depuis deux mille ans, des Évangiles, des Actes des Apôtres conjugués aux différentes épîtres de Paul.

Au chapitre 26, l'incendie du cirque Maxime en l'an 36 est une réalité historique.

Il est vrai (chapitre 31) que Caligula a offert à Hérode Agrippa une chaîne en or « du même poids que celle de sa captivité » comme il est vrai (chapitre 32) que Rabban Gamaliel a été un maître à penser de Paul.

Que le sanhédrin (chapitre 34), au cours des mois et des années qui ont suivi la crucifixion du Christ, se soit réuni pour débattre de la situation créée par les divisions intracommunautaires est plus que vraisemblable, même si ce n'est pas avéré.

---

1. *Jésus*, Fayard, 2011 ; Livre de Poche, 2013
2. *Le Procès de Jésus*, PUF, « Que sais-je ? », 1980, p. 82.

Jacques, fils de Zébédée (chapitre 41), a probablement, selon les historiens, séjourné dans l'actuelle Andalousie et ses tentatives d'évangélisation n'ont donné que peu de résultat.

Il y a bien eu un fort séisme à Antioche en 37 de notre ère.

Le fait que Caïphe, s'il était encore vivant, ait survécu aux terribles événements de l'an 70 relève de la fiction. La réalité est qu'on ne sait pas ce qu'il est devenu, de même qu'on ignore ce qu'il est advenu de Pilate après son arrivée à Rome. On sait, en revanche, que Claudia Procula y est décédée le 13 septembre 81, à l'âge de 75 ans.

Et pour terminer, si ce ne sont pas les Romains qui, pour se disculper, ont imaginé de charger les Juifs – hypothèse qui n'est pas exclue par Jean-Christian Petitfils[1] –, le fait est qu'à un moment ou à un autre, un mot d'ordre a été donné ou bien des manœuvres politiciennes ont été menées ou encore la poursuite d'intérêts particuliers a prévalu pour dédouaner Rome de toute responsabilité dans la condamnation et la crucifixion du Christ, au point de trouver à Pilate des circonstances atténuantes (la prétendue pression de la foule, l'intervention de son épouse, etc.).

Ce moment a certainement correspondu à celui où la majorité des premières communautés chrétiennes s'est trouvée composée de non-Juifs, les Juifs dans leur ensemble apparaissant alors – ce qui semble bien être un contresens historique majeur – comme ceux qui n'avaient pas voulu reconnaître la messianité du Christ et non plus comme ceux qui, pour beaucoup, l'avaient

1. *Op. cit.*, Le Livre de Poche, p. 395.

écouté dans ses prêches, soutenu dans ses actions, avaient fait sa renommée, l'avaient ovationné lors de son entrée à Jérusalem et qui, pour certains – comme tous ses apôtres –, avaient diffusé sa parole. Il a aussi probablement correspondu au moment où, le judaïsme étant en ruine après la destruction du Temple, a alors commencé une entreprise de déjudaïsation totale de Yechoua, au point qu'il ne soit même plus désigné sous ce nom et que, au fil des siècles, il ne soit plus envisagé comme un Juif, et même qu'il soit présenté aux yeux de dizaines de générations de chrétiens comme ne l'ayant jamais été.

En écho à cette parole du *rabbi* de Nazareth qui, devant Pilate, déclarait vouloir rendre témoignage à la vérité, c'est un peu, à une échelle néanmoins beaucoup plus modeste, un but similaire que j'ai assigné à cette fiction : celui de la rétablir un tant soit peu.

LEXIQUE

Abba : père

Augustus : Auguste

Av Beth Din : président de la formation juridictionnelle du sanhédrin, adjoint du grand prêtre

Barokhou barochémo : béni soit-Il et béni soit Son Nom

Berechit : littéralement, « au commencement », et donc : la Genèse

Cæsar : César

Cheva berakhot : les sept bénédictions (du mariage)

Chomer : littéralement, « garde », celui qui surveille et fait respecter les prescriptions alimentaires

Cohen, pluriel *cohanim* : prêtre, prêtres

Cohen ha-Gadol : le grand prêtre

Damnatio ad bestias : condamnation aux bêtes féroces

Devarim : le Deutéronome

Hachem : littéralement, « le Nom », c'est-à-dire D-ieu

Hakaddosh barokhou : le Saint, béni soit-Il

Hala : fiancée

Hamachiah : le Messie

Hiérosolymitains : habitants de Jérusalem

Huppa : dais nuptial

Ima : mère, maman

Imperium : pouvoir suprême

Ius gladii : droit de vie ou de mort

Jour de Jupiter : jeudi

Jour de Sol : dimanche

Katan : fiancé

Kinot : Les Lamentations

Lachon hara : littéralement, « langage du mal », c'est-à-dire le fait d'avoir mauvaise langue, de médire

Lex Iulia de vi publica et privata : loi Julienne sur la force publique et privée

Machiah, pluriel *Machiahi* : Messie, Messies

Macro : nom généralement traduit par Macron en français

Markos : Marc, parfois nommé Yohanan (Jean), notamment dans les Actes des Apôtres, d'où parfois : Jean-Marc

Mohel : circonciseur

Moshe : Moïse

Moshe *rabbenou* : Moïse, notre maître

Myriam : Marie

Pessah : Pâque juive

Philo : Philon d'Alexandrie

Seneca : Sénèque

Shekel, pluriel *shekalim* : nom de la monnaie en usage en Judée

Shemot : l'Exode

Shiemone le Cananéen : Simon le Zélote

Shlomoh : Salomon

Simhon bar Yonah : Simon, fils de Jonas, c'est-à-dire Pierre ou Simon-Pierre

Stefanos : Étienne, qui deviendra saint Étienne

Terentius : Térence

Tiberius : Tibère

Vayikra : le Lévitique

Ya'acov bar Zébédée : Jacques, fils de Zébédée

Yechoua bar Yosef : Jésus, fils de Joseph

Yehohānan bar Zébédée : Jean, fils de Zébédée, qui deviendra Jean l'Évangéliste

Yehuda Thaddée : Jude (ou Judas), aussi appelé Thaddée ou Judas Thaddée

Yohanan : Jean, c'est-à-dire Jean le Baptiste

Yosef bar Nabi : Barnabé

REMERCIEMENTS

Dans un ouvrage où il est question de gratitude, il est impossible de ne pas en exprimer à celles et ceux grâce à qui cet ouvrage existe.

Mes sincères remerciements vont donc à ma grande amie Isabelle Crespelle, qui a bien voulu relire une toute première version de mon manuscrit. Ils vont au frère Paul O.H. ainsi qu'à Philippe Haddad, premier rabbin de l'Union israélite libérale de France, lauréat du prix des Amitiés judéo-chrétiennes 2021. Tous deux ont corrigé avec bienveillance mon texte à la lumière de leur connaissance des Écritures et des rituels propres à chacune des religions, juive et chrétienne.

Je suis reconnaissant à mes étudiants de l'EEPA[1] et de la SFU[2] pour m'avoir permis, à bien des égards, de faire évoluer mes idées et pour les interpellations qui ne sont pas sans lien avec certaines des répliques et développements contenus dans cet ouvrage.

1. École européenne des philosophies et psychothérapies appliquées.
2. Sigmund Freud University.

Mes remerciements vont à Marc de Smedt, chez Albin Michel, qui, dès la lecture des premiers chapitres et avant même que j'aie conçu les suivants, m'a fait part de son enthousiasme. Merci, cher Marc, de ta confiance renouvelée un jour d'été où les cigales du Luberon étaient de la partie. Ils vont aussi à mon éditeur, Gérard de Cortanze, qui a enrichi mon manuscrit de ses opportunes suggestions, ainsi qu'à toute l'équipe qui a travaillé sur ce livre et spécialement à Maud Picard, Aurélie Delafon et Marie-Pierre Coste-Billon.

Je veux aussi dire publiquement merci à mon épouse, Nicole Aknin, qui, encore une fois, a fait preuve d'une infinie patience en écoutant chacun de mes chapitres lus à haute voix aussitôt que j'avais fini de les écrire. Tes commentaires, ton ressenti, ta dimension spirituelle m'ont permis à de nombreuses reprises d'aller plus loin et d'une certaine façon de partager avec le lecteur le chemin que nous avons parcouru ensemble toutes ces dernières décennies.

Mes remerciements vont enfin à la source incroyable qui a fait venir sous ma plume les mots et les phrases dont l'enchaînement inattendu constitue ce roman, et chacun est libre, bien sûr, de lui donner le nom qu'il voudra : l'inspiration, la vie, Dieu ou les trois à la fois, devant lesquels, pour ma part, je me mets à genoux, le cœur joyeux, rempli de gratitude.

Achevé à Paris,
le 25 décembre 2021

DU MÊME AUTEUR

en français :

La Lumineuse Histoire du Prince qui manquait de tout, Albin Michel, 2008.
Et si la vie voulait le meilleur pour nous ?, avec Nicole Aknin, Presses de la Renaissance, 2011.
Une autre façon d'aimer, Éd. de l'Homme, 2015.
Le prince qui manquait de tout, Albin Michel Jeunesse, 2017.
Pardonne, aime et revis, Leduc's, 2019.
Le Procès de Spinoza, Albin Michel, 2021.

en espagnol :

Un empujoncito, Aguilar, 2007.

en anglais :

The Wondrous Tale of the Prince Who Never Had Enough, San Francisco, Waterside Publishing, 2015.

Composition : IGS-CP
Impression : Imprimerie Floch, février 2022
Éditions Albin Michel
22, rue Huyghens, 75014 Paris
www.albin-michel.fr
ISBN : 978-2-226-47252-6
N° d'édition : 24921/01 – N° d'impression : 100070
Dépôt légal : avril 2022
Imprimé en France